著 — 某树 逐风

神渊古纪

三部曲之一

烽烟绘卷 上

新星出版社 NEW STAR PRESS

序1：千呼万唤始出来

时光飞逝，距离上一次接触《古剑奇谭》已有两年时间，那时《古剑奇谭》刚上市，便受到玩家们的热烈追捧，令我印象深刻，因此我还曾向《三联生活周刊》推荐，特别做了一篇报道，深入介绍并分析了这款备受关注和欢迎的游戏产品。如今两年过去，这股热潮依旧不减，让人不禁好奇：《古剑奇谭》到底有着怎样的魔力，能够吸引大批玩家喜爱并痴迷其中？

对于这个问题的答案，应是人言言殊，就我个人看来，《古剑奇谭》最吸引人的，还是作品本身的深厚文化底蕴。在《古剑奇谭》问世之时，就听闻这部作品拥有自己的奇妙构思，并且会编写成小说，当时确实是有些欣喜的；经历了两年的时间，这部小说终于问世，可以说是千呼万唤始出来。

我认为，一部好的小说，一定要让读者感受到"情"和"悟"，否则只会很快被遗忘。众所周知，近些年来所谓的"快餐文化"正侵袭着人们的生活，比较典型的，是一批以穿越、玄幻、仙侠为题材的小说、电视剧的出现，它们产量巨大且深受年轻人的喜爱，其中也不乏以游戏为素材改编的小说作品。架空的情节和支离破碎的描写，虽然能够给读者比较大的想象空间，但也容易使人沉浸在幻想的世界而无法自拔，一旦回归现实又觉得精神空虚、一无所获。所谓"根基不稳，地动山摇"，没有完整又合理的世界观作支撑的作品，在知识与信息爆炸的今天，终将被大浪淘卷而去。

二十一世纪，中国的崛起带动了中国传统文化的新发展。源远流长、博大精深的中国文化正受到越来越多的关注。在这样的热潮中，我们更要保持清醒，学会去芜存菁。我们需要的不是披着中国传统文化外衣的"舶来品"，也不是凭空想象的哗众取宠之作。弘扬中国传统文化不应该只是一句口号，而是要以百分之百的诚意，通过刻苦的钻研和亲身体验，来完成一部能够体现中国传统文化，同时又不失自身个性的作品。

在这一意义上，《古剑奇谭》和那些快餐式的作品不同，它的部分内容取材自我国古代经典著作《山海经》，并将道家的部分思想理念渗透进去，尽管采用了架空的历史设定，但给人的感觉并不突兀，对中国文化有着一定了解的人很容易对这样的情节产生共鸣。这样的作品值得一读再读，反复推敲品味，每一次你都会有不同的感悟。

两年前，GAMEBAR副总裁、上海烛龙总经理、《古剑奇谭》总监制工长君先生在接受《三联生活周刊》记者采访时说："拥有完整独特的世界观和剧情，才会对玩家产生持续的吸引力。"而这部《古剑奇谭》世界观小说《神渊古纪》，正是对这一观点的极好阐述。一部好的小说，应是能够经受岁月的洗礼、在历史的车轮反复碾压下也不会扭曲、破碎、消逝的作品，应是无论过了多少年，都会在一大批读者、玩家中产生共鸣的作品。我国古代的优秀文学作品之所以能够流传至今，就因为它们拥有这样超越时代的特性。我希望并相信这部小说也会成为这样优秀的、不被时代所淘汰的作品，就算没有玩过游戏，读者也可从中感受创作者的创意与心血。

　　我不是小说家，也不是书评家，作为在行业中浸润多年的出版人，我能够在《神渊古纪》这部作品中，感受到作者对我国古代传统文化的研究热忱。我很感动，同时也希望这部小说能够得到广大读者的认可。因此在这部小说出版之际写下以上的话，权为序。

生活·读书·新知三联书店总编辑　翟德芳

2012年6月

序2：一场令人难忘的旅程

所有的史诗体艺术作品都有一种共同的气质——充满了生于天地之间，对于生命尊严的壮丽悲凉之情，令人掩卷欷歔，荡气回肠。

《古剑奇谭》世界观衍生小说《神渊古纪》秉承了游戏世界的恢宏大气。中国的上古创世神话、诸神战争，一直是华人奇幻文学最热爱的题材，这种热爱源自作者，也贯彻于读者，是熔于我们的血液之中，与生俱来的文化基因，诚如我的良师益友周非先生在《中国神话的文化密码》中归纳中国十大上古神话就是人类命运的十个终极命题。

但是纵合三皇、五帝，横贯《龙鱼河图》《史记》《山海经》《太平御览》，则是需要相当的勇气，需要相当的功力，更需要相当的用心。

这显然是一部用心创作的作品，字里行间，感受到那种深沉的思索，常常在阅读中发人深省。

而小说的灵魂来自角色塑造，"襄垣"这个角色就是这样一个复杂的存在，在他身上，引出了"追求"与"抗争"的概念。剑就是器，铸剑也是筑器，也是一个人格完整的过程，在此又点题呼应了《古剑奇谭》。

读一本好书，像是一段磨砺修行的远足，这就是一场令人难忘的旅程。

国产大型武侠动漫系列剧《秦时明月》总导演　沈乐平

2012 年 6 月 9 日

瑞士 伯尔尼

前　言

逐风　某树

远古先民的世界充满了神秘与未知，它是整个中华文化的源头。在那鸿蒙初开的荒野上，唯存留着原始的图腾与野性的力量，它们已被时代悄然湮没，留下许多众说纷纭的传奇故事。

《神渊古纪》就是发生在这样一个大背景之下。它是由《古剑奇谭》这款单机角色扮演游戏的世界观衍生出来的系列故事，或者说先有了《神渊古纪》的大体设定，才会有《古剑奇谭》的整个世界与剧情。

这一次，非常高兴能够使用另外一种表现手法去描绘属于"古剑奇谭"的广大天地。毕竟，游戏和小说是很不相同的两种载体，在游戏中可以简单做到的表达，或许在小说里无法实现；而在小说中可以轻易描述的场面，游戏里却需要花去超乎想象的人力与物力才能做到。《古剑奇谭》有着一个广袤的世界，游戏内容展现的也仅是冰山一角。于是，更多更复杂的设定将会通过《神渊古纪》尽量呈现出来。

当然，我们并不想让不太了解游戏的朋友感到疑惑与被拒之门外的沮丧，因此《神渊古纪》首先是一部独立的小说，你可以把它当作了解和进入这个世界的第一步。即便没有接触过游戏，它对你来说也不存在任何的阅读门槛。

《古剑奇谭》的世界观、《神渊古纪》的故事起于远古，那时候还是一片蛮荒天地，善恶未分，法度未明，所有生灵、所有部族都在努力地求取生存。

故事的第一主角"襄垣"是个由于身体孱弱而无法成为部族战士的人，这样的人在丛林法则中本不能生存，注定要遭到淘汰。然而偏偏是他，以自己的双手改变了这个世界的格局，更进一步地说，他是一个开端，开启了历史的某个进程。这个"历史"自然只存在于《古剑奇谭》的架空世界里，虽化用与参考了一部分古代典籍，但无论《古剑奇谭》还是《神渊古纪》，本质上都是架空背景，读者和玩家倒是不必有对号入座的纠结。

《神渊古纪》第一部的另一主角蚩尤在许多传说中都是大名鼎鼎的，他是神话时代最具代表性的人物之一。关于他的猜测与描绘不计其数，真正的情况却实难考据。然而无论蚩尤的真实身份为何，或许有一个称号是大部分学者都公认的，那就是"兵主"。他与战争的关联是一个经久不衰的话题，以至于经过许多作品的加工，不少人提起蚩尤，脑海中便浮现出黑暗与恐慌。他犹如一位魔王。

在原案中蚩尤的身份依旧是"魔"，而一切传奇人物都有一个成长过程，或许魔帝在为人时也曾对这个世界保持着令人意料不到的认知与想法。《古剑奇谭》一代的剧情借地皇女娲和雨神商羊之口，提及关于安邑与龙渊的种种秘闻，在这个大方向之下，我们开始探究蚩尤和他的胞弟襄垣的青年时代。

襄垣与蚩尤，他们的人物符号代表着一种破而后立的思想。在中华民族共同生存的神州大地上不乏这样的传说，每一个时代来临，有人令世界陷入混乱，有人意图建立起自己的秩序。远古时没有仁、义、礼、智，有的只是在道德长夜中摸索的先行者。一系列价值观体系都是在先秦诸子时代发芽并逐渐成型的。我们可以这样假设，寻雨、乌衡、蚩尤等人，甚至连神力浩瀚的伏羲都不知道德与伦理为何物。指导自己阵营行动的，只有内心深处归于神性抑或人性的本能。

　　人性千差万别。寻雨执着地守护生命与世界；蚩尤则尝试以打破规则的方式去建立一个自己期望的国度；襄垣始终遵循内心的指引，疯狂而孤注一掷。他们最终都获得了自己选择后注定的结局。

　　《神渊古纪》的故事分别表现了动荡、混沌以及秩序的过程。许多角色的经历牵动了《古剑奇谭》世界历史长河里无数的线索，犹如一朵水花化为涟漪，继而演变为滔天巨浪，最终去向整个神话时代终结时，轩辕氏与蚩尤的那场旷世之战。

2012 年 6 月

人物谱

襄垣 安邑现任族长蚩尤的胞弟，因身体孱弱，无法成为族中战士。故此，以自己的方式追寻强大的力量，梦想着铸造出一把天地间独一无二的"剑"。

蚩尤 安邑部族的族长，天生具备领袖风范，战斗能力超群。对族人十分关照，对敌人则毫不留情。

寻雨 温柔多情的少女，泽部大祭司的女儿。厌恶杀戮与流血，对自然有着与生俱来的亲近与敬畏之心。

陵梓 和襄垣一起长大的童年玩伴，热情开朗的安邑族青年，陪伴襄垣一同走上了寻找铸剑术的冒险之路。

辛商 安邑部族的勇士，战斗能力仅次于蚩尤。如同襄垣与陵梓等人的大哥，同时也是蚩尤换刀的兄弟，是他最忠诚可靠的战友。

玄夷 来自北方天虞族的流亡者，安邑部族的现任祭司，通晓卜算之术。总是身处阴影之中的他，显得阴冷而神秘。

乌衡 乌海附近乌族的族长，是一位行事果断坚决的女子，希望带领族人迁徙到更适合安居的地方。

飞廉 司风之神,性情温和,对人类这个种族存有好奇心与一些偏爱。

商羊 司雨之神,泽部所崇拜的神明,个性清冷,拥有在梦中预知未来的奇异能力。

伏羲 三皇之一的天皇,是洪涯境内众神之首。制定了许多天规,希望世间一切遵循秩序和规则循环往复。

女娲 三皇之一的地皇,天性博爱仁慈,以自己的方式理解人类的生存,并给予人族一些帮助。

神农 三皇之一的人皇,性喜游历神州,行踪不定,对万物抱着任其自由发展之心。

蓐收 司金之神,冷漠严肃,高高在上,不将弱小的种族放在眼里。

祝融 司火之神,开朗风趣,很喜欢创造,尤爱音律,制作出了七弦琴。

阎罗 司夜之神,地府的创立者,个性沉着,心思细密。一只名为"日蚀"的乌鸦是他的使者。

盘古 两大始祖神之一,于混沌中分离了天地,从此才有天空与大地、山川与河流。在开天辟地后的第二十四万三千年,因衰老而消亡。

衔烛之龙 两大始祖神之一,令世间的光阴开始流转,又以一口龙息吹燃了创世火种。在盘古消亡时,为阻止天地毁灭，于不周山立起撑天之柱，命钟鼓守护，它自己则因力量消耗而沉睡不起。

钟鼓 传说中的烛龙之子，烛龙沉眠以后不周山实质上的主人，力量强横至足以和洪涯境中的诸神相抗衡，甚至更有凌驾于其上之势。性情乖戾，喜怒无常，只对烛龙存有依赖和敬畏之心。

师旷 因身份特殊而被浮水部族当作祭品带往不周山的青年，性情坚忍，琴艺高绝。

目录

001	楔子
004	章一·安邑狼袭
021	章二·铸魂秘术
039	章三·应龙之约
064	章四·魂魄剑器
083	章五·初识神祇
099	章六·不周法阵
119	章七·重返安邑
136	章八·断生剑成
153	章九·钟鼓祭司
170	章十·创世火种
189	章十一·洪涯诸神
213	章十二·天怒神威

目录

章十三·泽部危局	234
章十四·灭族之伤	254
章十五·天地为盟	271
章十六·摄魂夺命	296
章十七·恩断义绝	326
章十八·血涂凶阵	346
章十九·逆天弑神	367
章二十·三界分立	384
断章之一·开天辟地	402
断章之二·白雪琴音	422

楔子

所谓愿望，大抵是无穷尽的岁月已逝去，充满未知的时光还很漫长。

这只是一个开端，虽然它持续了整整十三万又四百年，然而光明正在眼前，万物已具雏形，千秋万世的故事正在时间深处开始酝酿。

壮丽山河，锦绣神州，即将是那对兄弟铺开烽烟的画卷，以剑蘸着神魔的血，写就的新世界。

许多年后，当襄垣抱着他所铸造的剑走向鏖鏊山熔炉的那一刻，仍清楚记得八岁时蚩尤带他去草海边缘看龙的那个傍晚。

那天，一只垂老的蛟奄奄一息地躺在草原上，任安邑人剥下它靛青色的皮，锯下深蓝色的角。人们大声喧哗，纵横来去，彼此庆祝。

八岁的襄垣眼中充满赞叹与好奇，问他的兄长："哥，这是什么？"

"这是龙。"蚩尤答道。他摘下皮手套，在一旁坐下，赤裸的健壮肌肤上涂满了蛟血。

日落前，夕阳的最后一缕光从西边离开，夜幕温柔地覆盖了整个草原，蚩尤与他的弟弟并肩躺在草海上，和风吹过，带着干草的舒服气息。

繁星出现了，它们悄然无声地布满整个天穹，闪烁的银河从头顶横亘而过。

襄垣问："哥，龙从哪里来？"

蚩尤答道："龙从水里来，或许是海。"

襄垣又问："它们是怎么在那里的？"

蚩尤说："天地创造了它们。龙是从泥里生出来的。"

襄垣蹙眉不解，坐了起来，在蚩尤身边，埋头揪了几下草根，又问："哥，那么谁创造了天地？"

蚩尤的声音仿佛充满力量，他答道："老祭司说，盘古与烛龙创造了天地。你相信吗？"

襄垣不依不饶："那谁创造了他们？"

蚩尤无法回答，他说："我不知道。"

襄垣抬头望向璀璨的群星与光带般的银河，说："那么这些星星呢？又是谁创造出来的？"

蚩尤出神道："它们是太古天地存在时，就已经在那里的，听说和盘古撑天一样古老。"

襄垣又说："可总有人把它做好放上去吧？哥，盘古和烛龙为什么会在那里？是有人创造了他们吗？"

蚩尤随口道："你相信有人创造了他们，那便是了。"

襄垣又蹙眉问："可是谁创造了那个最开始的人呢？如果有人创造了一切，又是谁创造出了创造一切的这个人？"

这似乎是个永远得不到答案的循环，蚩尤和襄垣都没有说话，躺在草地上，夜风吹来，襄垣渐渐睡着了。

不知睡了多久，蚩尤说："襄垣，起来了！"

襄垣迷迷糊糊地起身，被蚩尤牵着到火堆前去。他们站在蛟的尸身前，熊熊烈火直冲天际，安邑所有的战士围成一个圈，单膝跪地，向蚩尤效忠。

上元太初历六百八十七年，蚩尤接任安邑族长之位，太古战争拉开序幕。

章一·安邑狼袭

　　他专拣有死亡有争斗的地方走。或是荒山火魈单纯为一己喜怒大开杀戒，伏尸百万；或是沧海在鲲鹏的妖力下呼啸倒灌，淹没千顷良田。人的身体与灵魂的分离，阴风穿透死亡场时的景象俱收于他的眸中。

伏羲刻上元太初历后的六百九十九年起,天下大旱。

所有部族都陷入了漫长的惶恐之中,每天醒来面对的俱是碧空万里、晴朗无云。人们在黄昏目送火球般的夕阳沉下地平线,期待明日睁眼时会有一场暴雨。

雨季却迟迟不来。

部落间展开对水源的争夺战,大部落吞并小部落,在鲜血与黑烟中,弱小的部族或拖家带口迁徙,或并入更强的部落,无论哪一个选择都不圆满。

迁徙的部族往往死在干旱区域,而归附新族的人群,老弱者被处死,只留下健壮男女,以保证族人延续,跟随他们前去进行下一场掠夺。

合水部在湍流岸居住很久了,自定居以来的零落交战中,总能以食物、饮水或是刀戈、利箭解除部族的危机。

但这次不一样,只因来的人是蚩尤。

蚩尤是安邑的新首领,这支部族在谁也不知道的年代间,于北方荒原、断生崖与雪山的接壤处崛起,短短数年间,荡平了风雪交界线上的零星部族,如饿狼般一路南下。

合水部,烈火在冶坊的熔炉中跳跃,炉膛的红光映着襄垣的脸,汗水从他白皙的额角淌下,他贴在颊上的黑发被灼得卷曲发黄。

襄垣取出刀坯,在砧上锤击,耳中传来工匠们的议论。

"安邑的人要来了……"

"这次带队的是蚩尤……"

"老祭司撑不住……"

隐隐约约的议论，话题中心都是蚩尤。

襄垣把刀放进水中淬火，以钳夹着伸进炉膛，抡锤的手因力度过猛而有点微微发抖。他斟酌许久，把刀朝砧旁一放，转身离开冶坊。

"襄垣，你要去哪里？"一名少女从树后现出身形。

襄垣静静站着。他认得这名少女，是合水部的少祭司。

"走。"襄垣说，"不想被族人抓回去。"

少祭司道："我倒是觉得，你想去通风报信。"

襄垣话中带着淡淡的自嘲之意："通风报信？让他们进合水部来劫掠一番，把我抓回去，再关在安邑一辈子？"

少祭司微微眯起眼。襄垣转过头，在夜色里看着远处的树林，若有所思道："你们最好先做迁徙的准备。蚩尤不怜悯人，他能力非凡，嗜好杀戮。等你见到他了，如果有机会不死的话，你会发现他的身上挂着许多兽牙，还有比翼的鵌、鱼妇的眼珠……"

少祭司打断襄垣，话中充满讽刺意味："再强也是血肉之躯，安邑人也只是人。"

襄垣道："安邑人不是人！在安邑人眼中，只有强者和死者，从来没有弱者。他们的首领，你根本不知道有多强。看在这段日子里受你们合水部照顾的份上，听我一言，走吧！"

襄垣侧身而过，少祭司横行一步，拦住他的去路。

"没有弱者？"少祭司貌似同情地嘲弄道，"你就是弱者。"

襄垣低声道："所以我离开了安邑。"

他伸手推开少祭司的肩膀，潜入寂静的黑夜，沿山路

未来的大铸剑师仍在磨砺他手中之刃的锋芒,终有一日,这光芒将遍照四野。

离开。

女孩追了上来,与襄垣并肩而行:"从你来合水部的那一天起,我就问过你。现在可以告诉我了,为什么离开安邑?"

襄垣的步伐沉滞却坚定,夜空群星闪烁,旱季的一丝风吹起他的衣襟。

"安邑不是个好地方。但如果这场大旱不结束,世上就只剩下安邑人能活到下雨的那一天。"

安邑缺粮少水,酷寒时下的灰雪带着腐血的气味,上天赋予他们的资源只有零星的几个盐湖以及山里的矿石。

安邑人擅铸冶的消息渐渐在各个部族间传开。起初他们狩猎野兽,渐渐连飞禽走兽也避开了他们的活动范围。自大旱起,他们开始狩人,一路南下,扫荡所有的资源或丰富或贫瘠的部族,把食物运回安邑。

弱肉强食的不成文规矩不知何时开始流传。体弱多病、哭声不响亮的幼儿会在出生后由母亲抱着上山,放到断生崖边,死在风雪里,以免长大后占去族人的生存机会。

也有侥幸逃过这一劫的弱小者,但长大后必定会遭受族人的白眼与排斥,譬如襄垣。

襄垣不像安邑的其他族人。他自小身体孱弱,十二岁前甚至抡不动锻冶的石锤。若不是因为亲生兄长把他从断生崖的风雪中抱下来,襄垣或许根本不会存在于这个世上。勉强成为一名工匠后,又因奇异的想法与沉默寡言的性格,遭受了不少族人怜悯的眼光,最终他忍无可忍,离开了安邑。

少祭司同情地说:"所以你出生时身体孱弱,本来也会死在断生崖。"

襄垣停下脚步:"对,最后是哥哥把我抱了回来,成为唯一个天生体弱,却没有死在襁褓中的小孩……"

少祭司忽然道:"你的兄长也离开了安邑?"

襄垣摇了摇头:"没有,他……很强大。"

少祭司追问道:"他在族中担任什么职位?也跟随蚩尤出征?"

襄垣从这句话里嗅出一丝危险的意味,望向少祭司的眼神中多了一分怜悯,对自己的,以及对合水部的怜悯。

"他出现了又如何?想把我当作人质?"襄垣低声威胁,"别动这个念头,否则你们会死得很惨!"

他话音方落,一支哨箭发出尖锐的呼啸,带着火光从河畔飞来,钉在合水部的哨楼上。

宁静的夜,方圆十里沉睡的森林被惊醒,陷入嘈杂与动乱中,大火蔓延开去,安邑的入侵开始了。

"你应该回去,与你的族人同生共死。"襄垣说,"炉旁有一把刀,是我亲手冶炼的。"

少祭司迟疑片刻,最终打消了把襄垣强行带回去当人质的念头,转身下山迎战。

"蚩尤来了——"

"蚩尤来了!"

当!当!钟声催命般一声急过一声。

冶坊外，有人碰翻了坩埚，铜水蔓延开，遇草即燃，登时熊熊烧成一片。

惊恐的声音被切断，风里带着刺鼻的血腥气，一道旋转的银光映着血色掠过，将逃跑不及的合水部众拦腰截住！高大的身影如鬼魅般掠过人群，冲向部族中央的塔楼。

"在那里！是蚩尤——"

"他落单了！"

骤雨般的箭矢化作一道洪流追着那身影而去。

疾速扑来的房屋、恐惧的人脸、飞旋的火星、倒下的树木、天顶的繁星与陷入烈火的大地高速旋转于深邃的瞳孔，重重一收。

最后映入双眸中的面孔是个须发花白的老者。他的脖颈在刀光下断裂，正在念诵的水神咒文戛然而止，头颅喷洒着鲜血飞向半空。

蚩尤一击得手后，在空中翻身，甩开手中利刃，一蓬血洒向大地。他犹如一只伸展双翅的夜枭，身影落向塔楼后的树林，再度没入夜色。

老祭司无头的身躯在塔楼上轻摇，继而带着血栽倒下来。祭司一死，合水部众犹如一盘散沙，弃了战场开始逃亡。

树林中现出无数埋伏的安邑战士，蚩尤转身面对战场，推起额前骨制面具，随手凌空一戳。

"杀！"

"杀！！"

安邑人从四面八方掩杀上来，树林中、长流河岸，到处都是伏兵，火焰绵延燃起，人们临死前的哀号响彻夜空。

婴孩的大哭声凄厉回响,一名孩童抱着婴儿哭喊求饶,被冲过身旁的安邑战士斜斜砍下一刀。

蚩尤道:"等等……"

然而那一声已来得太迟,孩童连着怀中婴儿被一起砍成两半。

蚩尤长长出了口气,略有点烦躁地以手指捏了捏眉心,看着火海出神。

山坡下满是嘶哑的喊声与哭声,远处的合水部陷入一片火海,房屋着火熊熊燃烧,女人们的哭喊传遍原野。

襄垣反而不想走了,他在抱着一膝,倚在岩石前,深邃的黑眸中现出远处火与烟的映像。在他的头顶是璀璨的银河与闪耀的繁星,脚下不远则是杀戮与战火。

婴儿的啼哭声令他陷入久远的回忆之中。

这些年他走过神州的许多角落,见证过无数小部族的消亡与新部族的崛起,他曾跟随天虞族人逃出穷奇的利爪,也曾混在赤水族的朝圣队伍中觐见过他们的神灵。

他专拣有死亡有争斗的地方走。或是荒山火魈单纯为一己喜怒大开杀戒,伏尸百万;或是沧海在鲲鹏的妖力下呼啸倒灌,淹没千顷良田。人的身体与灵魂的分离,阴风穿透死亡场的景象俱收于他的眸中。

他有一个不可宣之于人的目的,抵达合水部只是第一步。

襄垣需要的,是人的魂魄。他最开始动起这个念头,是在安邑时的一场战斗中。当时,族人为躲避强大的比翼,殚精竭虑，无数勇士前赴后继，以鲜血与肉身对抗妖兽，争取族人安全逃离的时间。

战士死后，襄垣拾起他们的武器，几乎能感应到英魂在武器周遭阵阵哀鸣，不甘于就此消逝。

最后是蚩尤杀死了灵力强大的怪鸟，解决了自安邑立族后最大的生死危机。那场浴血奋战惊心动魄，然而在襄垣眼中，不过是蚩尤逞勇斗狠的一次英雄表演。

他关注的是那些戈与矛——英魂留驻的武器。但蚩尤不多时便重整安邑，把刀戈与战士们的尸身一齐下葬，襄垣也不可能去亲手掘出，看个仔细。

所以他留下了那把刀给合水部……

可是他明白，在刹那间自己真正的想法是，希望蚩尤见到那把刀时顾念旧情，不至于一刀杀了那个女孩。

襄垣思忖片刻，起身下山，决定还是回合水部看看。

黎明的第一缕金光降临，照上蚩尤尽是污血的赤裸胸膛。

又是一个晴天。

满目疮痍，黑烟四起。空地中央躺着半死的少祭司，手中仍紧执一把锋锐的长刀。

蚩尤的手臂淌着血，方才清剿合水部余众时，这女孩从侧旁忽然冲出，砍了他一刀。

偷袭惊动了安邑不少人，两名战士与一名祭司跑过来，站在蚩尤身边。他们是安邑的核心。

"辛商，你是与我换过刀的兄弟。"蚩尤沉声道，"现在族中刀法好的不多。"

被叫到名字的成年男子眉头深锁，躬身拾起刀，刀刃映出他粗犷的浓眉与棱角分明的双唇，他的双眼蒙着一层白雾。

"这不是他们能做出来的。"辛商侧头看了身边的安邑少年一眼。

另一名神情阴森、肤色灰蓝、活死人一般的男子是安邑的新祭司玄夷，此刻插话道："比●邑的刀好。"

"我看看。"接过刀的少年神情有点不安，他的名字唤作陵梓，眉目间尚带着些许稚气。他将刀翻来覆去地看，目光中透露出询问之意，嘴唇动了动，但没有说出那个名字。

一时间三人都没有说话，许久后，活死人祭司开口道："有何内情？"

"你不认识这把刀的主人。"辛商淡淡道，"不要插嘴，玄夷。"

"……是襄垣吗？"陵梓终于打破了这段沉默，"只有襄垣做得出这样的刀！"

玄夷问："襄垣是谁？"

蚩尤没有回答他的疑问，沉思片刻，开口道："有人跑了，陵梓。"

陵梓眉毛动了动，不答话，片刻后迟疑道："追？"

辛商说："蚩尤，合水部的死人都在这里了。"

蚩尤的声音低沉，却带着隐约的担忧："但这把刀的主人不在这里。"

玄夷道："为抓一人，大动干戈不值得。"

辛商与陵梓同时使了个眼色，示意玄夷不要再说。

玄夷微微蹙眉：蚩尤自得到此刀后，便对满地尸体与空地周围的粮食视而不见，这刀的来历有何蹊跷之处？

辛商道："自那人离开后，安邑便无人称得上真正的铸冶师。恕我直言，蚩尤，若真是他……"

蚩尤推起眉间的兽型面具，将它戴在额前，目不转睛地端详长刀，许久后开口道："你也觉得……果真是他？"

陵梓插话道："算了！蚩尤。抓到他，他也不愿回来。"

玄夷警觉地问："铸此刀者是安邑之人？"

蚩尤不答，玄夷又道："首领，族人逃离后被追回，须得杀一儆百……"

陵梓怒道："襄垣是纯正的安邑血裔！本族人离开后被追回，只会关在族中，不应处死！你这外来客……"

蚩尤抬起一手，陵梓噤声。

片刻后陵梓才不服气地说："襄垣身子弱，意志不弱。他只想以自己的力量，做到与我们同样的事，他会铸刀，不是废物！"

蚩尤淡淡道："就算不追他，合水部一定也有人朝北面逃了，这点粮食，远远不够。带一百人去追，陵梓。"

玄夷却接口："首领，且慢决断，听我一言。"

"洪涯境诸神以长流河划分南北两界，想是为了保护南方诸部不受北方侵扰……"

"我们已经渡过长流河，如此说来，神州屏障已失，即将沦陷于安邑的刀兵之下，诸神呢？又在何处？"蚩尤冷冷道。

玄夷不理会蚩尤满带嘲讽的语气，淡淡道："首领，无论如何，这本是天设的阻碍。我们打到此处已是逾界，现今未知洪涯境意向，你先摧合水部，后诛信奉共工的部族祭司，再赶尽杀绝，实在有违天和，万一惊动洪涯境……"

辛商缓缓摇头，示意玄夷不要再说。

蚩尤看着玄夷，深黑双眸中蕴着一股赤红的血色，缓缓道："凡事成与不成，不在伏羲，而在你我。"

玄夷一时无言，想了想，又问："此刀，究竟有何来历？"

一语既出，诸人又陷入静默。

少祭司身下的血漫了一摊，瞳孔缓缓扩散，辛商躬身把她提了起来，问："此刀何人赠你？"

少祭司不住痉挛，鲜红的嘴唇动了动。

蚩尤眼见她没了气息，转身道："你们留在这里，我去追。"

同一时间，襄垣缓缓转过一间石屋，朝空地中央窥视。

蚩尤前去追敌，陵梓开始清点战利品，辛商与玄夷留在空地上，对着未燃尽的火堆出神。

"祭司。"辛商道，"你既观测天象，何不把那刀的来历放到一旁，先测测什么时候下雨？"

玄夷正在揣测一些他所不知道的事，骤然被辛商说破心思，也不驳斥，淡淡答道："该下雨的时候，自会下雨。"

四年前，天虞部被凶兽穷奇剿灭，玄夷只身逃出熊耳山，被安邑收留。他凭借一手筹算之术与缜密推断,获得蚩尤的信任,然而始终无法完全融入安邑人的群体。

自他来到安邑后,隐约察觉到有什么是不可议论的,常有人谈及自己抵达前发生的某件事,便会在旁人的提醒下自觉噤声,不在蚩尤面前多说。

这种"我们的事"的感觉,令他一直不太舒服。

玄夷拾了截枯炭,在地上随手写画。

辛商又问:"那么,测算蚩尤何时回来?"

玄夷淡淡道:"该回来时,自会回来。"

太阳出来了,他扔了枯炭,走向树荫,站在阴影里。

辛商看到地上有一行玄夷倒着写的字:

背后的房屋,有人窥视你我。

片刻后,辛商无声无息出现在破屋的间隙中,一手按住襄垣的肩膀,制住了他。

襄垣没有挣扎。安邑随便挑出一人都比他强壮,辛商更是武力仅次于蚩尤的战士,妄想从他手下逃脱是徒劳的。

"那家伙是谁?新来的?"襄垣问。

辛商朝后望了一眼,玄夷站在阴影里,不见表情,仿佛一个无从捉摸的鬼魂。

他松开手,压低声音道:"天虞族的人,前来归顺蚩尤的。你最好快点逃走,我不想把你抓回去。"

襄垣说:"刀在蚩尤手里。"

"你居然还没有死!这些年里,你在做什么?"

"随处走走,没做什么。"

辛商话中带上威胁之意:"你在用人魂铸刀?!襄垣?"

襄垣正要回答,远处传来一声尖锐的破空哨响。

陵梓把粮食放在空地上,茫然抬起头,问:"辛商呢?"

玄夷冷冷道:"不知去了何处。首领让我们集合呢,走吧!"

蚩尤刚毅的唇间衔着一管竹哨,哨声穿透力十足,有种催命的急促。

陵梓与玄夷赶到长流河畔,水汽浓厚,河水哗哗流淌,一具尸体半身浸在水里,紫黑色的血被水流带往下游。

蚩尤的胸膛微微起伏,似在抑制不住地喘息,眼神像头临死的困兽,压抑、悲伤、愤怒而濒临崩溃。

那具尸体已被践踏得面目全非,脖颈上有根红绳,绳上系着坚硬的兽牙与鸟喙。

"此人就是襄垣?"玄夷不合时宜地问。

那一瞬间,玄夷感到自己被一股杀气所笼罩,他丝毫不怀疑,蚩尤会立刻拔刀把他砍成两半。

然而玄夷不惧,低声道:"人死不能复生,首领。"

陵梓看了蚩尤一眼,上前检视尸体,说:"不是他!"

蚩尤整个人松懈下来,闭着双眼,话中充满杀意:"怎么看出来的?"

陵梓道:"小时候被烫的印迹不在。你忘了?他的左手……"

蚩尤打断道:"想起来了,继续找!"

玄夷忽道:"此人狡诈,将随身之物放在这具尸体上,想必已发现我们了。"

蚩尤道:"他跑不了多远。"

玄夷又道:"方才我看到辛商……在石屋后与陌生人交谈。"

陵梓愕然问:"哪里?!我怎么没见?"

蚩尤这才意识到辛商没有来,唇间一翻亮出竹哨,三长一短,哨音带着责备之意。

辛商从怀中摸出一物,那是以血写就的三块木片。襄垣见此,如获至宝,低声道:"多谢了!那天走得匆忙,忘了将这东西带出来……"

辛商却不把它交给襄垣:"上头写的是关于魂魄的事。玄夷懂祭文,他告诉我的。"

襄垣注视辛商双眼,对方终于把木片放开。襄垣将木片收进怀中,此时催促的哨声响起,二人同时心中一凛。

襄垣道:"我走了。"

"这次又要去何处?跟我们回去吧!你身子弱,不能在外头跋涉。"

"我不是废物。"襄垣说完转身离去。

转过房屋,眼前站了三个人,襄垣猛地停下脚步。

蚩尤摘下面具,冷冷道:"你自然不是废物!你铸冶出的刀,划了我一道伤口。"

襄垣深吸一口气，静静站着，目光扫过数人面容，最后落在蚩尤脸上。

"多年不见了，哥哥。"

章二·铸魂秘术

"我要铸造一把无双的利器,许多年后,人们会奉它为百兵之祖。"襄垣的眼眸里闪着热切而明亮的神采,"它能劈山分海,断河裂地,上至神明,下至游魂,都不能触其锋芒!"

正午的光线从窗外投入，屋中一张石桌，桌旁坐着襄垣与玄夷。

蚩尤带领安邑人在合水部废墟里搜寻战利品。襄垣被软禁在屋内，他想象的许多场景都没有出现，最后反而是一个陌生人前来，与他开始第一场交谈。

"你叫襄垣？"玄夷问。

襄垣打量着面前的陌生人：这应该就是辛商说过的天虞族人了。

这人皮肤灰蓝，呈现临死时的衰败之色，头发白且长，朝后捋着，指甲尖长，赤着胸口，穿一套祭司布甲。

"你是天虞族的人。"襄垣冷冷道。

玄夷点点头："我逃过穷奇毒手，正托庇于蚩尤首领麾下，我现在是他的祭司了。"

襄垣眯起眼打量他，能感觉到玄夷的敌意。

玄夷道："我在你身上，感觉到许多人的魂魄。"

襄垣眯起眼，没有多说。

片刻后，玄夷问道："你对我死去的族人做了些什么？"

"你的族人？我不就是你的族人？还是说……曾经死在熊耳山中穷奇爪下的天虞族人？"

"你……身上竟有这么多的魂灵怨气！"

襄垣回视玄夷。黄昏时的光线投入木屋，映得这祭司的脸冷漠而无情。

"我用他们死后驻留于战场上的魂魄来冶刀。"襄垣淡淡道，"你相信？"

木门吱呀一声被推开,玄夷马上起身,恭敬地立于一旁。

蚩尤已解了护甲,赤着健壮胸膛,河水已涤去他一身血气,面具也早就摘下。

"玄夷,出来。"辛商在暗淡的窗格外说。

玄夷躬身退出木屋外,余下兄弟俩对视着。

"方才在长流河畔发现那具尸体时……"蚩尤自嘲地笑了笑,"我竟然记不得你手上的烫痕,还是陵梓提醒我的,太蠢了!"

襄垣什么也没说,安静地看着他的亲兄长。二人五年前分别,蚩尤比起那时更强壮,也更悍猛,浑身上下散发着令人臣服的霸气,充满了让人窒息的压迫感。

这种压迫感他从小便能感觉到。襄垣并不认为自己逊色于他,蚩尤的力量是外露的,襄垣自己的能力则是内敛的——或者说,他相信是这样。

他设想过无数次,兄弟见面,蚩尤坐下来后说的第一句话是什么。在面对玄夷时,他的心里便转过不少念头,却想不到蚩尤以那具尸体来作开场白。

襄垣伸出手,现出虎口处触目惊心的烫印。那是他打造第一把刀时,三天三夜不眠不休,迷迷糊糊间,误将铜杆当作锤柄,被生生烫出的伤痕。

那把刀给了蚩尤,蚩尤则转手与辛商换了刀。

现在又换了回来,挂在蚩尤的腰间。

"为何骗我?"蚩尤冷冷道,声音带着威胁,却没有愤怒,"为何把你的饰物戴在那具尸体上?"

襄垣同情地说:"只是一个玩笑而已!哥哥,你太较真了。"

蚩尤不以为然。襄垣的手依旧凝在半空,他说:"两把刀都给我——你的刀,和……那少女用的刀。被你杀死的那人,冤魂不会消散,多半还附在其中一把刀上。"

蚩尤犹豫片刻,叹了口气,把两柄长刀都递给襄垣。

"在你的心里,除了冶炼,便没有别的念头了?"

不……襄垣本想说些什么,最后还是摇摇头没出声。他手持刀柄,潇洒一掠,两刀互击,死亡的战栗在刀锋上低低哀鸣。

"哥哥,在你的心里,除了争霸神州,攻城略地,还容得下其他念头?"

蚩尤沉声道:"我设想过你早就死了。你从小体质就弱,扛不住跋涉与饥苦,出了安邑的地界,随处都是杀机。你是怎么活到现在的?"

襄垣检视长刀,头也不抬道:"你应该问,我是怎么妄想活下来的。这是在叙旧?"

蚩尤说:"但你还活着,所以不愧是我的弟弟,今日与你叙的,也就是这兄弟之情。"

襄垣放下刀,抬眼望向蚩尤。他手臂上被这把刀砍伤之处未曾包扎,暗红色的伤口在空气里裸露着。

蚩尤的声音带着点喑哑:"跟我们回安邑吧!"

襄垣转头,望向窗棂上趴着的一只甲虫,它收起翅膀,安静地伏着。

"这些年里,我走过许多地方。"襄垣出神地说,"我去过北面的荒镜之山,东北的鏖鏊巨山,西南的雷泽……"

蚩尤提起桌上的陶罐，为襄垣倒了碗水。

"那些地方，最终都会掌握在我的手里。"蚩尤云淡风轻地说。

襄垣难得地笑了笑，说："我相信。"

"你见过穷奇吗？那是一种豹身鸟翼的巨大凶兽。"襄垣道。

"比翼都死在我的手下，穷奇又有何可惧？"

襄垣摇头："不一样！它们成群出动，铺天盖地，你新来的祭司，曾经全族死在它们的爪下。"

"还有昆仑山……"襄垣比画，"有一个部族，他们不信奉任何神。"

蚩尤不以为然道："我自己素来也是不信奉神明的。"

"你知道他们信奉什么吗？是星辰！他们认为天顶五大星宫对应世间五音，他们将受星辰感应而领悟的音编在一起，称之为'律'。"

襄垣从怀中摸出一个椭圆的蛋形陶壳，蚩尤问："这有何用？"

"这叫作'埙'。朝这些孔吹气，你能听见亘古时间长河里自然形成的声音。"

话音甫落，襄垣低低吹奏起陶埙，蚩尤安静地听着。那声音咿咿呜呜，不成曲调。襄垣的指法极是生疏，曲终调收，蚩尤也没听出个所以然来，莞尔道："咕咕咕的，像鸟叫。"

襄垣收起陶埙，续道："还有雷泽里的七眼天马，朝着你嘶叫的时候会有雷光穿透你的胸膛；岩岭上的混沌，它无头无脸，身长双翼，能把人变成一团烂泥；昆仑山脚的陆吾,豹脸猩身,喜食人头,所以方圆百里的部落,住民都没有头。"

"传说中北方的不周山上,住着从开天辟地活到现在的神龙,还有成群的角龙……"

蚩尤打断道:"这些你都亲眼见过?"

襄垣不答,却说道:"我从断生崖下离开安邑,那天下起大雪……"

"记得,那天我与族人前去山里寻矿,本以为你跟在队伍最后……"

"是的,我自己离开了。"

蚩尤怒道:"我以为你掉队了!为何不与我说一声!"

襄垣嘲弄地笑了笑,自顾自道:"说了你会让我走吗?我差点就穿不过雪线,幸好走到一半的时候,气候渐渐暖了,我抵达长流河边……这辈子从来没见过那么大的河,白茫茫的一片。你们也是渡河过来的?"

蚩尤点头:"玄夷告诉过我,那是洪涯境里诸神用来阻断南方沃土与北方荒地的屏障。"

襄垣想了想:"可以这么说。长流河水发源自洪涯境,带着诸神的法力,无法灌溉与饮用,人喝下去会导致昏迷。"

蚩尤淡淡道:"但里面的鱼,终归是可以吃的。我正打算将族人迁来这里,这场旱灾还不知道会持续到何时。那个时候……你掉进河里了?"

襄垣"嗯"了声,又说:"水流太湍急了,我绑了个木筏渡河,行到一半时,筏子撞在岩石上,我掉在水中,喝了几口水,就失去了意识。

"再醒来时已经在对岸,我以为自己快死了,没有东西吃,饿得一直发昏……"

"你从小就吃得少。"蚩尤不以为然道。

襄垣苦笑:"不是我本就吃得少。部落里的口粮就这么多,我不随着狩猎作战,却和你们吃一样的分量,怎能下咽?我……都是你们省下来给我的份例,久而久之,腹中就存不住食。"

"而后呢?"蚩尤问。

"而后,我在长流河的另一边开始喊,有人听到了。"

"喊的什么?"

襄垣不答,续道:"他在河边采药,过来扶起我,问我是不是饿了,给我吃了个东西……"他用双手比画,"巴掌大的米粒。以前我听辛商说过神话,知道那是木禾,吃下去就永远不会再饿了。我问了许多次他的名字,以便将来谢他……那人是三皇之一的神农。他居无定所,云游四方,也许我以后再也碰不到了!"

蚩尤笑道:"实在是匪夷所思。"

襄垣略有动容:"谢谢!"

蚩尤扬眉:"谢什么?"

"谢你不将它当作荒诞之言。"

"你如实说,我便信你。"

襄垣舒了口气,看着窗棂上的甲虫,它还安静地伏在那处。

"再之后,我走遍了小半个神州,不过还有许多地方没去过,神龙盘踞的不周山、魂灵穿梭的乌海、山清水秀的洪涯境……"

"好志向！"蚩尤把陶罐朝桌上重重一放。

襄垣避开了蚩尤那似乎能看透人心的目光。每次他心里有事时，在兄长的注视下，都有无所遁形之感。

"你在找什么？"蚩尤冷冷道，"襄垣，你不是在游山玩水！"

"我在找……"襄垣缓缓道，"哥哥，你不顾长流河屏障，强行渡河，征战四方，你又在找什么？"

"找让族人活下去的办法，找水，找粮食，找一个能让安邑人安居乐业的地方。"

襄垣的声音低了不少，仿佛沉浸在自己的回忆里："还有呢？你还在寻找自己，你想当神州所有部族的统领。"

蚩尤淡淡道："那不过是个长久的愿望。"

襄垣眉毛动了动，凝视蚩尤："可你知道吗？洪涯境内诸神不会坐视不管，这次扫荡合水部，你的名字，马上就会在中原传播开去。"

蚩尤说："这是我的事。既然决定渡过长流河，我就早有准备。你呢，你又在找什么？"

"说出来，你会放我走？"

"告诉我，不一定会放你走，但你若不说，我就一定不会放你走。"

襄垣沉默了很久很久，才终于开口。

"我要铸造一把无双的利器，许多年后，人们会奉它为百兵之祖。"襄垣的眼眸里闪着热切而明亮的神采，"它能劈山分海，断河裂地，上至神明，下至游魂，都不能撄其锋芒！"

"我为它起名叫作'剑'。"襄垣探指碗中，蘸水于石桌上疾书，划开厚厚的灰尘，"它的右边是一把刀，左边顶端是它的刃，刃下覆盖着人的魂灵……"

"此物一旦出炉，"襄垣沉声道，"将是天下至凶至厉之物！许多年后，当你、当安邑烟消云散，我的'剑'，还在世间流传。"

蚩尤目中带着温和的笑意，像在端详幼时的襄垣："纵是吹毛断发、削铁如泥的神兵，亦要握在勇士的手中，方能独步天下。你想将'剑'交予谁？"

襄垣带着不易察觉的恼火："那与我无关。我只想铸剑！"

"若此生有幸得见此剑出炉，将它交予天地王者蚩尤，如何？"

襄垣淡淡道："那么，姑且就先这样定吧。我可以走了？"

蚩尤道："我会让你走的，但不是现在。"

蚩尤起身出屋，走向月色下的村庄废墟。穿过树林，河水带着鱼鳞般的银光奔往下游，他站在岸边，需要独处的时间思考。

停在窗棂上的甲虫"嗡"的一声振翅飞起，穿过窗格，飞向一棵大树下的阴暗处。

玄夷翻手，让甲虫停在掌心，双掌一合，眯起眼陷入了漫长的沉思中，缓缓摇头。

夜空繁星灿烂，大地篝火点点，长流河南岸的百丈方圆的平原上，在三三两两火堆旁，聚着蚩尤带来的战士。

蚩尤朗声道："祭今日战死的族人！"

安邑人个个赤裸胸膛，起身应和。蚩尤仰头将碗中麦酒喝下，苦涩中带着一丝回甘。他掷了碗道："我们的部落，未来便要在这里安居了。"

"北到断生崖，南到长流河，以后都是咱们的地盘。"蚩尤喝道，"明日起程，将粮食带回去，再把族中人接一些过来，且在北岸扎根！"

安邑人齐声相应，犹如黑夜中的狼嗥。

篝火映在襄垣的眼中，他想，长流河以南的广阔地界皆是富饶的沃土，族人若能迁徙一部分到附近，生活环境便会好得多。

"过来吃吧。"陵梓笑道，"襄垣，这可多年不见了。"

襄垣应了一声，到篝火旁坐下。此处篝火地处僻静，陵梓与辛商在烤肉，蚩尤不知去了何处。

"你在想什么？"辛商朝肉上撒盐，看了襄垣一眼。

"想安邑的以后。"

陵梓笑着说："这里可舒服多了，至少没有北边那么冷。"

襄垣忽然问："但这样好吗？"

陵梓一愣，辛商道："是啊，我也觉得不太好。"

陵梓蹙眉："为什么？"

辛商把烤好的肉递给陵梓，陵梓又递给襄垣。他们从小便认识，分到食物后，总是让襄垣先吃。

渐渐地，辛商成了刀手，陵梓成了族中祭司，襄垣再吃他们给的食物，总是感觉变了味。然时隔五年后的今日，他终于可以豁达地接过辛商让来的食物，说一句实话了。

"谢谢！"襄垣说。

辛商笑了笑，但眉毛仍是拧着的。

陵梓问："到这里居住，有何不好？"

襄垣不答，反问道："你现在还是族中祭司吗？"

陵梓摇头："新的祭司是天虞族那家伙了。"

襄垣放下烤肉起身，陵梓忙道："别！你想做什么？我是心甘情愿地让出祭司之位。"

辛商也在一旁出声："襄垣，坐下。玄夷此人虽不讨喜，但想得多，想得远，确实有能力担任祭司一职。"

襄垣这才再坐下，长长出了口气，自嘲道："一时冲动，我也做不了什么。"

陵梓带着笑意望向襄垣："你和我们一起回去？还是留在这里，成为安邑迁来此地的第一批住民？"

襄垣摇头："这正是我先前所想的。你觉得，安邑人来到这里以后，生活会发生怎样的变化？"

"族中体弱的幼儿不用再被放弃，族人分为战士与黎民，各司其职，安居乐业。"辛商答道。

襄垣点头道："长久的舒适环境，会令到谁都不想出征，渐渐地，我们会成为第二个合水部。"

陵梓听明白了："一切都还未定。别太担忧，蚩尤会有他的办法。"

河岸边，蚩尤负手缓缓走来，身后跟随着黑夜里的祭司玄夷。

襄垣起身欲离去，却被陵梓按在原位。蚩尤过来了，问：

"怎么不到人多的地方去吃?"

辛商道:"这里风景好。"

蚩尤坐下,吩咐陵梓:"把鱼拿过来。你们在谈什么?"

襄垣在打量玄夷。这人似乎天生惧光,纵是坐下,也选择有阴影的地方。

一块巨岩拖着篝火的影子,把他半个身子隐藏在黑暗里,看不真切。

"在说安邑以后的事。"辛商说,"我和襄垣觉得,长久在此处居住,容易磨去族人的血性。在长流河畔安居,不一定是最好的选择。"

襄垣嘴角略翘了翘,看着辛商手里转动的鱼:"他不会听的。"

蚩尤却道:"为何如此笃定?玄夷方才谈的也是此事。"

襄垣扬眉:"所以你改变决定了?"

蚩尤没有回答,片刻后他朝陵梓、玄夷、辛商三人认真地说:"襄垣要铸造一种兵器,叫作'剑'。你们觉得如何?"

襄垣起身便走,蚩尤怒道:"坐下!"

襄垣忍无可忍,回头时见陵梓与辛商眼中带着一丝恳求的神色,他只得又坐下了。

"剑?不错。"——辛商的评价。

"听起来很威风!"——陵梓乐呵呵道。

襄垣却半低着头,沉默了好一会儿,待几人的目光都集中在他身上,这才道:"这几年里,我寻的就是铸剑之法,已有些微头绪,明天我得继续朝东走……"他边说边打量辛商,看见辛商神色复杂,心内祈求他别把铸魂之术的构想说出来。

然而玄夷一语惊起众人。

"首领说的'剑',需要用生者魂魄来冶炼?"玄夷冷冷道。

蚩尤愕然:"魂魄?绝无此事!襄垣连刀都提不起,怎么杀人夺取魂魄……"

"对,正是魂魄。"襄垣不顾蚩尤的话,径自与玄夷针锋相对,"铸造这种兵器,需要几十、几百,甚至成千上万的魂魄,把它们融进剑中。"

玄夷在阴影中再次发问:"被铸进剑中的魂魄将会如何?"

"永远不得脱困,魂魄的力量聚为剑灵,无坚不摧,无往不利。"

"死后亦不能安生,你就全不惧怕?"

襄垣不予置答,扬眉看着玄夷。

"天道冥冥,自有因果。你寻魂魄以冶兵,若无魂魄,又该怎么办?

"随处杀人?用无辜的人来冶炼你的'剑'?抑或如附骨之疽,跟随在即将被屠戮的部族之后,等候他们的灭顶之灾?"

辛商淡淡道:"杀个把人,有什么关系?你看得太重了。我们沿路杀过来,手上的血还少了?"

襄垣笑了笑,看着篝火不言语。

玄夷被激怒了,起身道:"但这是不一样的!"

"首领,你们为了生存而双手染血,每一次的杀戮都是为了族人能在这大旱中活下去!弱肉强食,自古已然!"玄夷指着襄垣,"而他呢?他不过为了杀戮而杀戮,他寻找魂魄,把它们禁锢于剑中,为的是铸出神兵后剿灭生灵,屠杀黎民如飞镰破草,最终难道还要挑战诸大神明?!简直愚蠢至极!"

"此等行事,必遭天谴!"玄夷怒道,"洪涯境诸神不会坐视你行此有伤天和之事!你的铸魂之法,会将安邑全族推入深渊!"

蚩尤喝道:"住嘴!玄夷!"

玄夷收敛了语气,低声威胁道:"就算让你炼出此器,在千百万魂魄的力量下,你也必将遭受反噬,成为人不人鬼不鬼的怪物……"

襄垣起身,淡淡道:"这是我的事,不用你来操心。"

蚩尤本想直斥玄夷,然而最后一句,却令他迟疑不决,站在篝火前陷入沉思。

旷野中一片寂静,唯闻长流河水哗哗流淌。

"你会被反噬。"蚩尤眯起眼,沉吟不语。

"没有用,你阻拦不了我。"襄垣转身离去。蚩尤抬起一手,握着他的手腕,襄垣立时动弹不得。他试着一挣,却奈何不得兄长分毫。

蚩尤安静地看着襄垣。仿佛千万生灵顷刻间灰飞烟灭,比不过那缥缈无拘的"反噬"二字,他的眸子里依旧泛着嗜杀的光芒,却多了份温情。

"你寻到铸魂之法后,先回安邑,我在断生崖前等你。不可莽撞行事。"

无人可知,长流河畔兄弟俩的一击掌,掀起了之后三千年,乃至更加久远的时光中的命运波澜。

襄垣静了许久,最后点了点头:"可以。"

"襄垣,击掌为誓!"

兄弟俩在长流河畔互击两掌,玄夷道:"首领!"

蚩尤的手在空中微一顿,旋即与襄垣击了第三掌,声音深沉却又明亮。

襄垣没有再说什么,转身离去。辛商、陵梓起身,与蚩尤一同目送襄垣的再次远行。

直到那身影消失在视线中,蚩尤转头看着玄夷:"欲往何处?"

玄夷低声道:"首领既一意孤行,属下说不得要另觅存身之处,他朝再会。"

"你不用走。"

"你没有错,襄垣也没有错。"蚩尤沉声道,"今夜之事,唯我们四人知晓,我以此河起誓,绝不会将全族陷于危境,若违此誓,罚我魂魄无法解脱,永在烈火与黑焰的痛苦中煎熬。"

玄夷停下脚步。辛商淡淡道:"祭司,你就算离开这里,茫茫神州,又有何处可去?中原诸族,不会接纳一个半人半尸的怪物。"

"或者,"辛商抬起手,按在腰间佩刀上,声音依旧冷漠而无动于衷,"我帮你做个了断?"

玄夷终于无奈地打消了离开的念头。

蚩尤深深吸了口气,吩咐道:"还有许多事要做!我放心不下他……陵梓,你向来与我兄弟交好,也是与襄垣换刀的弟兄。"

陵梓微一躬身,知道蚩尤有事要吩咐。

"是的。"陵梓笑容灿烂，从不介意蚩尤是否即将给自己派下多艰难的任务。

他拍了拍腰间的刀。

襄垣走出树林，面前是一片茫茫的开阔草地，他随手抽出腰间短刀——那刀自从与陵梓换了过来后，便从未用过。

但襄垣时刻磨砺着它，不让它生锈蒙尘。

襄垣一手持刀，转过身，映着明亮月色，朝来时的树林中晃了晃，像小时候做的游戏。

树林里也有一道白光闪烁。

陵梓收刀，从树林中走出，笑道："难得！在你这从不用刀的人手里，我的刀竟然没有生锈。"

"已经是我的刀了！还有什么事，是我那啰唆哥哥没说完的？"

"蚩尤让我跟随你，保护你，听你的命令行事。"

襄垣缓缓地叹了口气，似在抒发胸臆中的闷息。

许久后，他无奈地摇了摇头。陵梓又道："当然，更多的是，我想和你出去走走。安邑有玄夷当祭司了，我不想留在族中当个没用的人。"

襄垣先是一怔，继而笑了起来，他接受了这个说法："既是如此，以后……承蒙照顾了！"

陵梓爽朗地笑道："彼此彼此。"

他与襄垣结伴走进草原，向充满了未知的、神秘的神州沃土开始探索。

章三 · 应龙之约

    长流河以南的辽阔草原上有泽部,泽部有一名少女,名唤寻雨。她在大旱的最后一天,准确地做出了当夜降雨的预言,不过那已湮没于历史,再无人得知。

暖风席卷过草海,绿色的矮浪此起彼伏。旷野的尽头,终于出现连绵石山,这是一片陌生的区域,或许时刻潜伏着危险。

襄垣只跟着死亡走。他在寻找游魂,或是即将产生游魂的地方。部族交战是最好的情况,他不用动手,只需检视尸体们生前的武器,以验证他"灵魂武器说"的假设。

但这里看上去没有交战的迹象,或许石山缝隙中住着不少人?

陵梓则是盲目的,他只跟着襄垣走。

石山峡谷的入口处有一个集市,仿佛十分热闹。

襄垣上前打探消息。

"我用这种贝壳换肉干。"陵梓四处翻检,从腰包里掏出一枚闪闪发光的晶贝。

数名妇人凑上前,好奇地端详:"这是什么?你们是从哪里来的?"

襄垣不安道:"陵梓,我不吃饭,喝水就够了,你只要把自己的肚子填饱。"

陵梓点头,在摊子前取出自己带来的一些矿石——金、铜以及安邑深山产出的水晶。

在集市中闲逛的襄垣似乎发现了什么,他躬身从一堆物件中拾起一块黑色的原矿,石中隐约带着赤色的纹路,寥寥几丝赤红细纹,闪烁着摄人心志的光芒。

"这是什么矿?不像是铸冶用的。"

一名妇人说:"随葬用的,一种炼祭器的灵石。"

"你在撒谎。"襄垣冷冷道。

说到辨矿、选矿、冶矿之术,神州诸部无一比得上安邑,而安邑族人则无一比得上襄垣。

妇人丝毫不因襄垣的无礼而动怒,她接过矿石,笑着说:"年轻人,你经历过亲人、爱人、朋友的死亡吗?"

"当他们死后,魂魄散于天地,或进入轮回井去投胎,不就再也见不着了?这叫'引魂石',可作灵魂的栖身之所。"

不远处的陵梓听到这话,笑道:"没有人能永远不去轮回井投胎,魂魄转生是世间最重要的法则之一。"

妇人又说:"去是要去的。小伙子们,寿数这回事,谁也说不准。你俩看上去是好友,谁先死了,灵魂住在引魂石里,等另一位走到生命的尽头,再一起去轮回,不也很好吗?"

襄垣反倒被勾起了兴趣。他并非想到陵梓与自己先死后死的无聊问题,而是对这所谓"引魂石"的作用产生了疑问。

"从何处得来?"襄垣取出一把自己铸造的小匕首,"我拿这个和你换。"

"我们的祖先,世代居住在后头的这座荒岩山上。"妇人朝远方一指,苍凉的荒岩山与连绵的青山被峡谷切成泾渭分明的两半。

"传说泽部青山不因大旱荒芜,就是祖先保佑的缘故。祖先们死后,灵魂留在山里好几百年了……"妇人接过襄垣的青铜匕首,翻来覆去地看。在一切都需要自给自足的时代,一把利器的好处自不用说,它能剥皮、切木,极大地节省了劳动时间。

襄垣问:"所以?"

"几年前,商羊大人经过我们的部落,他感觉到这座山里有一个魂魄居住的地方,据说是始祖神死后,留在大地上的一滴神血结成的凝晶。后来我们遵循他的指引,挖开山脉,就发现了这些矿石。"

襄垣点头,掂了掂这块矿石:"能提炼不?提炼工艺是将里面的赤纹取出来?"

这问题超出了妇人所知,她茫然摇头,襄垣又说:"还有多少这样的矿,都换给我。你需要什么?"

襄垣正想把身上的东西都翻出来,换这种稀奇的能让魂魄"住进去"的矿石,妇人却迟疑地看了远处木棚一眼,摆手道:"我们族的祭司不让把矿石拿出来换,你可千万别对人说。"

她的摊子上摆着一些简陋的手工制品,再没有多的矿石了,显然此物也比较稀有。而把矿石换成匕首后,她便急急忙忙收摊,仿佛生怕襄垣反悔。

襄垣敏锐地发现了她目光所向之处,遂不再多问,转身前往木棚。

木棚外挂着一块布,布上是一个奇怪的符号。

相似的符号他曾在神农的药囊上见过。神祇们都有自己的象征符文,神农的标志犹如一片叶子。

而这木棚外的图案,像两片升腾的烟,簇拥着一道痕迹。

襄垣揭开布帘,走进棚里。

里面是一名少女,看上去是这里的祭司。她长得眉清目秀,五官小巧精致,皮肤白皙,双眼带着若有若无的亲切笑意,正在摆弄着手里的算筹与龟甲。

少女低声道:"陌生人,你从北方来?"

寻雨与襄垣,襄垣与引魂石……不知是冥冥中注定的天意,还是幽暗里脱序的相逢。

襄垣眯起眼打量她，片刻后说："是的。你是祭司？"

他注意到少女面前的木桌旁有块布，蒙住了仿佛是石头的一物，布下隐约透出白色光芒。直觉告诉他，那也许和引魂石有关。

襄垣掏出一枚青黑色的珠子，放在桌前："我用这东西作为报酬，向你打听一些问题。"

少女依旧不抬头："灵力很强大！是鱼妇的眼珠？怎么得来的？"

襄垣在她面前坐下："战利品。"

少女柔和地笑了笑："很贵重的东西呢！"

襄垣不悦地蹙眉，觉得这女人的话太多了，岔开话题问："最近这里有战事吗？"

"人心贪念不泯，世上随处都有战事。"少女摆好算筹，抬起头，终于对上襄垣的目光。

"我叫寻雨。"少女一笑道，"你叫什么名字？"

襄垣不答。他闭上双眼，似乎在倾听四周的动静，随后缓缓道："测算一下什么时候这附近方圆百里会有死人吧。"

寻雨柔声说："我们信奉商羊大人。商羊主雨，不测生死。想问生死，你应朝北边去，乌海边住着阎罗的子民，他们知道轮回与转生的秘辛。"

襄垣看着寻雨，似乎想从她眼中看出些什么来，末了又问："什么时候下雨？"

寻雨淡淡道："很明显，你根本不关心这个。"

"不，挺关心的。天不降雨，地下大旱，部族间为争夺水源而战，就会有死人。"

寻雨收起算筹，蹙眉打量面前这名异乡人："我如果说今天晚上就下雨，你会相信吗？"

襄垣不动声色道："你比我部族中的祭司更没用。有时我在想，你们这些祭司，上达天听、下解族困的能力，是不是都是装的？"

寻雨笑了起来："我可不是祭司！嗯……学艺不精，见笑了！祭司是我妈妈，我只是替她在集市里解答一些人的疑问而已。"

襄垣的激将法收不到成效，遂改了话头："这里只有你们一个部族？听说，有一种比较特殊的矿，分布在附近的山上。"

寻雨眼中闪过一丝警觉之色："不，住了两个部族，一个是我们泽部，信奉雨神商羊大人；另一个部族是西北边的荒山部，他们信奉后土大人。"

"最近有传闻，荒山部刑天族等得不耐烦了，打算过来讨水，他们是群没脑子的家伙……异乡人，你身上有很强烈的死气。我能帮助你吗？"

她避开了襄垣的后一个问题，却以充满期待的语气表现出对襄垣的关心，令他无法再追问下去。

襄垣从寻雨的眸子里发现了与安邑人不一样的神采。她的一言一行都带着善意，仿佛把每一个人都当成多年不见的朋友。

"你给每一个人卜卦都说这么多？"襄垣的话像在讥讽，眼中却不再是冷漠的神色。他心里在想着要怎么把话题绕回去，从她口中套点实际的消息……果然有奇特的矿脉？看来还不能对外人提起！

寻雨笑了笑："未必！你不是寻常人，我知道的。"

"从何得知？"

寻雨优雅地拈起襄垣的报酬："因为你能杀死鱼妇。"

襄垣道："那会儿我没有参与战斗，是我哥哥给我的战利品。"

寻雨轻轻地说："你知道吗？鱼妇住在长流河的上游，这种妖兽非常危险，她会在月圆的夜晚浮出水面，在月光下尖声歌唱，听到她歌声的人将逐渐失去意识，走进水中，被她卷进水底……但是据说，她在求偶时唱的歌才最动听，所以鱼妇的眼珠也被许多人当作最珍贵的定情信物。"

讲到此处，寻雨的脸略不自在地染了点红晕，当然她明白襄垣并不是那个意思。她定了定神，要再开口，棚外却传来混乱的高声喊叫。

襄垣立即起身，警觉地拔刀拦在棚子入口处，背对寻雨。

寻雨道："外面怎么了？"

喊声越来越杂乱，一道巨大的灰影掠过棚顶，正午的日光瞬间暗了下来，襄垣与寻雨一同抬头。

"襄垣，快出来！"

棚外传来陵梓的呼喊，襄垣撩开帘布，跑到集市中央。

集市上已聚集了不少泽部的女人，个个高声尖叫，所有人的目光都朝向天空，只见一条长达百丈的青色巨蛇掠过长空，斜斜栽向大地。

"那是……"襄垣仰头喃喃道。

"是龙！"陵梓惊道。

当即有人跪下，虔诚地朝向天空喃喃祷祝。

那条龙却感觉不到地面上的呼唤与朝拜，它的高度越来越低，几乎贴着他们的头顶掠过。众人只觉一道冰冷的水汽划过，空气为之一清，只见龙首撞上荒岩山内的峡谷，发出惊天动地的巨响。

大地猛地一震，随后四周便安静下来。

跪在地上的女人们陆续起身，惊疑不定地望向峡谷的最深处。

哗啦啦！碎石声响，石崖断裂，从高处坠下，激起的烟尘在峡谷内外弥漫开来。

"那是头龙？怎么会从天上摔了下来？"

陵梓茫然摇头。

襄垣道："你换完食物了吗？过去看看！"

陵梓把一个布袋负在背上，在襄垣身后进入山谷。

"那里是荒山部的地界了。"寻雨跟了过来。

陵梓回头疑惑地看了她一眼："哥们儿，她是谁？"

"不认识的。"

"可是她手里拿的是你的……"

"别啰唆，走！"

"你们不能……等等！"寻雨喊着，但是无人应她。

襄垣进入山谷，为眼前所见感到震惊。这是他有生以来第一次见到这样的庞然大物，就连陵梓也惊愕得半天合不拢嘴。

"这就是龙？"襄垣低声问。

就在这时，一群人吵吵嚷嚷，从高处跳下。

"应该是……我也没见过！那些人是……"

"马上躲起来!"寻雨揪着襄垣的衣服,把他拖到石林中的石柱后。

青色的龙在地上翻滚,仿佛痛苦不堪,龙角先前撞在峭壁上,已断成两截。

襄垣他们刚在石柱后躲好,便有一群人"嗬嗬"叫着,手执石制长矛,从山的两侧冲了下来。

突然出现的这些人都没有头,他们仿佛都是男人,乳头幻化为双眼,肚脐眼处裂开血盆大口,满嘴森森獠牙。

陵梓傻眼了,神色瞬间变得极为古怪,夸张地做了个"噗"的表情,显是被那群无头人逗的。

襄垣打了个手势,示意另一根石柱后的陵梓别笑出声。

"那是刑天族。"襄垣低声道,"别小看他们!他们没有头,也没有脑子,蠢得很,但非常好战,只砍下他们的手脚是不会死的,极难对付……"

寻雨插口道:"你也知道他们?"

襄垣眉毛动了动:"当然!我曾经见过西北昆仑山下的刑天族人,还被他们抓起来过一次。"

寻雨点头:"几十年前,有一个刑天族的分支,迁徙到荒岩山上来了……你想做什么?别出去!"

襄!垣闪身一掠,躲到陵梓藏身的石柱后,二人一同朝外望去。

"噗!哈哈哈……他们在做什么?笑死我了!"陵梓看到刑天族人手舞足蹈,围着青鳞巨龙跳起动作滑稽的祭祀舞蹈,当即笑得上气不接下气。

襄垣揪着陵梓的衣领晃了晃他,低声问:"陵梓,那头龙死了?"

陵梓好半天才缓过来:"有可能……说不定还是条应龙!因为传说应龙死前都要飞向不周山的龙冢……迎接死亡。那倒霉的龙多半是飞到一半没力气了……襄垣?"

襄垣知道陵梓从前也是祭司,了解的远古传说不比其他人少,他既这么说,多半便是最符合常理的推测,因此心中一动,问:"有什么办法接近它?"

陵梓蹙眉道:"人太多了!等人少点,我想想办法。"

一名腰间挂着碎兽牙链、下身穿金线蓝麻布裙的无头人从岩石上跃下,叽里呱啦地说了一大通话,随后将祭杖狠狠插入土中。

无头人纷纷上前,各执绳索,将应龙捆缚起来,拴在石前。

那祭司咕噜噜地发出一串音节,显是吩咐部下们看好它,随后他转身离开。

"他想用这头龙祈雨。"陵梓道,"你看他的祭杖。"

襄垣循陵梓所指之处望去,无头人的祭杖顶端有一团蓝光正忽明忽暗地闪着,青色应龙微一挣扎,却动弹不得,像被祭杖持续汲取着所剩不多的生命力。

"陵梓,帮我个忙,把这些人弄走。在这头龙临死前,我要作一个尝试。"

陵梓点了点头,知道这种强大的生灵魂魄一旦释放,都会有惊天动地的效果,襄垣多半要用它炼器。

陵梓从口袋里掏出一把盐,翻掌一张,朝掌心吹了口气。

此时围在那条龙周围的无头人正张着肚脐眼上的大嘴,口水滴答落地，直愣愣地朝向青龙。

那龙终于闭上双眼。无头人呱啦啦地彼此交流数句，聚集在峡谷边缘，有人生了一堆火，就着火堆开始烤肉。

那把盐离开陵梓掌中，化作飘扬的飞絮，散于空中，暗淡的黑点萦绕着扑向火堆。

插在龙头面前的祭杖光芒不住起伏，把盐分吸扯过去。

寻雨目中带着笑意，掐了个指诀，一撒手，将盐分的光点推得偏离位置，没入无头人围着的火焰中。

陵梓笑道："那女孩也是祭司？"

襄垣示意陵梓噤声，他紧张极了。只见那群愚蠢的无头人呆呆不觉，取了火上烤肉便吃，片刻后纷纷跑开，哇啦哇啦地开始呕吐。

"这下呕起来可方便了！"陵梓笑得站不稳，"嘴巴就开在肚子上，哈哈哈——"

襄垣实在受不了陵梓的笑话，待得刑天部族的看守者都跑光后，他才从石柱后现身，缓缓走向应龙。

粗大的龙躯缓慢起伏，似是濒死前的喘息。

襄垣抽出短刀，将祭杖砍为两截，蓝光止息。应龙微一顿，仿佛松了口气。

"该怎么杀死它？"襄垣问。

陵梓与寻雨随后跟来，应龙已奄奄一息。

"听说逆鳞下面，是它的心脏。"陵梓试探着靠近一步，以刀揭开应龙脖颈下的一片靛青龙鳞，那处有层暗红色的肉膜，正在微微起伏。

襄垣道："我来。"他接过刀。

"别！为什么要杀它？"寻雨茫然问,"你们在寻找什么？"

襄垣不悦地蹙眉,这女人实在是太麻烦了！

襄垣以刀抵向应龙心脏,用力刺入。

应龙的眼皮微一动。

襄垣猛地停了动作,急促呼吸数下后,欲再使力,寻雨上前握住了他持刀的手。

襄垣粗鲁地说："别插手！"他推开寻雨,深吸一口气,正要结果应龙性命时,那龙却忽然睁开了双眼,它那银色的巨眼凝视着襄垣,仿佛要看透他的内心。在这样的目光注视下,襄垣便无法再刺进去半分了。他自小连人都没杀过,更何况这等巨物！

寻雨松了口气："有水吗？给它喝一口。"

陵梓颇有点想不明白,询问地看看襄垣,又看向寻雨,最后把水袋取下,交到她手里。

寻雨虔诚地跪在应龙面前,把水从它的牙缝边灌了进去,又从腰包里掏出几片树叶,放进它的嘴里。

襄垣收了刀,神色迟疑,问："它还能活多久？"

寻雨难过地摇头,单手抚过应龙覆着厚硬鳞片的眼皮,刹那间,横亘山谷的应龙身上泛起靛青光芒,身形疾速缩小下去。

光芒闪现,顷刻间应龙消失,地上躺着的,是一个全身赤裸、肌肉线条优美的年轻男子。

应龙化人,陵梓与襄垣俱是头次亲眼得见。那男子在地上趴着,艰难地咳出一口血。

"蝼蚁之躯……"男子低声说。他满头白发如飞雪,堪堪支起身子，寻雨忙上前去扶，却被他狠狠推开。

男子深深喘息，奋力一掌虚按，发出震撼山谷的龙吟。这声音惊动了山谷两侧的刑天族人，只见山涧中、石洞里的无头人嗬嗬大喊，争相跃进谷中。

陵梓马上拉着襄垣再次躲起，那男子试图奔逃，奈何刑天族人已包围上来。寻雨既怒且急，飞快吐出一串音节，手里握着一物向前平举。

"那是什么？"襄垣闪身在岩石背后。

刑天族人似乎有些忌惮寻雨手中的法器，纷纷退开，转而前去抓捕男子。

"他在求救。"陵梓凝神道，"听声音像是……"

"救他！"襄垣紧张地问，"别让旁的龙来。能救吗？"

"说不准。这处哪会有龙，我尽力试试。"

陵梓将襄垣护在身后，双手略分，一手握拳，一手并掌，低声念诵起远古时代的咒文。随着他的念诵，一团黑云在峡谷高处缓慢旋转，狂风刮了起来，地面飞沙走石，无头人迎风大吼，却睁不开胸前的怪眼。

啪的一声，第一道微弱的雷电落地，溅起岩沙四射。

寻雨喊道："没用的！你们先走，我留下来掩护！"

襄垣道："你懂什么？土生金。此处荒岩山绵延百里，土相极盛，水相弱，金雷生。"

寻雨却说："不用，我有克制他们的……"

陵梓不给寻雨机会，下一刻，又一道雷霆落下。这一次威势更强，足足是先前闪电的数倍，轰地一声落地，劈出焦黑深坑。

雷电一道接一道，每一道都势若炸空电箭，后者愈发强于前者。刑天族人个个恐惧大喊，仓皇逃窜回洞内躲避。

陵梓身形稳若磐石，口中默念祭文的速度加快，音节已模糊难以辨认，两次闪电间的间隔越来越短，到得最后，天地间到处是耀眼的白光与神雷交错相缠！

雷电将半个山峰炸得粉碎崩毁，乱石四射。

峡谷内已成电光汪洋，襄垣觑准两次闪电间隔之时，一个箭步冲向空地中央，肩扛那男子手臂，架住他四处闪躲，逃回岩柱内。

"走！"陵梓手印一撒，倾盆炸雷从天顶轰地一声落下，巨石滚落，发出巨响填进了山谷。

午后烈日西行，寸草不生的荒岩山中，男子被放在一块石上，精疲力竭地吁了口气。寻雨从布囊中取出一条宽麻布，让他围在腰间。

"喝点水。"寻雨又拿了水袋给他。

"你这女人怎么这么麻烦？"陵梓笑着斥道，"一路跟着，没有你自己的事做吗？"

寻雨抿唇不答，男子勉强喝下几口水，伏在一旁喘气。

寻雨道："他们马上要追来了。"

襄垣问："谁？"

寻雨答："刑天族的人。这一族不知畏惧，也不知好歹，定会派人追杀我们。"

襄垣略扬眉："我们？听我一言，你且回去罢，余下的事交给我。"

寻雨看向那虚弱的男人:"你要将他带到何处去?他是应龙。应龙大人,该如何称呼您?"

"擎渊。"那男子低低道。

寻雨有些焦急:"他病得很严重,得送他到泽部治病……"

擎渊推开女孩起身,陵梓忙扶住他。襄垣问:"你怎会从天上摔下来?"

擎渊沉声道:"我寿数已尽,欲归不周山龙冢……让路!"

襄垣不为所动:"你这副模样,连荒岩山都走不出去。"

擎渊又咳出一口血,勉勉强强站起身来。襄垣抽出腰刀:"我送你上路吧。"

"别碰他!"寻雨叫道,"你太残忍了!"

襄垣冷冷道:"比起死在山脚下,龙躯腐烂生蛆,供无知愚民肢解亵弄,你更愿意哪一种?"

擎渊不语。他的视线望向山下茫茫大草原,许久后道:"你说得对。我的力气已无法支撑我到不周山了……连化作人形亦难以维持。"

两人交谈间,擎渊的皮肤已快速干枯,手臂瘦削,眼窝渐渐凹陷下去,数息间迅速衰老。

"你叫什么名字?"擎渊的目光望向襄垣。

襄垣薄薄的唇抿着,片刻后开口道:"我不是好人,救你,是为了看着你死。"

擎渊道:"那么,我给你这个机会。"

远处喊声渐起,刑天族人开始集合,沿着山路追来。

襄垣眉毛动了动:"你还能活多久?"

"最多二十日。"

襄垣淡淡道："不可能！就算能带着你走二十天，也决计到不了不周山。"

"不试一试怎么知道？我可以蛇形跟随于你，藏身袖中，不会加重你们的负担。请将我带到不周山龙冢，让我死得其所。"

襄垣静静沉思，剑眉拧起。

"我带你去！"寻雨道，"不用求他。"

擎渊低声道："你进不了不周山的地界。凡身为祭司、带着洪涯境诸神之力的人，入不同山地界内便会被角龙们察觉。他能力平凡，犹如蝼蚁，龙群甚至察觉不到他的存在。"

襄垣这时似乎想好了："可以！我会带你进龙冢。"

陵梓道："襄垣，传闻龙冢有看守者，所有的龙死后都会在那处葬身，更有不少龙魂生前之志未泯，徘徊不去……"

襄垣扬眉："那不是正好吗？"

"送我到不周山，我会为你向烛龙之子祈求一件事，让他了你一桩心愿。"擎渊承诺道。

襄垣动容："烛龙之子？"

擎渊点头："盘古死时，世界重生的那一刻便已存在，看守不周山的应龙之尊，钟鼓大人。"

"他能做什么？"

"通天彻地，无所不能。"

这个承诺更加坚定了襄垣的决心，他最终点了头："可以，这就走吧！"

擎渊取出闪着青光的一物，交予寻雨。

寻雨愕然道："这是……"

"谢谢你的好意，姑娘！"

寻雨只觉眼前一花，擎渊已不知去向，唯余一片麻布空落石前。

襄垣手腕发凉，是一条青色的小蛇缠于自己臂上。

"好管闲事的热心肠，我们走了！你想跟到何处？"襄垣冷漠地问寻雨。

寻雨上前一步，似在迟疑，片刻后说："你去吧，异乡人。我知道你心里有善念。"

襄垣嗤之以鼻。

刑天族人已追至岩山中段，越来越近。他们闹哄哄地喊打喊杀，各执戈矛等物，更有甚者将石头捆于木棒上直接上阵……奇怪的是，他们只是站在远处叫嚣示威，却不过来，一个个眼望寻雨，显得甚为忌惮。

电光石火间，襄垣心念急转，想起寻雨手中的法器，不由问道："你有什么能克制他们的？"

寻雨一捋鬓发，反唇相讥道："你才好管闲事！"

说毕，她在岩石间穿行，朝着刑天族人奔去，玉葱般的纤指撮于唇边，鼓腮一吹，哨声响起。

远处峡谷下，泽部的女人们大声应和，纷纷弃了手头之事，朝山上跑来。

襄垣知道寻雨的意思，她在为他们拖住追兵，让他们先走，当即不再耽搁，与陵梓转身离开。

荒岩山蜿蜒起伏，道路崎岖，襄垣一路跑得气喘吁吁，直到黄昏时分，才在山脊上放慢了速度。陵梓身体健壮，见襄垣疲惫，也不好催促，索性在此处休整片刻。

"泽部之中居然全是女人？"陵梓朝山下张望。

"我看看……"襄垣心中好奇，攀在陵梓肩后，越过高高低低的岩石，向下望去。

旷野中，黄昏给草原染上一层血似的绯红，天边鱼鳞般的滚云在和风吹拂下缓缓西来。大地上交战愈演愈烈，泽部的女人们手持石块，远远抛出，又将撞木、油罐等物抛在刑天族战士的身上。

午时一场小小的冲突，竟引发两部的大规模混战，看似打得没有道理，却是长久以来的积怨所致。

乌云滚滚卷来，远处有名妇人率领数十名泽部女子，在狂风中吟诵咒文，刹那间压顶阴霾内现出一道蓝色的光线。

"泽部之民都是女人。"陵梓疑道，"究竟是如何生育后代的？"

襄垣被他这么一问，十分迷茫地说："全是女人与后代有何干系？"

陵梓这才想起，襄垣根本不通男女之事，当即坏笑着揶揄了他几句。见襄垣懵懵懂懂，一时满面通红，陵梓才止住了调侃。

一场突如其来的冰雹箭将交战推向高潮，云层中倏然迸发出耀眼的蓝光，裹着尖锐的冰箭斜斜飞向战场中央，泽部已尽数撤回。刑天族唱起古怪的歌谣，山体阵阵撼动，碎石自发立起，组成上百具石灵巨人，蹒跚着走向战场。

雷霆在天际奔腾而过，乌云遮没了夕阳的光芒，四周陷入黑暗。

第一滴水穿过高空，落在襄垣头上，他猛抬头，仰望阴云密布的天空。

"下雨了？"陵梓喃喃道。

一滴，又是一滴，二人一同望向战场，交战正酣的双方不约而同地停手。

远处的泽部，一名少女手捧蓝色光芒，从衣饰上依稀可辨出是寻雨。龙鳞的光芒从她手中绽放，映亮了半边天幕。

暴雨铺天盖地，哗哗地下了起来。

刑天族人张着大嘴，呆呆望天。

"下雨了——"泽部这边传出女人们欣喜的叫喊。

战局便这样散了。

"下雨了。"襄垣难以置信道，"你的鳞片能祈雨？"

手腕上的盘蛇不予置答。

雨越下越大，刑天族与泽部的族众俱散去了，荒岩山上的泥沙刷刷地被雨水冲了下来。

襄垣与陵梓在山道中艰难地行走，满身泥泞，心内却是欣喜异常。

"襄垣，你说安邑也会下雨吗？"陵梓在哗哗的雨声中大声问。

襄垣摇了摇头，在陵梓耳边道："这里离安邑挺远，我觉得不会。"

雷声滚滚，暴雨倾盆，陵梓微有失望，片刻后又欣然道："蚩尤应该已经带领他们搬到长流河畔了。"

天色已暗，暴雨令山路更为难行。跋涉片刻后，陵梓见襄垣冻得嘴唇发紫，心知不可再赶路，便找了个隐蔽处的山洞：

"我们先避会儿雨，明天再走。"

襄垣点了点头。手腕上的盘蛇在散发寒气，他都快被冻僵了，跟随陵梓走进山洞。

忽然间，洞里传出哇啦哇啦的叫喊，一个精壮的刑天族人跑了出来，朝他们愤怒大叫，并举起木棒，不停地敲打示威。二人尚未明白过来，那无头人见他们不逃不避，便像受到了侮辱般，冲下山去找帮手去了。

襄垣与陵梓都被吓了一跳，相视大笑。转眼间听见山下一群刑天族人呱啦啦的叫嚷声，一时间双双色变——先前那名无头人竟然带着他的同伴回来了！

"快跑！"陵梓忙护着襄垣，开始第二次仓皇逃命。

暴雨掩去了星月的光芒，道路一片漆黑。襄垣二人磕磕碰碰，慌不择路，险些摔进山涧里去。陵梓把襄垣推到一块大石后，正欲冒雨再次作法，倏然间一个熟悉的声音响起。

"等等！终于追上你们了！"是寻雨冒着雨从另一条山道跑来，却脚下一滑，摔下山坡。

襄垣忙伸手去扶，混乱中二人却摔成一团，一道闪电映亮彼此满是水珠的脸庞，与挨得极近的唇。

寻雨脸上一红，忙推开襄垣，起身道："怎么又惹上他们了？"

陵梓道："你又来做什么？快离开这里！"

寻雨却说："退开，让我来！"

她从怀里掏出一块刻着奇异符号的玉石，举向刑天族人追来的方向。

玉石霎时绽放出温和的白光，耀目却不灼眼。刑天族人追到高处，正要杀下来，却在玉石光华前停下脚步。

他们胸前的双眼失去神采，一个个张着嘴，愣愣地站着。

襄垣讶道："这是什么法器？"

"铸魂石。是泽部从山里发现的一种特殊矿石……我们找了很多年，把很多块熔炼成这一小块……是专门对付这些傻瓜用的。"寻雨笑道，"刑天族和我们不一样。他们没有头颅，三魂七魄是离散的，附在胸膛与四肢上，铸魂石能暂且收走他们的地魂。"

陵梓惊道："这就死了？"

只见数十道光点离开刑天族人的肩膀，飞向铸魂石，没入玉石内。

刑天族人登时流着口水，四处晃荡，东倒西歪，一副失魂落魄的模样。

"只能暂时收取。"寻雨道，"他们还没有死，待会儿送你们离开后，我还得回来把地魂还给他们。我们先走吧，我知道有一条路可以到北边去。"

雨势渐小，寻雨带着襄垣与陵梓沿山路往山下走去。他们打起火把，黑暗中，从荒岩山高处倒挂而下的水帘闪烁着晶莹的光芒。

"没用的家伙！有这么冷吗？"寻雨见襄垣冻得不住哆嗦，忍不住嗔道。

陵梓怒道："说什么呢！我兄弟身体不好，又干你何事？"

襄垣示意陵梓无须动怒，反问道："女人，你怎么又追来了？"

"带你们出山。山里的路难走。"寻雨说着停下脚步,"其实,你送给我的鱼妇眼珠太贵重了……"

襄垣根本没把那东西当一回事。小时候蚩尤给他的妖兽遗骨实在太多,他早已习惯了这位勇武的兄长猎回来的各色珍贵战利品。对他来说,它们不过是蚩尤的战果,不是他襄垣的。

"你拿着吧。"襄垣苍白的嘴唇动了动,说罢就一副不想再多费唇舌的样子。

"等等!"寻雨将火把交给陵梓,取出一件东西,"不能……白拿你的东西。妈妈责备我了,让我带着这个前来。"

陵梓插话道:"你妈妈是泽部的祭司?"

寻雨抿着唇,似笑非笑地点了点头,郑重地掏出一根羽毛。

"这是凤凰的羽翎。你们要去的不周山很冷,把它放在身上,以后就不惧寒冷了。"

襄垣转身就走:"我不需要同情。"

"不是同情!"寻雨忙拉着襄垣冰冷的手,她依稀有点明白他的心情了,"当作信物,交个朋友不好吗?"

襄垣看着寻雨期待的目光,终于接过凤羽,不情愿道:"你不如把铸魂石送我。"

寻雨立刻戒备地一手护着腰包,意识到了什么,又笑了笑,松开手:"妈妈说这种石头很危险,现在已经被开采完了,不能把它拿出去……今天已是破例了。你需要用?或者我带你去问我妈妈……"

襄垣生硬地说:"算了,不需要。"他心里寻思,这名叫寻雨的女子好哄,她娘却多半看得出自己不是什么好人,决计瞒不过去，眼下只能先记住这个地方，来日再想办法。

"以后你如果经过荒岩山，可以到我家来看看。"寻雨不知襄垣心里所想，轻捋鬓发，蹙眉问，"你在寻找魂魄？你想做什么？想招回谁的魂？"

襄垣淡淡道："不是想招魂。你不懂的！"

寻雨轻轻叹了口气："沿着这条路走，可以在前面的峡谷出山，这里已经没有危险了。"

襄垣看看寻雨所说的方向："后会有期。"

寻雨点了点头，笑道："保重。"

襄垣与陵梓打着火把，潜入了茫茫夜色。寻雨在峡谷下站了许久，似在期待他回头看一眼，然而襄垣没有转头，他前方的道路仿佛很漫长，不算强壮的身躯很快隐没于岩石后。

风卷着大旱以来第一场雨的充沛水汽，润泽了整座大山。

长流河以南的辽阔草原上有泽部，泽部有一名少女，名唤寻雨。她在大旱的最后一天，准确地做出了当夜降雨的预言，不过那已湮没于历史，再无人得知。

她预言出大旱的结束，更反复测算当日离开的男子身上有何使命，却毫无头绪，算筹中显示出迷离的乱象。

章四·魂魄剑器

擎渊冷冷道:"三魂中命魂为本。诸神以命魂为枢,引盘古死后清气化来的七大灵魄开枝散叶,才有了睥睨天地、傲视苍生的能耐。你所言之'剑',乃是收纳魂魄的'器',在龙与神祇强大的魂力下,正如用一个巴掌大的小杯,去承载浩瀚大海,简直不自量力!"

荒岩山外,极目所望俱是红色的岩石,火焰从地面的裂孔中喷出,零星细雨落在地火与黑烟中,噼啪作响。乌烟从谯明山顶喷发而出,每隔一个时辰便漫布天际,再缓缓收拢,聚为漩转的涡云,被吸进山体内。

如此不断循环,犹如人的呼吸。

"这应当就是传说中的地肺了。"陵梓曾经在古卷上读到过西方的奇异景象。

襄垣问:"接下来怎么走?"

手腕上的擎渊声音不大:"穿过地肺区域,前往乌海边缘,沿白骨之路走,渡过乌海,便是不周山。"

陵梓问:"不能从乌海边上绕过去吗?"

擎渊没有回答。

襄垣说:"我们的时间不够绕过去吧?"

他们离开荒岩山后,足足走了六天,沿路植被越来越少,也再不见有部族居住,直行到地肺外,方停下了脚步。

刺鼻的硫黄味令襄垣剧烈咳嗽,他喝了点水,坐在石头上朝天空眺望。远处地肺旁有红光若隐若现,是长在岩缝中的金火铜兰在发着光。

乌烟中有穿梭飞行的怪鸟,并发出危险的唳鸣,襄垣的直觉告诉他,这些怪鸟非常危险。

地肺孔周遭喷出扭曲的火焰,看上去仿佛是因空气灼热而造成的景象偏离,实则不然。

襄垣曾经在云梦泽中见过一种奇异的生灵,名唤"孟极",豹形长尾,红皮金目——这种妖兽善于潜伏,以火光鼠为食。

云梦泽与此处地表虽千差万别,却俱有冲天的火光,区别在于前者是沼泽地气聚为泥泡,炸裂后引起的烈火引来火光鼠这种小型食火妖兽,此处则是因地貌形成的天然硫黄火。

孟极兽习惯三两成群,在有火的地方觅食,扭曲的空气景象便是穿过它们透明的身体所见的效果,若贸然前进,很可能受到它们的攻击。

襄垣说:"走不了,想个办法绕路。"

擎渊略有点暴躁:"能过!"

陵梓插话:"你是龙,当然能过!从前你是怎么去不周山的?"

"我从天上……罢了。"擎渊也意识到有点强人所难。人类太脆弱了,稍微强一点的妖兽便足以把他们撕成碎片。它转念一想,问:"你是信奉洪涯境诸神的祭司,就不能御风或是踏火而行?"

陵梓解释:"安邑信仰的是金神蓐收。火克金,遇火便无从施展,除非是风神飞廉的祭司,才能御风。"

擎渊冷哼一声:"蝼蚁。"

襄垣无所谓道:"力量堪比诸神的应龙,最终也得请蝼蚁施以援手。可见绝对的力量不是一切。"

擎渊不再吭声。

陵梓忽道:"慢,襄垣你看那边!"

一只头生尖角、马形三目的异兽走近其中一个地肺孔,唇朝外翻,现出口中的小手,摘采石缝内的金火铜兰。异兽摘下金火铜兰,放进嘴里,开始咀嚼,并不时左右张望,以防被隐形的孟极兽偷袭。

陵梓道："我有主意，咱们到那边去等。"

陵梓选定另一片岩堆，躬身伏下，打手势道："襄垣，过来。"

襄垣摘了几片金火铜兰，茫然地望向陵梓：难道是用这个引诱它？

陵梓道："不，你当它是山羊呢？没用！过来躺下。"

那里离地肺孔很近，地面滚烫，襄垣只觉自己的背脊都快要烧着了，硫黄气呛得他两眼流泪，生不如死。

"忍住，只要一小会儿。"陵梓解开自己的腰带，把自己和襄垣捆在一起，"别作声，它朝这边来了。"

"它是……咳咳，是什么？"襄垣强忍不适问道。

"驩疏。"陵梓紧张地说，"从前蚩尤带我们去狩猎的时候我见过。"

驩疏朝这处缓缓走来，张开口，舌头竟是黏腻的小手，带着唾液在襄垣脸上摸来摸去，似乎在疑惑这是什么，末了，又去摸陵梓。

襄垣一动不动，心想，这实在太蠢了。

驩疏直把二人舔得脸上满是口水方打消疑虑，走向石缝中的金火铜兰，准备进食。

陵梓猛然弹起，喝道："咤！"

襄垣立刻会意，被陵梓拖得趺趺撞撞，朝驩疏扑去。陵梓一跃而起，落在妖兽的背上。襄垣费了好大劲才坐稳，差点被受惊的驩疏甩下地来。

"抓稳了！"陵梓吼道，"别摔下去！"

骟疏受惊，一阵没头没脑地疯跳，撞向地肺。陵梓一手牢牢抓着它的角，另一手提拳朝它头上便揍。襄垣忽然心生一念，随手拔出陵梓腰畔佩刀，朝远处一甩。

那把刀呼呼作响，旋转着飞向地肺孔，只闻痛吼声起，紫血飞洒，赫然插进一头隐去身形的孟极兽腹上！

这也惊动了地肺孔旁的其他孟极兽。只见眼前虚影一片，骟疏各朝不同方向的三只眼，均发现孟极兽行踪，惊得不顾背上的两人，掉头撒蹄便奔！

骟疏奔跑起来，令二人感到剧烈颠簸，天旋地转。陵梓使出平生力气，狠命揪住骟疏，襄垣则紧紧抱着陵梓的腰。骟疏逃命要紧，飞扑向地肺孔前，四蹄腾空一跃。

"哟——"陵梓欣喜喊道。

那妖兽竟有飞行的能力，眼看便要逃生，然而地面的孟极兽却不愿放过骟疏背上的二人，纷纷胁展双翼，在高处一个盘旋，紧追而来。

骟疏腾空之时，四蹄仍不断虚蹬，襄垣只觉耳畔风声凛冽，竟是被斜斜带着朝空中飞去。

陵梓回头道："你把我的刀弄没了！"

襄垣在他身后大喊："我会再给你打一把！只要死不掉，千把万把都不成问题！"

陵梓笑道："别怕，它们追不上！"

论飞行速度，孟极兽终究不如骟疏。只见骟疏发蹄狂奔，终于甩开了追兵，攀向谯明山峰顶。穿过烟尘的那一瞬间，襄垣顿觉心胸开阔，呼吸为之一畅。

天地间烟雨蒙蒙，细雨如丝，骟疏蹄下御风，屈足在高空翱翔而去。鸟鸣阵阵，二人极目望去，远近尽是叫不出名字的飞禽。

陵梓道："朝下看！"

襄垣循陵梓所指之处望去，那一刻，驩疏恰好掠过谯明之山的峰顶出烟口，漫天烟尘巧到极致地朝山腹中一收。

从高处看去，只见烟孔深处，有一团炽烈的火焰在熊熊燃烧。

顷刻间，那团红火温柔地铺展开去，现出九翼金喙，仰头朝向天际，发出震动九霄的鸟鸣。

"凤凰！"陵梓激动地大喊。

襄垣深吸一口气，缓缓点头。凤凰一展羽翼，地脉中的昏晦景象登时光芒万丈，瑰丽无比。那声凤鸣响时，襄垣怀中寻雨赠予的凤羽受到感应，释出阵阵温暖。

"你说，她送你的凤羽是在这里捡的吗？"陵梓笑问道。

"多半是了。凤凰这等珍奇异兽，世间寻常不得见。那个寻雨胆子也够大，竟敢到谯明山来。"

驩疏一掠而过，朝东北处飞行。

襄垣忽道："它如果愿意载我们过乌海就省事了。"

陵梓拍了拍驩疏的头，附和道："兄台，顺便带我们一程？"

然而半日后，驩疏却在茫茫乌海的边缘停下，不敢再进半步。

"算了，下来吧。"襄垣说着，掏出先前摘的金火铜兰，喂给驩疏，拍了拍它的头，"谢了！"

驩疏低鸣一声，转身离去。

"已经省了不少事了。"陵梓舒了口气，手搭凉棚望去。

擎渊说:"寻找一截横亘乌海的龙骨,踏于骨上,当可渡海而去。"

乌海并非真正的大海,而是一片由黑色细碎沙砾与地气构成的沙海。

荒漠上空,天是灰暗的,雨到此处早已停止,海中除了碎石还是碎石,风吹着沙砾在海中滚动前行,犹如连绵的海浪。

这里就像个巨大的装满黑曜岩沙砾的池子,一眼望不到尽头。

"这是世间仅存的几个浊气之地。"擎渊说,"你们穿过乌海后,再朝东北走,便能抵达不周山。"

飓风在远处成形,肆虐的龙卷如漏斗般将沙石吸上天空,横扫整个海岸。

"快入夜了,先休息一晚上吧。"陵梓说。

襄垣也疲惫得很了,他们在乌海岸边寻了处石山,陵梓捡来几根枯木,在一个背风的山洞中生火,暂作休整。

飓风卷向乌海外沿,洞外飞沙走石,襄垣与陵梓看着火堆出神。

陵梓忽道:"襄垣,咱们从小就是好兄弟。"

襄垣明白陵梓的意思,心想,陵梓一路守护他至此,再瞒着他实在说不过去,于是从腰囊中取出一块矿石,说:"我大致有想法了。陵梓,别抢,这石头没用!先问你一件事。"

"如果哪一天你死了,会去入轮回吗?"

"当然不会!"

"为何这么说?"

陵梓屈起一腿，十指交扣，拢在膝前，洞内隐约的火光映在他微带污迹的少年脸庞上。他出神地说："我要等你们一起去轮回。"

襄垣心里生出难以言喻的感动。打小时候起，陵梓除去跟随蚩尤出外狩猎，便与自己形影不离，真正做到了安邑换刀战友的誓言：一起生，一起死。

襄垣有点懊恼地说："我把你的刀给弄丢了。"

"不不！"陵梓忙安慰，"你做得对！襄垣，刀可以再打，你做得很好。"

襄垣不再说话，望着火堆出神，好一会儿才道："有的人死后不愿离去，会留在世间，陪伴他的亲人、朋友，你觉得是这样吗？"

陵梓点头："对，我听老祭司说过，人有三魂七魄，其中三魂为天魂、地魂、命魂。命魂乃是一个人活着时候的标记，三魂七魄共同承载人的记忆。只有死前意念十分执着、强烈的魂魄，才能留在世间。但不少留下来的游魂只剩执念，其他的，则什么都不记得了。"

襄垣道："那就是孤魂野鬼，别的都忘了，只剩死前一直想着的事？"

陵梓蹙眉："或许是。问这个做什么？"

"有时我在想，除却死后了无牵挂、心甘情愿去轮回的魂魄之外，还有许多人的魂魄是徘徊不去的。这些魂魄不当孤魂野鬼，还有其他的办法能留在世间，比如说……"襄垣抽出自己的刀，"附在兵器上。"

陵梓眯起眼，点了点头，喃喃道："他朝捐躯壮烈死，一缕英魂佑袍泽……是有这个可能。但我觉得,并不是所有人的魂魄都能附在刀上的。"

襄垣道:"那么如果在他们死的时候,或者死前,把他们的魂魄召唤过来呢?像这种矿石,就有吸扯魂魄的能力。"

陵梓猛然抬头:"你打算用这个办法来铸'剑'?"

"嗯。比方说,有上万人在战场上牺牲了,将他们的魂魄召过来,注入兵器里,带着他们生前的战意,将成就一柄极为威猛的武器吧?"

陵梓缓缓点头。他觉得襄垣的想法中有点不妥,却又说不上来究竟哪里不妥。

襄垣又说:"或者用更强大的魂力……比如龙……一把注入了龙魂的剑,你觉得会有什么效果?"

这已经超出了陵梓的想象范围,反正也是空想,不如索性再夸张一点,只听陵梓道:"是啊,用注入人魂的剑屠杀应龙,再用注了龙魂的剑屠杀洪涯境内诸神,再把死后的诸神命魂收入剑里……"

襄垣:"……"

陵梓:"……"

陵梓忽而大笑道:"这听起来很威风!襄垣,我能不能期待有一天活着见到注入了三皇魂魄的'剑'?嗯,名字我都替你想好了,就叫'三皇剑'!"

襄垣哭笑不得,摇头叹气道:"你可是做过祭司的人……"

"不过胡乱想想嘛。"陵梓耸肩。

"愚昧无知!"擎渊的声音忽然响起,把二人吓了一跳。

襄垣却是认真地问:"何出此言?"

擎渊冷冷道:"三魂中命魂为本。诸神以命魂为枢,引领盘古死后清气化来的七大灵魄开枝散叶,才有了睥睨天地、傲视苍生的能耐。你所言之'剑',乃是收纳魂魄的'器'。在龙与神祇强大的魂力下,正如用一个巴掌大的小杯,去承载浩瀚大海,简直不自量力!"

"若神祇自己甘愿入剑呢?或是世间总有办法,能将神魂、龙魂强行压入剑内……那些不愿去轮回投胎的魂魄,便能以这种方式长存下去。若是他们不愿下世转为蛇虫蚁豸、飞鸟走兽……而且我觉得,你说的也未必都对……"

擎渊嘲笑:"那你又知道多少?"

襄垣朝火堆里加了枯木,淡淡道:"我不像你们活得长久,但我至少知道一件事:天地间万物枯荣,多是实体。魂、魄等物却是虚体,以虚委实,何来器小量广之说?剑并非以铜铁之躯承载魂魄,真正凝聚成剑灵的,往往是徜徉人间、心有执念而不愿离去的魂魄自身。"

擎渊没有料到襄垣想得如此清晰,静了片刻后说:"你以为龙与神祇的魂魄,都会流连世间不去?其实不然!"

襄垣问:"难道没有特例?"

"……也有不愿洗掉前世记忆去轮回井内投胎的……龙冢内便有徘徊不去的龙魂。"

襄垣心中一动:"它们留在何处?还记得当年的事吗?它们知道自己在做什么?"

擎渊淡淡道:"不周山是开天之初便已存在的古迹,龙穴与寂明台各据一端,自有应合天地造化的方法,到时你便知道了。伏羲要求万物按他制定的规则运转,钟鼓大人却说过,蝼蚁般的凡人没有诸神毁天灭地的能耐，也并无我们应龙翻江倒海的威力，却有上苍赐予的思想与造化之力。"

"什么？"襄垣还在想着龙魂留于不周山的事，有些走神。

"创造。"擎渊道，"你们有制物、思考，并寻根刨底、感受一花一树、于细微处察知天地的能力。"

"这又有什么用？还不是得听命于洪涯境。"

擎渊冷笑："无用？天地成形后，盘古命殒，烛龙支天，俱与天地同为一体。他们留下了什么？漫长岁月中，诸神曾经寻找过许久，发现两大始神的思察与创造之力不知所踪，并无种族得到继承。"

"唯钟鼓大人隐约猜到……如今这能力果然现于你们身上。初时我不以此说为然，现在听你说到铸剑，却觉应是如此。"

擎渊说完，便不再言语。陵梓发了会儿愣，挪了位置，解下外袍，与襄垣靠在一处，盖着袍子睡了。

漫长的夜里，襄垣却一直没有睡着。洞外的风声犹如群鬼夜号，控诉着生前的不甘与毕生未竟的遗憾，他想起曾经游历神州时见过的许多战场，勇士们未尝得报血仇，便饮恨而终。

他们的魂魄还不想离开。

襄垣又想起不久前亲眼所见的合水部的灭亡。那些亡魂是否也留恋人间，附着于兵器之上？

"陵梓？"襄垣小声说。

"哎。"陵梓笑了笑说，"你还在想那事？"

襄垣道："交代你一件事，如果哪天我先死了，我会把我的魂魄留在这个石头里陪着你，我们一起把未竟的事情做完。"

陵梓接过那石头，问："有用吗？"

襄垣说："不知道。还没有试的机会。"

陵梓打了个哈欠，说："希望别碰上这种事！我笨手笨脚的，可做不来你的'剑'。"

襄垣道："但多一个办法总是好的，不是吗？这等于一个人可以活很久很久……"

"嗯……"陵梓闭着眼睛，喃喃道，"让别的人带着你活……"

暴风在乌海上肆虐，陵梓睡得很沉，襄垣却仍睁着双眼，看着跳跃的火焰出神。

如此说来，真正决定武器威力的，多半与种族无关！按擎渊说来，似乎天上诸神也会像凡人有喜有怒？若脱去天地二魂与七魄，将人的命魂与神的命魂置于同一位置上，未必仍被诸神压制。

擎渊说了，凡人的创造力足可与诸神比拟……襄垣又想起泽部提炼出的铸魂石。

他把陵梓沉睡的脑袋推开些许，拿起矿石，借由火光仔细端详。

收纳魂魄的器……有没有什么法术，能同时将多个生灵的魂魄抽取出来，注入石内？再从石中第二次转移，注入一把剑里？

剑本身能困住魂魄吗？超过一个以上的命魂注入后，会不会互相冲突？需要什么条件？

襄垣的思想陷入一片混沌中，再睁眼时，是被陵梓摇醒的。

洞外明亮了些，暴风已不像昨夜那般狂烈。

陵梓伸了个懒腰，说："先吃点……咳，呸！"

襄垣笑了起来，陵梓刚张口就吃了满嘴沙。他简单地喝了点水，陵梓吃了点干粮充饥，二人攀过高处岩石，走向漫无边际的乌海。

擎渊所指之路无误，乌海中确有一条白骨之路。它由巨大的龙骨横亘天地铺成，小山般的骨骼一头搭在乌海的边缘，另一头深入沙石海中的腹地。

这头应龙似乎仍保持着死前飞向不周山龙冢的姿势，肋骨根部发黑的细密沙孔，证明它已在这死寂之地存在了千百年。

踏上龙尾，一眼望不到尽头，龙脊骨笔直地指向东北方。

陵梓试了试，喊道："上来吧！"

陵梓取出自己的祭司面具，将它戴在襄垣的脸上，自己则扯出块布，蒙着口鼻，以免突如其来的风沙灌进嘴里。

襄垣艰难地摆手，二人在应龙的脊骨上，顶着风沙，步行穿过乌海。

风再次变大，有时是横向穿过，有时则从背后掠来。他们走得很慢，襄垣快支撑不住了，尤其在顶风行走的时候。

每一根龙的肋骨都足有合抱的岩柱般粗大，它们被风吹得疯狂摇撼，仿佛下一刻便会飞向远方。

"那边有人！"陵梓凑到襄垣耳边喊道。

襄垣茫然点头，耳内满是沙石，完全听不到陵梓在说什么。

陵梓又喊："要过去看看吗？"

襄垣大喊："你说什么？"

恰在此时，一支箭从远处嗖地飞来，钉在襄垣耳畔的龙骨上。二人同时警觉。陵梓将襄垣护在身后，一记戟指，指尖凝起跳动的电芒，口中念诵起咒语，闪电如跳跃的灵蛇，直击向暗箭来处！

有女人的声音焦急大喊，陵梓一手抽刀，冲上前去。

襄垣跟跄追上，风向再转，把他推得冲向陵梓。

"别动手！"女人喊道。

在女人面前，陵梓持刀，另一名武士拉开长弓，彼此警惕地盯着对方。

襄垣一手按在陵梓肩上，那发出喊声的女人也一手按在武士开弦的弓上，双方罢战。

这里竟会有人？襄垣不信任地打量对面的女人。敌友未明，对方竟有上百人，在龙骨上排着队，前进方向似乎与他们是一致的——目标都是东北面。

那女人问襄垣："你也是祭司？你是哪位大人的祭司？"

襄垣这才意识到自己还戴着陵梓的祭司面具，他把它推到一旁，斜斜顶在额角上，现出清秀的面容。

风小了些，襄垣勉强能开口："你们是什么人？"

他与陵梓同时打量那女人。她穿着十分暴露，全身只有几缕束紧的黑布，衬出丰满的乳房与窈窕的腰身。她的衣襟下摆在狂风里飞扬，现出古铜色的修长美腿与赤足，足踝上戴着银铃，裙面上绣有一个符号——围绕着中央尖角，旋转成形的涡卷。

"乌衡！"那女人道，"你呢？"

她是襄垣自出行以来见到的最特别的女人。她的皮肤黝黑，双目与乌海中的黑曜石同成一色，像头充满力量的雌豹。

"襄垣。安邑来的！"襄垣看看身旁的陵梓，"我们是一起的。"

陵梓与乌衡约好般地同时行了个祭司礼，这下双方才真正放松下来。

乌衡道："先走吧！现在风太大了！"

那一队人与乌衡服饰相近。他们排成长队，老幼妇孺都有，成年男子在队伍的两旁扶持，沿龙骨缓慢行走。

襄垣隐约猜到了些什么。风渐小了，他与陵梓跟随在队伍的最末端，想找个人来询问，转头时却看见先前射箭的武士跟在身后，监视着他们。

襄垣略有不悦，陵梓却猜到他的想法，侧过头道："你叫什么名字？这是要去做什么？"

那武士阴沉地说："乌宇。别废话，快点走！"

陵梓斜斜瞥了他一眼，被襄垣箍着转过身去。

襄垣总觉得自己知道些什么，不住在脑海中思索回忆。片刻后，乌衡从队伍的中间绕了回来，显是安排完族人的队伍，前来询问襄垣。

乌衡的锁骨上刺着精致的文身，走路时铃铛响起，襄垣盯着她的文身看了一会儿，忽然灵光一闪："你们是信奉阎罗的子民！"

乌衡点头，笑道："你知道这个符文？"

襄垣终于想起在荒岩山时寻雨说过的话，要问生死与轮回，应当朝乌海去，那里住着阎罗的子民。

陵梓笑嘻嘻道："哟，兄弟，你认识这美人？"

乌海的细沙之间,埋藏着属于远古的许多秘密。这里是寸草不生的沙之海洋,是人间通往地府的入口之一。

襄垣忙问道:"你知道寻雨吗?这些都是你们的族人?"

乌衡惊喜:"你也认识她?太好了!"

襄垣说:"我从泽部过来……"

陵梓插话道:"寻雨对我兄弟一见倾心,已经交换了定情信物——"

"别添乱!"襄垣怒道。

陵梓忙摆手:"好好。"

乌衡说:"我们正在朝北面迁徙。我族本来住在乌海边上,但太旱了,没有水源,也没有食物,你们呢?"

襄垣指指来时的路,顶着风道:"你们应该朝南边走,神州已经开始下雨,大旱兴许结束了!"

乌衡摇头:"南边有很多山挡着,我的族人们过不去。"

襄垣明白了,陵梓同情地点头:"我们要去不周山。"

乌衡道:"据说横跨过乌海就是不周山,你们跟着我们的队伍走吧。寻雨还好吗?"

襄垣只得说:"……挺善解人意的小女孩。"

乌衡笑道:"上次我自己离开族人,想到南边看看有没有适合居住的地方,结果谯明山实在太热了,走不过去,昏倒在山里,当时就是寻雨救了我。"

"你们也想去不周山?"

乌衡摇头:"不,我们打算抵达乌海的东北边缘后再南下……"

风又刮起来了,陵梓喊道:"为什么不沿着海边走?这里每天都刮这么大的风吗?"

"山太多了,翻不过去。老人太多了!"

乌宇在背后轻推乌衡，眉毛拧起，显是觉得她说得太多了。乌衡只得一边不住朝前走，一边说："你们小心点，别掉队了！"说着，留下一串银铃般的笑声，朝队伍中间去了。

章五·初识神祇

"我在想,洪涯境里的神祇,会有什么可想的?"

"凡是生存于天地间的生灵,便有事可想。想这天空外是什么,大地最底层之下又是什么。你们人会想人活着是为了什么,神也会思考神活着是为了什么。"

一行人在龙骨上艰难前行,乌海黑沙起伏,绵延无尽,风越来越大。离那龙骨十余里之处,狂风肆虐,在天空中卷过,追着一股纷飞的水珠,将它牢牢困在风眼中央。

嗡的一声,狂风与雨点散去,现出两个身影——背生双翼的风神飞廉与身穿长袍的雨神商羊。

商羊一拂袖要转身离开,飞廉忙又截住他的去路。

"喂!哪里跑?伏羲要见你。"

商羊携一枚通体碧蓝的圆珠,身周牛毛般的针雨横飞,笼着一层水汽。他的左眸暗金,右眸邃黑,乃是十分奇异的姿容,然而这双眼睛却无法看到现世之物,如同盲目。

两位大神追逐了一阵,商羊大约是不耐烦了,停下来驻于半空,捧着青珠道:"我不想去!你追了我这么远,就是来说这个?"

这是雨神商羊经过神州沃土的第六天,所过之境暴雨滂沱,自长流河至荒岩山,再到不周山外围,植物郁郁葱葱,沐浴在雨中,大地焕发生机。

风神飞廉紧随商羊身后,风雨二神,破旱时自当在一处,然而他总觉得自己起不了什么作用。降雨只要有商羊一个便够了,自己顶多把雨水横着吹过来,又斜着吹过去,卷出点好看的花样。

除此以外,还能做什么?

飞廉道:"女娲让咱们降雨你愿意来,伏羲召你,你却不去?"

商羊道:"女娲是女娲,伏羲是伏羲,并不一样。我们认识了这么久,你是知道我脾气的。"

风雨二神相伴相生，商羊较之好动的飞廉，多了一种天崩于前而不变色的淡定气质。

飞廉说："我知道你向来不喜欢伏羲……但这次，洪涯境有很重要的事，伏羲说了，所有神都必须到。"

商羊双袖一笼，收了碧雨青珠，随口道："阎罗也不会去。伏羲又想做什么？"

"订新的天规。"

商羊淡淡一笑："只要阎罗不到场，他就凑不齐神，少我一个，又有何干？"

飞廉笑了起来，身畔风力一收，变得和风习习："其实我也不太喜欢那家伙。"

商羊身周环绕着的纷飞细雨小了些，他问飞廉："那你又愿意留在洪涯境？"

飞廉无辜地耸肩："离开洪涯境，也无处可去不是吗？风神雨神，便该在一起，你这次降雨完了，又打算上哪儿？"

商羊答："没想好，总之……不会回洪涯境里。"

飞廉说："你的神台荒废许多年了，咱们从前种的树木缺雨，枯枯荣荣，更替了上百次，要不是我让共工有空了来浇水……"

商羊一哂道："你若喜欢那位置就去住。几棵树，有什么可在乎的？"

飞廉挠了挠后脑勺，笑道："话不是这么说……"

商羊道："女娲的嘱咐办完了，走了！老友，保重！"

飞廉色变："哎，你去哪儿？"

"天地之大，无处可去，走到哪儿算哪儿。"空中传来商羊的声音，"再会。"

飞廉站了片刻，喝道："回来！商羊，我的话还没说完！"

商羊身形化作千万细雨，扑进了无边无际的乌海。飞廉等了上百年，好不容易见得搭档一面，这便又走了，倏然间心里生起一股戾意。狂风呼啸而过，掀起漫天黑色沙砾，横着吹过乌海辽阔海岸。

商羊召来的阴云还未消退，一时间阴霾滚滚，旋被飞廉的神力摧刮成破布般的小块，在空中散为虚无。

飞廉在乌海中没头没脑地一番乱闯，身周飓风时大时小，最后冲向乌海，朝海中一扎，埋身于石砾之中，露出头顶两只靛蓝的角，躺在海中不动了。

飞廉便这么仰躺在乌海里，凝视天空看那风动沙飞，云卷云舒，许久后，他疲惫地叹了口气。

神存在于这个世界的意义究竟是什么？

三皇中，伏羲制定世间法则，监督人间运转；女娲则操心人间疾苦；神农忙于游历世界，寻找药草。

飞廉忽觉得伏羲是在白忙活。这是个可笑的念头，自盘古倒下、烛龙撑穹后成形的天地自成一统，又需要谁来操心？万物生灭自有定数，五行之神，风雨日月，夜神阎罗……神祇自身也是这世界的一个因子，连烛龙、盘古俱奉天道不仁的行事法则，诸神又有什么理由去干涉整个世界的运转？

或许商羊正是意识到这点，方不愿听从伏羲的命令？

既如此，诸神又缘何而生？

风渐小了下去，天地间亮了不少，乌海中的生灵逐渐浮出

神明之间,亦有亲疏远近。风雨二神便是彼此相熟的老友。

沙海。浊气汇聚之地仍有庞大的化蛇跃出乌海，在空中画着弧线横掠而过，扎向十丈外的沙石中，消失无踪。

这种蛇身双翼的怪异生灵犹如蝙蝠，膜翼边缘锋利，拖着长尾，成群结队出动，短短逗留于空中的瞬间，转头嘶叫并捕捉那些被乌海释放出的、浮在空中的一团团雾状浊气，取食后不断进化自身的力量与形态。

乌衡与襄垣等人在白骨之路的尽头停下脚步。他们还未曾抵达乌海边缘，面前已经无路可走，千年前应龙尸骸的头骨容纳了整个乌族的上百名迁徙者。

乌族人纷纷把背上的木板解下来，襄垣这才发现，他们早已准备好了渡海的工具。

乌衡在火堆前将干粮分给襄垣与陵梓，笑道："待会儿你们和我一起，上木筏走，再有一天一夜，我们就能到乌海对岸了。"

襄垣点头示谢，心觉这女孩与寻雨不同，自然大方，浑无女人的羞涩，或许是当家当得早，一派豪爽气概。

陵梓问："过了乌海，你们要去哪里？"

乌衡笑吟吟答："没想好，找个能住人的地方先住下吧。其他地方再怎样也未必有乌海荒芜了。"

又一群化蛇展翅飞过高空，襄垣抬头，从龙骨的眼睛空洞中望向风平浪静的外界。

"什么时候出发？"襄垣问。

乌衡迟疑道："不知道呢，风怎么忽然停了……这可奇了。弟，你出去看看。"

乌宇没说什么，挎上长弓，把一块木板顺着大张的龙口推出海面。

陵梓在一旁点评道："他很瘦，太危险了，你该派别的人去。"

乌衡挽了头发，漫不经心地说："他小时候身体孱弱，所以才需要让他多锻炼，当姐姐的，不能照顾他一辈子。"

襄垣道："我哥要是有你这想法，日子就过得轻松了。"

乌宇还未上木板，转头看向乌衡："我不是你弟弟。"

乌衡笑了笑，说："知道了，去吧。"

乌宇不情愿地进了沙海。他赤着上身，皮肤黝黑，瘦削却不失健壮。

襄垣与陵梓目中带着笑意，注视乌衡。

乌衡脸上微红，随口道："我们两家是邻居，他的父亲有一次出去狩猎……"

襄垣会意道："不用急着解释，兄妹也是可以相爱的。"

陵梓附和道："是啊，血统还更纯正呢。"

乌衡微忿："我只把他当作弟弟……"

襄垣连番安抚："不用着急！我没说你们有别的关系……"

陵梓在旁帮腔："瞧你说的，本来就是纯洁的姐弟，现在越描越黑了。"

乌衡恨恨地扔了手中干柴，过去逐一检视族人，襄垣与陵梓一起大笑。

襄垣枕着自己手臂，躺于地上睡觉，陵梓抖开祭司袍，盖在两人身上，片刻后一阵喧哗吵醒了他们。

一道衔接天地的巨大龙卷风从沙海内悍然展开，屹立于乌海中央，通向天际。

天地间漆黑一片，龙卷风将地底的沙砾抽出，方圆千里的沙地尽数凹陷下去，整根龙骨瓦解，在狂风与乌海沙砾的洪流中被肢解成碎块，旋转着被吸扯向风眼处。

"怎么回事？"襄垣吼道。

"不知道！"乌衡尖叫道："乌宇——弟弟！"

远方的视野已模糊一片，龙卷风将地下的沙砾抽上天空，在肆虐的暴风壁垒上横刮而过。襄垣几乎要被狂风卷出龙颌之外，一道布绫缠住他的腰，霸道地把他扯了过来，拖到陵梓身边。

"我们要死了！"陵梓吼道，"襄垣！"

襄垣只觉自从离开安邑后，第一次碰上绝望至此的境地。他使出平生气力，在陵梓耳边竭力大叫道："别放弃！风里有人！"

陵梓抬头时惊鸿一瞥，发现龙卷风的中央，隐约有道人影在绽放着青光。青光越来越盛，携着幕天席地的狂风直摧而来，陵梓忙喝道："襄垣！小心！"

襄垣一手抓紧龙颌边缘，另一手紧攥拧成一股的布袍。陵梓松开双手，犹如展翅飞鸟，两人与龙颌一同被狂风带出乌海的海面。

陵梓舒展四肢，像半空中飘荡的纸鸢，额上浮现出金神蓐收的符文。

一道霹雳从陵梓身上发出，贯穿了风暴中心。

纠结的雷电乱窜，在龙卷风内穿梭，将风势阻得缓了一缓。风眼上空悬浮的那人被微弱的闪电一震，小指酸麻，不禁愕然转头。

乌衡跃出龙颔,将匕首在手臂上一割,鲜红的飞血在空中画出一道弧线,矫健的身影如瀚海孤燕,投入了渐渐消弱的暴风圈。

"胡闹!"说时迟那时快,凹陷的乌海中央最深处出现一个深邃的孔洞,孔洞中射出一道黑光,轰然击中高空那人的颔下!

那人在空中打了几个滚,才堪堪稳住身形。

海中孔洞射出千万股黑色火焰之羽,继而转头接住乌衡,无数黑羽汇成一股,现出高大的男子身形。

天地静谧。哗的一声,漫天黑沙倾盆倒灌下来,只见那黑衣男子一拂袖,沙砾缓缓下倾,补满了被龙卷风抽走的深坑。

男子额上的符文发着光,与乌衡衣袂上的符号交相辉映,俱是旋转成形的涡卷。

他面容阴鸷,朝空中那人斥道:"飞廉,你就这么闲,一身力气无处使?你可知道方才你将地府打穿了一个洞!"

飞廉道:"伏羲让我带话给你,阎罗……"

那男子正是夜神阎罗。他闻言冷冷道:"你就不会走长流河底的路进地府?"

飞廉驻于半空,一副无所谓的表情:"商羊刚刚就是从这里下去的。我也图个方便。"

阎罗道:"他没有来寻我,只是取道地府,现在想必已经离开了。"

飞廉诧道:"那他去了何处?"

阎罗不悦:"你把地府的天穹击穿,让我到人界来,就是为了问我商羊去向?"

"息怒,阎罗。伏羲让你三个月后到洪涯境,有事相商。"

"不去。"

"你随意,总之我将话带到了。"飞廉说着,眼神转向一边,"这是什么?"

阎罗怒道:"这是我座下的祭司!你将乌海弄得一团糟,便是她以鲜血献祭之术将我召出来的。"

此时乌衡正艰难地挣扎,身体浮于半空,继而睁开双眼。

阎罗宽袍大袖,浮于乌海上空,扬手时神力展开,乌衡身上被风沙刮出的细微伤痕,以及割臂取血献祭的伤口逐一愈合。

飞廉又问:"别老板着脸嘛!商羊呢?你真不知?"

阎罗冷冷道:"不知。"

一旁乌衡挣扎着起身,朝阎罗施礼。

阎罗拂袖道:"罢了!你还有何事禀奏?"

乌衡答:"回禀阎罗大人,族人无法生存,乌衡无能,想带他们穿过乌海,寻找新家。"

阎罗不现喜怒,飞廉扑打着翅膀缓缓降下,问道:"你叫什么名字?"

乌衡答道:"乌衡。"

阎罗道:"既是生存无以为继,便去吧。"

乌衡情绪似有些低落:"以后……无法守护这条通向地府的道路了。"

"无妨,这世上鲜有人能胡闹成这样。飞廉,你闯的祸,自己收拾！"说毕阎罗黑袍如流云般一卷，整个人再度化作黑火，扎入了乌海。

飞廉侧头端详面前的人类女子，挠了挠头，莞尔道："冒失了！方才未曾想到乌海中央竟然有人。"

见到阎罗离去，乌衡慌忙转头，寻到一块碎木，躬身站着。

飞廉跟过来问："在找什么？"

乌衡答："找我的族人、我的弟弟。他们刚刚……陷于沙下了。"

飞廉闭上眼，思考片刻，抬起一手，于面前轻抚而过，神力扩展到整个沙海表面，沙砾温柔地退去，将上百人缓缓托了出来。

"咳……咳！"陵梓抱着襄垣，吐出嘴里的沙。

襄垣精疲力竭，幸亏在沙底下埋的时间不长。

"乌衡！"乌宇终于爬了出来，满头沙砾，咳出一口黑沙。

乌衡松了口气。

襄垣道："方才发生了什么事？"

"阎罗大人来过……"乌衡欲言又止，不知该如何告诉他们，侧头时见飞廉暧昧地眨了眨眼，只得先按下不表，反问道，"你们没事吧？"

飞廉缓缓伸了个懒腰，打了个哈欠。

陵梓想起龙卷风中央的那道身影，开口道："你是什么人？"

"我不是人。"飞廉道。

襄垣问："叫什么名字？"

风神懒懒道："飞廉。"

襄垣不客气地说："你到这里来做什么？刚刚我们差点死在你制造的龙卷风里了！"

陵梓忙以眼神示意襄垣不可无礼，连番嘴唇微动，反复作出"风神"二字口型。

飞廉道："这可说来话长……"

襄垣张口，待要再讲些什么，乌衡终于出口道："襄垣，这位是风神飞廉大人。不可胡闹！"

飞廉笑了笑。

乌衡又躬身行礼："冒犯了风神大人，还请大人原宥。"

飞廉道："我和他们不一样，起来吧。"

乌衡礼貌地问："您有什么吩咐我做的吗？"

"抬起头。"飞廉说。

乌衡略抬头，目光中带着一丝不卑不亢的虔诚。飞廉想了想，认真地说："没有。"

"我只是……来找我的一位老友。"飞廉解释道，"……追着他到了这里，他便进入了乌海。"

乌衡笑了笑，说："据说乌海的底部通向地界。"

飞廉耸肩笑道："不过商羊走了，我没下去，躺在沙丘上，想一些事，看看风景，想得入神，给你们添了麻烦，对不住。"

襄垣没有再说什么，转过身，望着来处。

飞廉背后张开两个翅膀，额前的角发着光。片刻后众人周围聚起两道小小的龙卷风肆虐扫来，唯有他们所站的风眼之处很是平静，小小的木筏载浮载沉，缓慢漂荡。

乌衡抬眼看着飞廉，看到这名青年神祇悬于半空，温和地低头,他的瞳中映出一名赤肩女子——正是自己。

飞廉笑道:"你是阎罗的祭司,愿意归于我座前吗?"

乌衡莞尔:"大人开玩笑了!祭司怎可随便更换所信仰的神祇?恕在下无礼,飞廉大人若无吩咐,我们这就走了。"

飞廉道:"你们想横渡乌海?"

乌衡点了点头,指向远方,说:"我的族人就在那里。"

飞廉道:"阎罗嘱我收拾,那我就顺便送你们一程罢。"

他落下木筏,赤足站在筏上,随口道:"风起。"

一阵强大而柔和的风吹过乌海,天空中的乌云倏然散去,现出晨间金辉,铺满海面。

黑沙携着朝阳闪光的金粉层层翻涌,乌衡不禁为这瑰丽的奇景而着迷,低低惊呼一声。

乌族木筏在飞廉的神力下鼓满风帆,乘风破浪而去。

飞廉似是对他们颇有兴趣,站在木筏前端,迎着一轮朝阳驱使群筏,并不离去。

四周静谧无比,唯有和风与海潮的沙沙声。

襄垣忽然开口道:"你在想什么?"

飞廉侧过头,漫不经心地一瞥,目光落在襄垣腕间的盘龙上,随口答:"你又在想什么?"

"我在想,洪涯境里的神祇,会有什么可想的?"

"凡是生存于天地间的生灵,便有事可想。想这天空外是什么,大地最底层之下又是什么。你们人族会想人活着是为了什么,神也会思考神活着是为了什么。"

襄垣抿着唇不答,似是同有感触。

"交个朋友吧!"襄垣不卑不亢道,"方才是我无礼。"

"不!"飞廉笑道,"是我不好。你们是蓐收的神仆?"

襄垣翻出手掌,掌内空无一物,飞廉也翻出手掌,二人轻轻地握了握。

"我知道这是你们人的礼节。"飞廉笑道,"翻掌,以示手中并无武器,互握,表示友好。"

襄垣点头:"你对人了解得挺多。"

"你们是很聪明的生灵。"飞廉话音落地,翅膀一扑,转身飞上高空,"走了,有缘再会。"

襄垣朗声道:"以后若想寻你,该去何处?"

飞廉的声音消失于空中:"循着风走,风在何处,我便在何处。"

乌海上的阴霾再次掩来。风一停,便恢复了万里沙石死海的寂静。

"不知何日再会。"陵梓道,"这尚是我此生第一次得见神明。"

"总有机会的,我也是第一次见。寻雨说得没错,她见过商羊,告诉我神祇们也并非全是高高在上……"乌衡若有所思。

"既已渡海,我们就在此别过了。"襄垣向乌衡道别。

乌衡柔声道:"有什么我们能帮上忙的吗?"

襄垣摆手:"不周山太冷。你带着这许多人,早些寻其他地方安顿吧。"

乌衡理解地点头,说:"以后……"

"总有再见之时。等你们安定下来后,可派人往安邑送信,寻我哥哥蚩尤,需要矿与金铁,也可带着粮食去换,他会愿意的。"

乌衡笑道:"那么,就此别过。"

乌海边缘,再朝东北行便是不周山。雪花安静地在天空飘荡。襄垣与陵梓顶着万里白雪,朝最后的目的地开始徒步前行。

章六·不周法阵

"我已经明白了。"襄垣喃喃道,"你看不周山这处,不正是天然的一个法阵?"

巍峨不周山历经千万年的洗礼,已是超越人世间的轮回之处。乱石立起的方位,正隐约切合了开天辟地时,第一次自然成形的阵势。

不周山。

擎渊寿数将终的最后三天。

襄垣腕上的盘龙在风雪中闪着忽明忽暗的光芒,山的外围怪鸟成群,狂风暴雪环绕山脚,阻拦了大部分敢于入侵的外界生灵。

擎渊道:"前面有一道无形的壁障,记得收敛你们身上的灵力。"

陵梓疑惑:"为什么?"

擎渊答:"自数百年前,一名凡人乐师死后,钟鼓大人便在不周山山脚设下这个屏障,阻住许多踏入此山的生灵。风雪壁垒随进入者的能力而变,进入者灵力越强,壁垒阻力便越大。"

"只阻强,不挡弱……吗?"

擎渊停了片刻,似在思忖,而后答:"我也说不清楚。钟鼓大人似乎对弱者仍抱着一丝同情,允许弱小的生灵进入不周山,汲取天地灵气修行,或许是因昔年他还未曾化龙时……不提也罢。但来者若带有洪涯境诸神的灵力,只怕他不会手下留情……"

襄垣疑惑地点头,看了看陵梓,道:"你身上的蓐收灵力多半会引来麻烦……"

"什么程度的灵力会引麻烦?这样吗?"陵梓单手下意识地结了个符印,抛出一道发光的闪电箭。

"别做蠢事!"襄垣与擎渊同时喝道。

闪电箭飞出数尺,穿过冰雪线,进入不周山。

四周一片静谧，陵梓遗憾地说："没事。"

下一刻，铺天盖地的风雪犹如一只咆哮的猛兽倏然而至！风壁掀翻了不周山冰雪线，陵梓与襄垣同时大叫，襄垣转身要跑。擎渊却吼道："别跑！你们快不过风雪的！收敛灵力，朝前冲！"

陵梓闻言，一把抓住襄垣手腕，顶风冲进了壁垒。

暴风雪卷起时惊天动地，整个风圈以电箭为中央环形散开，仿佛惊动了某个隐形的禁制，然而陵梓马上领会到，只要冲进风眼中便安全了，他竭力为襄垣遮挡着风雪。

两名少年在飓风与极寒中踽踽前行，襄垣大喊道："不能再朝前了！走不动了！"

擎渊喝道："再坚持一会儿！马上要过去了！"

襄垣单薄的身体仿佛随时会被狂风卷向天际，到最后，凛冽狂风似一刀刀地砍来，几乎要将深藏于他身躯下的灵魂扯出来，撕成碎片。

不知过去多久，风壁消散，霎时间，四周一静，旋飞的大雪化为漫天细细碎碎的雪花，温柔地落下。

二人同时吁了口长气，疲惫地倒在地上。

襄垣歇息片刻，起身道："领教了！看这阵仗，多半就连神也不能踏入不周山的地界。"

擎渊答："自然。只要钟鼓大人不愿意，谁也无法进来。"

陵梓又缓过劲来了："他连神也不放在眼里？"

擎渊道："钟鼓大人是超脱天地的存在，仅次于始神的、世上最强大的生灵。他设下风雪壁垒，将此处划为龙的地界，遇弱则弱，遇强则强。纵是伏羲亲至，不周山的屏障亦足以掀起毁天灭地的飓风,将他阻在山外。"

襄垣漫不经心道:"到那时候,多半神州也毁得差不多了。"

"纵是人界毁去,"擎渊的语气中带着一股极淡的、难以言喻的傲气,"不周山也将在他的守护下存在。"

"现在朝哪里走?"陵梓问道。

擎渊示意:"朝山上去。"

横亘于他们面前的,是一座庞大得无法形容的巍峨巨山。

襄垣这辈子从未见过这般巨大的高山,谯明山、荒岩山这等绵延起伏的山岭,与不周山相较之下,就如巨岩脚边的一颗小石子。

不周山的主峰便是天柱,直插云霄,一团旋涡状的巨大云层在天柱顶端缓慢旋转。

主峰两侧峰下,是天平般的两座顶天立地的平台,高逾百丈的陡峭的悬崖间,以一根细得如丝般的横梁连接起来,上万个洞窟密密麻麻地布满岩间、山体及峭壁。

角龙们在各自的洞窟内沉睡,偶有错落的龙炎与火光斜斜喷出,冲向天际。

陵梓与襄垣二人走在横梁上,成为肉眼难见的小黑点。

头顶是呼啸而过的角龙群,脚底则是万丈深渊,陵梓担忧地说:"你的龙子龙孙们,该不会寻我们的麻烦吧?"

擎渊淡淡道:"你们太弱小了,它们不会对蝼蚁产生兴趣。藏好你身上的祭司之力,我担保你们无事。"

襄垣问:"钟鼓呢?"

"钟鼓大人性情暴烈,少顷若得见他,你二人切记噤声,由我出言就是。"

"我有几个问题想问他。"襄垣来不周山,并非抱着单纯地把擎渊送到龙冢的想法,他也有自己的目的。

毕竟不周山的龙祖是开天辟地便已存在的生灵,一如钟鼓——或许他能解答自己对灵魂、对万物的疑问。

擎渊说:"看情况。你最好别轻易开口,否则别怪我保不住你。"

陵梓插口道:"他就没有什么喜好?"

擎渊似乎想起了什么,缓缓道:"听说钟鼓大人喜欢人族创造出的'音律'。一名叫师旷的乐师,曾用'琴'打动过钟鼓大人的内心。"

擎渊进了不周山结界,竟是一反先前无精打采的语气,在此地充沛灵气的冲荡中,渐渐变得清醒起来。

襄垣与陵梓攀上半山腰,在盘古开天辟地后鬼斧神工的崎岖道路中缓慢前行。

擎渊得到不周山灵气的支撑,再也不在乎时间的流逝,一行人时停时行,有时在亘古的参天巨树下歇息,有时则在洪荒的溶洞内小憩。

角龙们在山间嬉戏盘旋,时而钻入洞中,时而仰首长鸣。眼前壮丽的奇景令襄垣深深为之着迷。

一路前来,他们所见的角龙不下千头,有初修炼完、褪下龙皮的青嫩幼龙,也有在岩石上磨砺自己双角的老龙。

"一只虬,"襄垣问,"要经过哪些磨难,才能蜕变为像你这样的龙?"

擎渊淡淡答道："虺五百年化蛟，千年化龙，再五百年化为角龙，唯角龙方能入不周山。角龙再修炼五百年，则可进龙穴试炼，脱胎换骨后成为应龙。如此便是整整两千年。"

陵梓闻之不禁动容。两千年的时间对神明与龙来说，不过是长河一瞬，然而对寿数不过百年的人来说，却漫长得近乎缥缈。

襄垣说："人自记事时始，还未足两千年。"

擎渊道："自然，伏羲刻上元太初历仅七百年。"

陵梓问："两千年后才能试炼，若失败了呢？"

擎渊陷入悠远的沉思之中，缓缓答道："灰飞烟灭。万虺成千蛟，再成百龙，成角龙者，不过万中之十；入龙穴后，脱胎换骨化为应龙者，唯剩一二。"

襄垣想起的却是另一件事："龙穴中有什么？"

擎渊嘲笑道："告诉你，你进得去？"

"那是一团火。"擎渊出神地说，"昔时在我试炼完后，前往峰顶朝拜钟鼓大人，他告诉我：龙穴最深处跳动着的，是鸿蒙之初、盘古觉醒之前，由烛龙第一口龙息吹亮的本源。那是万物演化的因，被称为'创世火'。"

"那处就是龙穴。"擎渊道，"不周山两大侧峰。一处是龙冢，一处则是龙穴。"

襄垣与陵梓站在岩台上，望向远处的另一座侧峰，雷霆与电光在黑色的峰顶嘶吼乱窜。

"走。"陵梓说，"快到了。"

襄垣出神地看了好一会儿，方朝山顶跋涉而去。

擎渊道："金色的峰顶便是龙冢所在地。"

历经两天多的攀登，龙冢终于到了。

这里是整个不周山最为肃穆之地，被称作"寂明台"。十几万年中死去的应龙骨骸布满墓场，触目所见，到处是灰白的龙骨，犹如一场战争留下的遗迹。

四周围着不知名的矮小花草，每株植物都绽放出一朵青蓝色的、发着微光的花，花粉从花蕊中源源不绝地飘上半空，在微风里旋转着，飘散而去。

"像什么？"襄垣瞳中映出数以千计的巨大龙骸。

鳞片在空气中慢慢腐朽，金血浸润着脚下的泥土，渗满整座峰顶。

"像一个战场。"陵梓喃喃道，"生灵与死亡曾经交战的沙场，最终全军覆没。"

没有刀兵与屠杀的痕迹，却曾经尸横遍野，血流成河。

襄垣处于极大的震撼中，积累了数十万年的龙血把整座峰顶染成了金色，每一具龙的骨骸，仿佛都带着它生前的眷恋与故事。

擎渊留下了它的遗言："欲知魂魄之事，必先勘透生死。"

继之是一声震荡天地的龙吟！

不周山万龙齐鸣，朝往峰顶龙冢的方向，擎渊离开襄垣的手腕，昂首化为本体——蜿蜒近里的折角应龙。

传说中世间凤凰涅槃、应龙归寂的景象，终于让襄垣亲眼得见。怀中凤羽似是感受到了威压与死亡，发出阵阵颤抖。

擎渊舒展龙躯，在龙冢上空一个盘旋，再次发出死前的宣告。

山下，千万角龙齐声应和，悲鸣声犹如巨大的海潮。

山顶，烛龙之子，不周山的主宰——钟鼓，睁开了它金红的双眼。

擎渊龙目中闪烁着星辰的光点，缓缓落在龙冢正中的石台上。龙魂于寂明台上飞起，如同烟雾，在龙冢中盘旋着，似在寻找着什么。

不周天柱顶端的旋云似得到了感应，发出第一道纠结的雷光。耀目的闪电刹那间穿过近千里高空，击中龙冢里擎渊的龙躯。

巨响声中，擎渊鳞片飞散，在轻柔的微风里缓慢飘零。

第二道雷霆飞至，再一声巨响，整座不周山的侧峰随之阵阵摇撼！

金色的龙血从寂明台上流淌而出，擎渊的骨肉带着金火开始熊熊燃烧。

过了很久很久，龙冢西面另一道烟形龙魂跃出古冢，飞向擎渊。双魂在空中引颈交抵，擎渊的魂魄睁开双眼，发出呜呜声。

"它的朋友也在等它。"陵梓喃喃道。

襄垣明白了："难怪无论如何都要回龙冢。"

雷云渐收，仿佛有两头魂魄形态的应龙飞上天空，其中擎渊的魂魄转头望向主峰顶部，但再细看，不过是数个飘散的光点而已。

峰顶传来清越的呵斥声。龙语嘹亮清朗，听在耳中如群磬击响,似是在责怪擎渊既已归寂,缘何留恋不去。

擎渊低下龙首,仿佛在祈求一事,峰顶龙吟声停,沉默。

一头通体暗棕的龙飞离不周山主峰,两道珊瑚般的金角在深黯的天空下绽放出流金的光泽,山下群龙纷纷畏惧地缩回洞窟内。

钟鼓侧过头,瞳中映出荒凉的龙冢,那景色在它的眼里,似是被镀上了一层朝阳似的金辉。

不周山的最高主宰落于寂明台之上。龙躯飞来时消失于半空,化为一个赤裸的少年。赤红色的云霞则化作飞展的金绸,流云般卷来,裹住赤裸少年的身躯。

钟鼓赤脚踏上染满龙血的土地,睁开双眼。

刹那间,强大的气势袭来,陵梓与襄垣的灵魂犹如浩瀚大海中的孤舟,随时会被钟鼓的龙威撕成碎片!

陵梓恐惧地向后退了一步。

双方还没有交谈,陵梓的这个动作,触发了钟鼓心底嗜杀的冲动,他探出三指,随手凌空虚抓。

陵梓一声惨叫,发出骨骼的爆裂声,登时委顿于地。

襄垣吼道:"放开他!"

钟鼓冷冷道:"蓐收的祭司,到不周山来做什么?活得不耐烦了?"

陵梓在这压倒性的龙力前就像一只蝼蚁,钟鼓漫不经心地凌空翻掌,将他翻过身,又压下去。数息间,陵梓口鼻间鲜血狂喷,一身骨骼碎为万段。

襄垣双眼赤红,发出痛苦而愤怒的叫喊,冲向钟鼓。还未来得及靠近,他便被一股巨力弹得横飞出去,摔倒在地。

钟鼓打了个响指,原本软绵绵地躺在骸骨丛中的陵梓,便被倒提一脚,像块破布般地悬挂在半空。

襄垣喘息着后退:"你说……你……擎渊答应过我们……"

钟鼓懒懒道:"答你一问,问完则死。问!"

襄垣吼道:"我们与你有何仇恨?人在你们眼中,就连蝼蚁也不如?人族若非必要,也从不乱屠其余生灵!"

钟鼓斜眼一瞥:"你想问的就是这个?"

襄垣反倒静了。

"不、不……"襄垣喘着气道。

陵梓艰难地张嘴,像是想让襄垣快逃,血从他的嘴里流淌出来。

钟鼓看着陵梓的眼神,就像是在看着花草树木,甚至是路边的石子。

数息后,襄垣起伏的胸腔渐缓。钟鼓转过头,眉间充满戾气,像是想把陵梓扔下山崖去。继之,他手指微一拨,陵梓便拖着一道血线,轻飘飘地荡向山涧。

此时乐声响起。

那幽微的音调简单而低沉,像是从生命的萌芽中发出的恳求。襄垣双手并起,以拇指及食中二指,挟着蛋形的陶埙轻轻吹响。

像一只鸟在叽叽喳喳地叫,提醒钟鼓,你,回头!

陵梓的躯体凝于半空,转而颓然摔在地上。

钟鼓转过身,只见面前一少年盘腿而坐,他的长发在不周山的风中飞旋。

襄垣的指法极其生疏,音调更为笨拙,似是在想一求清脆婉转，却渐渐喑哑下去。

然而从那音调中，钟鼓却略微听出了什么。

他不知人世间音律不过五音衔接跳跃，只依稀记得，将当年的琴声拆散了，便是这些呜呜的声音，有相似之处，却又浑不似那番景象。

钟鼓朝襄垣走去，襄垣的乐曲先是战栗地一顿，继而喑哑消逝。

"啊——"襄垣感觉脖颈一紧，两脚悬空，竟是被提了起来。

钟鼓手指微动，一股看不见的巨力掐住襄垣的脖子，将他提上半空。陶埙落地，摔得粉碎。

钟鼓一手前推，将他凌空提着，悬在了擎渊归寂时的龙冢中央，继而侧过头，闭上双眼，将窒息的襄垣拖到怀里，低下头，抬起右手按在他的额上。

"襄……"地上的陵梓痛苦地喃喃出声。

襄垣不住挣扎，瞳孔缓缓扩散，其中倒映着不周山高空涡卷的乌云。他眼前的景象渐渐发黑，三魂七魄离体而出，在钟鼓的五指间缠绕。

他那巨大的魂力带着不甘的痛苦，嘶嚎着、挣扎着，在钟鼓的面前躲闪。烛龙之子的双眼仿佛能窥见过去与未来，他那灼烧一切的目光将襄垣的魂魄从里到外，清清楚楚看了个遍。

襄垣残余的意识有着发自内心的耻辱与抗拒，无数记忆碎片也被强大的龙力破开，一个又一个刹那在钟鼓眼中飞速掠过。

……

长流河旁，他虚弱地求助："哥……"

雷泽泥淖里，他绝望挣扎，惊慌躲避。

北荒境中，他藏身岩缝内，双目带着恐惧，望向天空。

安邑村落外，风雪夜中，在昏黄的灯火下，他带着几分不舍，眺望自己生长的故乡，最终转身离去。

时间不住回转，每一缕魂魄，俱是数年的记忆。

蚩尤赤着胸膛，一刀挥至，卸下比翼的翅膀，少时的襄垣一声担忧的呼喊却还未来得及出口。

黑暗的粮仓里，十岁的蚩尤与六岁的襄垣依偎在一处，于静夜中冷得发抖。

断生崖前，婴儿的哭喊声在风雪里远远传来，四岁的男孩赤着脚，一手抱着襁褓，在冰崖上艰难地寻找出口。

再往前，往前……

钟鼓要看的不是这些。虽然他在襄垣的回忆中有所停顿，从岩缝内少年惶恐的目光中看到了自己的过去。

然而他要寻找的，是更早的记忆。

钟鼓起身，一手扯开襄垣的七魄，揪出他的命魂。

襄垣的命魂出乎意料地安静，像一柄带着黑色火焰的奇异兵器，微微颤动。

钟鼓戟手前探，铮铮铮数响，那黑火命魂蓦然暴涨！千万根荆棘般的锐刺倏然刺出，密密麻麻地布满全身，仿佛在威胁钟鼓，不要再靠近。

钟鼓冷哼一声，带着嘲讽的笑意，手指轻撮，指间现出一团金火。那是可以焚烧一切的、从龙穴中获得的创世火种的一部分，足以把这不知天高地厚的凡人命魂烧得灰飞烟灭。

再没有比这更赤裸裸的窥探,直刺灵魂的力量涌动,令襄垣刹那间无所遁形。

那柄武器带着无数细刺，缓慢旋转，其中隐隐约约有哭泣的声音传来。

钟鼓忽然打消了烧毁这奇怪命魂的念头，因为他知道，如同对着一个神秘的匣子，若将它强行摧毁，便永远不知道里面是什么了。

钟鼓闭上双眼，全身蒸腾出血红的火焰，缠住了那把黑火兵器，并强行在其上破开一个口子。火焰中他睁开自己命魂的双目，野蛮地朝内窥探。

黑暗中，背对着外界的光线，有一个小孩。

"这是什么？"钟鼓疑惑道。

"剑。"小孩的声音怯怯道，"我知道你不懂，没有人懂。"

那名很小的孩子，抱着膝盖，蹲在一片黑暗里，背对着狭缝外的钟鼓，低低哭泣。

那是钟鼓无法理解的，隐藏于生命最深处的意识。但即便他看不懂，也明白了一件事。

这不是自己所知的那个人。

"你在等谁？"钟鼓问，"出来，让我看看你。"

小孩子带着眼泪，转过头，注视着火焰般的钟鼓。

钟鼓立即闭上双目，撤出襄垣的命魂之外。

小孩道："等我长大，等我变强以后，自己会出来。你不是我哥，我不出来。"

钟鼓的命魂回归己身，满身血红色的火焰收敛。静了片刻，他挥指弹出一道金火，穿过缓缓合拢的"剑"的裂缝，飞进襄垣命魂深处，粘在那小孩的脖颈后。

魂与魄再次涌来，严严实实地缠住了那把通体在黑火中灼烧的"剑"，温柔地将它从钟鼓手中夺回。襄垣摔在地上，失去了知觉。

"陵梓……"襄垣醒来后，第一件事便是匆忙起身，寻找陵梓。

"陵梓！"

陵梓还活着。他一动不动地躺在远处，全身断裂的骨骼已恢复原状。此地残余的应龙金血浸润了他的全身，将他的衣袍浸成了淡褐色。

陵梓睁开眼，虚弱地笑了笑。

"龙血草……"陵梓勉力指了指寂明台周遭，"襄垣，摘点那个过来。"

龙冢处的奇异植株在龙血灌溉下生长、盛开，乃是世间最好的疗伤药材。襄垣摘了不少，放在口中咀嚼，继而敷在陵梓的全身各处。

陵梓全身剧痛，十分疲惫。襄垣检查完他的身体，在避风处寻了个应龙的颅骨，勉强把他抱进去，并生起了一堆火。

"那个混账呢？"陵梓问的是钟鼓，"他没伤着你吧？"

襄垣马上做了个噤声的手势。他们从龙颅的眼孔中朝外看去，不周山顶仍是雷霆阵阵。

"这里是他的地盘，别乱说话。"他唯恐钟鼓会听见他们二人的窃窃私语，默默地把陵梓抱得离火堆更近一些。

"你要休息到什么时候才能恢复？"襄垣问。

陵梓道："睡一晚，明天就能下山了。"

襄垣说："不要勉强。"

陵梓笑道："我太没用。"

襄垣低声道："是他的力量太强。"

陵梓问："他没把你怎样吧？"

襄垣摇了摇头。陵梓又说："我昏过去前，见他扼着你的脖子……"

"他在看我的三魂七魄，似乎在寻找一个人。"

"他以为你是……？"

襄垣点头说："他看到了我的魂魄。在龙的眼里，人都长得差不多吧。他只是单纯地从我吹的那些音节中误会了……其实我不是。"

陵梓蹙眉。

襄垣笑道："你知道他为什么不杀我们吗？"

陵梓出神："我本以为，这次死定了！"

襄垣说："他看我的记忆时，我也看到了他的。看到一点……只有那么一点点。或许是他为什么留我们一命的原因。"

陵梓动容："为什么？"

襄垣没有回答。因为就连他自己也无法确定，他看见的两个片段究竟说明了什么：在钟鼓尚是一条小虬时，努力地在岩石上磨砺它柔软的腹部；为了让衔烛之龙看见夜晚璀璨的星辰，它转头毅然冲入不周山龙穴深处。

究其根源，也许是因为他与它的命魂深处，那毕生的愿望相近而邈远？

所谓愿望，大抵是无穷尽的岁月已逝去，充满未知的时光还很漫长。

陵梓伸手解开襄垣的衣领，襄垣眉毛一动，问："怎么？"

陵梓道："你脖子后有东西在发光。"

襄垣心中一惊，陵梓示意他不要着急，让他转过身背对自己。

襄垣问："是什么？"

陵梓道："是一道金红色的……符文？襄垣，我觉得你可能……"

襄垣静了片刻："多半是他留在我身上的。这不奇怪。"

陵梓难以置信："你不知道这意味着什么？"

襄垣道："能意味着什么？"

陵梓喃喃说："你是他的祭司。你是唯一一个龙的祭司！"

襄垣自嘲地笑道："不过是个烙印而已。我猜他只想知道我接下来会如何，死在哪里，死前能不能完成自己的心愿……我可不觉得他给了我什么龙力。"

他双臂一振，将外袍穿上，系好领子。

陵梓摩挲着自己的下巴，迷惑地打量着襄垣。他也看不出襄垣有什么地方变得更强了，只得半信半疑地点头。

翌日，陵梓终于恢复了少许力气，跟在襄垣身后离开。

"你还有疑问想问他的，不是吗？"陵梓问道。

襄垣缓缓摇头："他……也不懂的。经过昨日之事，我才知道，他超然于天地之外，却不知生死。死亡与轮回，对他而言是很遥远的事。"

陵梓问:"那么,我们该去何处,才能解开你的疑问?"

襄垣停下脚步,眼内映出苍茫龙冢。

"我已经明白了!"襄垣喃喃道,"你看不周山这处,不正是天然的一个法阵?"

巍峨不周山历经千万年的沧桑,已是超越人世间的轮回之处。乱石立起的方位,正隐约切合了开天辟地时,第一次自然成形的阵势。

而寂明台周遭被龙血浸润了上万年的土地,正经历了生命消散、死亡未至的那一刹那。一代又一代的应龙前赴后继,将龙血漫入整座山峰,在六根屹立的石柱中间,筑起魂魄飞升的神秘自然法阵。

"寂明台的中间,"襄垣道,"正是重归于寂的阵枢。应龙死前的刹那,并非自然亡故,是在寂明台中,被这个巨大的法阵抽出龙魂,而后天顶的雷云,才彻底把它毁去。"

陵梓道:"我听不懂。"

襄垣自嘲地笑了笑:"我自己也不太懂。不过那会儿,我正在寂明台上……钟鼓把我的三魂七魄抽出体外时,应当是借了这个法阵的效用。我给它起了个名,叫'血涂之阵'。"

陵梓一头雾水:"那么……现在呢?"

襄垣道:"先回去吧!我忽然有点想家了。回安邑!我需要整理此行的所获。"

陵梓松了口气,笑道:"太好了!蚩尤一直希望你回安邑。"

襄垣抿着唇,点了点头,与陵梓并肩下山,一路向南,准备回归他自五年前离开后、便再没有回去过的故乡——安邑。

迈出不周山的那一刻，襄垣突然止步。

世界一片灰暗，所有景象唯剩黑白两色，天际漆黑，大地雪白，一股不可言喻的痛苦呼啸着湮没了他，仿佛有种难以违拗的力量，要强行从他身上剥夺走什么。

"襄垣？"陵梓马上察觉到不对。

襄垣的瞳孔陡然收缩，无数景象飞速掠过，瞬息间跨越了崇山峻岭，万里荒地，现出一支淬毒的长箭，蓝色箭头朝那个人飞去。

那是天地间最为直接的血缘呼应。在这个世界上，冥冥中他与另一个人之间有着最紧密的联系。

"蚩尤？"襄垣喃喃道。

陵梓问："你怎么了？"

襄垣脸色苍白，背上满是汗水，喘了一会儿，方才答道："我们得赶紧回安邑去，蚩尤有危险了！"

章七·重返安邑

然而当他站在这片充满过往的故土上,忽然就明白了一件事——不管小时候有多少阴暗的回忆如附骨之疽般伴随,不管抛开这一切的愿望有多强烈,当他兜兜转转、回到原地时,安邑仍是他割舍不下的生命的一部分。

自四十年前统一西北各个小部族以来，安邑终于迎来了第一次动乱。

这次动乱在所有人的意料之外。动乱的起因是一对孪生姐妹。

三年前，蚩尤率族人荡平了一个茫茫雪原中依靠打猎而存活的部族。这次吞并的动机非常偶然——过冬、储粮。蚩尤作为部落首领，带着族人进雪原狩猎，途经一个连他也叫不出名字的村庄。那处的住民接待了他，但因为粮食不够，将他的跟随者们拒之门外。

那年是数十年未遇的酷寒，鹅毛大雪纷飞，积雪几乎能埋到人的腰间。蚩尤得到了一碗羊奶，奉羊奶予他的人，是部落族长孪生女儿的其中一人。蚩尤甚至认不出谁是谁，简短地表示了感谢，便与族人们朝雪原深处行去。

狩猎完毕后，回程再度经过这个部落，蚩尤便让这部落的上百部众一同起程，跟随自己回安邑去。

这个村落里强壮的男人很少，女人却出乎意料地多，带回安邑后，恰可与族中强壮的成年男子婚配。

族长听到蚩尤的要求，觉得简直就是匪夷所思。

当时蚩尤用的理由是：我喝了你女儿一碗羊奶，自然有保护你们这个部落的义务。保护你们的方式，是你们全族迁徙，跟着我们一起走，到安邑去生活。

族长当然不愿意：住得好好的，为什么要走？

蚩尤则认为今年的冬天太冷，他们撑不过去。

辛商见老族长啰啰唆唆、词不达意地说了半天，语言半通不通，当即不耐烦了，随手一刀把老族长捅了。于是混战开始。

蚩尤与老族长的交谈被打断不算，还被喷了满身血，也非常恼火。

然而反正这连名字都不知道的小部落是要并入安邑的，老族长也没什么用了，杀了就杀了，倒是不用当回事。

安邑人一拥而上，强行架走了女人与小孩子，男人要反抗的就杀了，不反抗的则带回安邑去。行动非常顺利，安邑人几乎没有受伤，比围捕一群雪狼要顺利得多。离开后没多久，暴风雪便掩去了一切痕迹，就像什么都没有发生过。

那对孪生的姐妹花也被蚩尤抓走并关押起来。她们与其他族人不同，来到安邑后几乎从不说话，眼神中流露出难言的悲伤。

琐事太多，蚩尤本来已忘了那对姐妹。这次在合水部与襄垣重逢，他忽然想起了那个曾经在冰天雪地里给过他一碗羊奶的女孩，遂决定等襄垣回来，让他娶姐妹中的一个，自己则娶另一个成婚。这么一来，皆大欢喜。

在许多人眼里，这不过是一个部族吞并更弱小的部族的行为，但那个部族终究还是有名字的，而且它是一个部落联盟最西面雪原线上的成员之一。那联盟名叫"北地合部"。

那对孪生姐妹曾是北地合部酋长相中的意中人。蚩尤自征战合水部归来的一个月后，终于把这两个骨瘦如柴的女人放了出来。他计划把她们养丰润点，等襄垣回来，两兄弟就挑个日子，一起成婚。

然而孪生姐妹外表看上去温顺，私底下却把一封信递给了被安邑劫来做苦力的族人。

那个得到信的族人徒步穿过荒原——他吃野菜,啃干粮,在荒芜的黑土地上跋涉,最后抵达北地合部的一个大部落,交呈了两姐妹的求救信。

于是,北地合部的族长天吴终于得知三年前被扫荡的北地边缘部落的下落,遂召集族众,向安邑宣战。

传说天吴是北荒巨虎与妇人生的怪物,身有八臂,虎面雄威,胸生黄毛,戴一副八面祭司面具。

天吴善使八方连珠箭。他率领他的族人,在一个深夜里对安邑发动了突袭。

那对孪生姐妹闻知是天吴来救,便唤醒了所有族人。这场被掩盖在灰烬下的仇恨火种足足等候了三年,终于死灰复燃,与天吴里应外合,展开了复仇的行动。

襄垣与陵梓披星戴月赶回安邑,映入眼帘的,是断生崖下的熊熊大火,席卷天空的黑烟,以及被烧得焦黑的村庄。

那一刻,二人都是手脚冰冷。长途跋涉、连日担忧的疲劳,险些令襄垣昏倒在地。他扶着树木,强自站了好一会儿,才镇定下来,低头时却见到一具族人的尸体。

"陵梓。"襄垣的声音冰冷,喉咙中似是梗着什么,"万一……万一……"

陵梓喘着粗气答:"不!不会的,襄垣。"

襄垣摇了摇头,想把最可怕的猜想从脑海中驱逐出去,咽了口唾沫。

陵梓的手按在襄垣的肩膀上,对他说:"如果安邑只剩下咱们俩，我会为他们复仇，带着你一起。"

襄垣艰难地点了点头。陵梓又说："但我觉得蚩尤、辛商他们不会败！相信他们，还有那个叫玄夷的外来者！我们先下去看看。"

尸横遍地，陵梓蹲下身去，察看着一名壮年男子的尸身。

"你记得他吗？"陵梓说。

襄垣道："记得，住在你家隔壁的。"

他的声线是嘶哑而生涩的，仿佛在压抑着即将爆发出的悲怆。这些年来，他本以为自己与安邑再没有关系，无论见到故乡发生什么样的改变，都能保持无动于衷。

然而当他站在这片充满过往的故土上，忽然就明白了一件事——不管小时候有多少阴暗的回忆如附骨之疽般伴随，不管抛开这一切的愿望有多强烈，当他兜兜转转、回到原地时，安邑仍是他割舍不下的生命的一部分。

贫瘠的土壤尝在口中，苦涩的味道依旧熟悉，且不可割离。

陵梓双眼通红，喉结艰难地动了动，说："定定神，襄垣！"

襄垣闭上双眼，长长地叹了口气。

"他的箭伤……"陵梓缓缓拔出那支带着毒素的箭，"正中心脏，一箭毙命。他朝后仰倒的时候，又接中了六箭。"

襄垣睁开眼："是的！你说得对，是连珠箭。而且这种箭羽通常是族长专用的，杀他的人应该是敌方的首领。"

陵梓说："这个人的箭非常快，击杀一个人，能在他倒下前的数息内，连着射出七箭。"

襄垣也蹲了下来，说："同时也对自己的箭术非常自信。你看，他连着射出七箭，明显有炫耀的心态。我觉得这说不定能成为他的一个破绽！"

陵梓点了点头："你应该记得蚩尤说过的话，不管是谁，只要出刀，攻击的瞬间就一定会有破绽，找到他的破绽，就一定能杀死他。"

陵梓说完，揪着尸身脖颈的兽牙项链，果断一扯，交到襄垣手中。

襄垣道："你替他保管吧。"

陵梓说："必须交给你。如果蚩尤死了，你就是族长。"

襄垣沉默许久，最后点了点头，把项链收进腰囊内。陵梓抽出刀，护着襄垣，在村落中前进。

"这里的熔炉被取走了。"襄垣道。他蹲在冶铸作坊内，揭开地窖上的活板，地窖内空空如也。

陵梓在屋外巡查了一圈，发现有许多血迹通向后山。他低声道："襄垣，你来看看！"

风刮了起来，带着呛人的烟与黑灰。曲折的分岔路，有一条通向安邑大荒之山的谷底。这座山有一个很威严的名字，唤作"龙渊"。传说早在安邑还不叫安邑的时候，流浪的狩猎部落在此处发现过一条龙的头骨。

也有人认为，龙渊之所以得名，是因为曲折蜿蜒的地势，以及陡峭的山谷走向像头龙。

龙口朝向东面，龙尾则没入大山之中，龙之深渊，被神祇的巨斧劈开一道山的裂缝，裂缝以万年的石梁衔接，只有唯一的一条通路——断生崖。

百丈断生崖之下，则有着许多婴儿的尸骨。

襄垣在断生崖前停下脚步，看到石梁前立着一根削尖了的木棒，尖刺上是一个年轻男子的尸体。他的头低垂着，额上顶着一个兽头面具，身上插满了箭矢，显是死去多时。

陵梓的声音带着颤抖："襄垣？"

襄垣什么也没说，顶着大风缓缓走上前去。死者流淌出的血液把木棍浸成了紫黑，他站在尸体身下，极慢地抬起头。

"别碰它！"辛商的声音响起，"那不是蚩尤。"

陵梓先是一震，继而如释重负。

辛商道："这是玄夷设的一个机关，一碰就会爆出带着尸毒的碎块。蚩尤在龙渊的山洞里……襄垣，襄垣！"

陵梓快步冲上断生崖，扶稳松了口气、昏昏沉沉险些摔下山涧的襄垣。

"族里究竟是怎么回事？"陵梓道，"太好了，你们都活着！"

辛商道："死伤惨重。玄夷卜算到今天有游子归来，派我出来接应……果然是你们。"

陵梓把襄垣抱到辛商的背上，让他背着："我们从不周山赶回来，沿路连水也没喝几口。蚩尤怎么样了？"

辛商道："他中了毒箭，情况刚稳定下来。剩余的族人还有八成，都躲进山洞里了。你们在村庄里没有碰见敌人吗？"

陵梓答："没有，敌人是从哪里来的？"

辛商略一沉吟，说："糟了！说不定他们在想办法绕道。"他接着说，"我们也不知道是哪里来的人。大半个月前，他们在夜里突袭了安邑。蚩尤被惊醒，仓促间率人应战，中了暗箭,但也杀了不少人……回去和大家一起,再详细和你们说。"

襄垣醒了,听到最后一句,问:"蚩尤……死了吗?"

辛商道:"没有。他伤势刚稳定下来,让我出来接你们,还有话让我顺便带给你。"

襄垣终于舒了口气。

陵梓问:"什么话?"

辛商答:"欢迎你回家!襄垣,我们会赢的。"

龙渊的地下岩洞曲折绵延,仿佛永远没有尽头。

岩洞两侧,每隔一段路便有岗哨与守卫,火把昏黄的光把他们的影子投在洞壁上。一路过来,襄垣见到了不少认识的人。

"是的,我活着回来了。"襄垣每见到一名族人想开口时,便主动说道。

辛商说:"我从来不怀疑你能活着回来。"

襄垣长长地吁了口气:"但蚩尤不。"

辛商说:"他没有资格说你!这次他才成了最丢人的那个。"

"算了吧。"陵梓笑道,"被偷袭也是没办法的事,起码大家几乎都还活着。"

辛商淡淡道:"早在从合水部回来的时候,那外来客就反复提醒他,别把那对孪生姐妹放出来。"

襄垣道:"蚩尤应该听他的。起码在卜算这方面,外来客比陵梓还是要强一点。"

三人都笑了起来。辛商眉毛动了动,续道:"外来客觉得那两个女人会带来外患,还说再过段时间会有另一个女人出现,将带来内忧,安邑将在接下来的几年里陷入内忧外患的局面。蚩尤当然不会相信。"

襄垣淡淡说:"可以理解。有时候我甚至希望你才是我哥,让那个自高自大、目空一切的家伙去见鬼吧。"

辛商站在通道尽头的石厅外,优雅地做了个"请"的手势,示意襄垣可以进去了。

陵梓看了看辛商,遗憾地说:"我想可能没有我的位置了。"

辛商指了指石厅的另一侧,陵梓欣然站到那个位置上。二人安静地立于石厅外,仍旧虔诚地担任了这个职位——安邑最坚强的卫士,蚩尤最可靠的左膀右臂。

襄垣推开门便看到,宽敞的石厅深处有一张石床,床上铺着一张兽皮。石床两侧依序摆着火盆,熊熊的火光映在蚩尤刚毅的脸上。

蚩尤面前的地上,跪坐着一语不发、埋头摆弄算筹的玄夷。

襄垣唇薄如锋,无情的眼神直直注视着兄长。他发现蚩尤的脸庞瘦削,眼窝凹陷,肩膀直至左肋处缠着带血的布条,布条是湿的。

蚩尤带着无法描述的疲惫,眉毛微微地拧着,仿佛有一股怒火时刻在酝酿。

蚩尤道:"你更瘦了!看来神农的木禾不顶饱,还是得吃肉。"

襄垣冷冷道:"先担心你自己吧!你究竟在做什么?成为

族长后的任务就是每天睡觉吗？弄得这么狼狈！"

蚩尤看上去瘦得像一头饥不择食的灰狼，眼中却带着几分灼灼的精神。

"不用担心，我会解决的！在这之前，你睡在这里。"蚩尤一指石床一侧，那里有一张早就铺好的小床，"这个地方在龙渊地下，是绝对安全的。"

襄垣看着玄夷手中的算筹。见这个半人半尸的男人把草秆分开，又合拢，重复着乏味的动作，随口道："我不睡那里。"

蚩尤起身道："那么我睡小床，你睡我的床。"

襄垣放弃了说服蚩尤的打算。不远万里回来，在蚩尤的眼里，自己依然只是个小孩子，为了与他抢一张大点的床……他走到小床旁，提起瓦罐，朝碗里倒了点水。

"他在卜算什么？"襄垣问。

蚩尤道："一些无关痛痒的小事。"

玄夷开口道："在卜算什么时候出去打猎。襄垣，欢迎你回来！"

襄垣说："我以为你在卜算山脚那些强大的敌人什么时候不想再玩下去，终于撤退。这样咱就可以兴高采烈地庆祝胜利，出去重建家园，不用再躲在这里了。"

玄夷说："我确实有这个念头，想知道什么时候适合出去把他们全杀光，但是你的哥哥认为战斗的事情，老天爷是不会告诉你谁生谁死的。"说完这句话，玄夷收起了算筹，躬身道，"首领，我去看看兵器"。

蚩尤心情似乎很好，说："让他们送点酒过来。"

拙于言辞的背后,是对这个世上唯一同自己血脉相连之人的情感,无法逃避,也无法自欺。

玄夷告退，襄垣道："我不喝酒。"

蚩尤道："我想喝。"

玄夷带上石门，室内便只剩下这两兄弟，他们都没有说话，一厅静谧，唯闻火盆的燃烧声响。

蚩尤坐了一会儿，解开自己肩上的布条。

襄垣的目光始终注视着蚩尤，在心里揣测他受的伤是否严重。

蚩尤的伤口还在流血，他把布条放在一边，抓了一把碟子里的草灰，按在伤口上。

"喂，襄垣。"蚩尤头也不抬道，"帮我个忙。"

襄垣放下碗上前，蚩尤指着布条说："帮我包上。"

襄垣不动声色道："手拿开，让我看看。"

蚩尤道："用木枝，伤口脏。"

襄垣没有理会他，以手指抹开敷在蚩尤肋下的草灰。蚩尤箭疮边缘微泛紫黑，襄垣几乎能清晰地推断出那一箭射中蚩尤左胸，并卡在肋骨上的场景。

"很痛吗？"

"还行！箭上带了毒。"

"拔毒了没有？为什么一直不愈合？你躺下，影子遮住了，我看不清楚。"

蚩尤听话地躺在石床上，襄垣小心地按着伤口周围，检视拔箭时割开的伤口。蚩尤苦笑道："不知道这是什么毒。我随手割开皮肉，把箭镞挖出来，现在连割开的地方也无法愈合。"

"你这个蠢货！"襄垣的声音不大，却充满怒气，"这是天底下最猛的毒。"

蚩尤眉头深锁："有那么严重？不过是流血难止，对身体几乎不造成任何影响。"

襄垣说："天下最猛的毒，不是把你毒死，而是毒到你死为止。还有谁知道你的伤口？"

蚩尤道："没有族人知道，只有你和玄夷。"

襄垣问："辛商也不知道？"

蚩尤摇了摇头。襄垣又问："能配药吗？要怎么治疗？"

蚩尤说："必须等到这场战事完了，玄夷会带人去寻找一种药，叫作龙血草。这种草通常只会在应龙死后，被龙血浸润的泥土中生长出来……这是什么？"

襄垣注视蚩尤的双眼，指间夹着片青绿色的嫩叶——正是不周山龙冢周围的龙血草。

襄垣把龙血草一弹，轻飘飘的叶子在二人面前打了个旋，落在蚩尤手中。

"我去叫药师来配药。"襄垣站起身，离开了石厅，留下蚩尤攥着龙血草出神。

安邑地区荒山内的通道四通八达，曲折的岩洞枝节交错，较之五年前自己所熟悉的地形，竟又向外扩延了不少。

一些岩洞没有点火把，通向黑黝黝的大山深处。襄垣听到头顶有沉闷的声音传来，抬头沿着斜坡缓慢登上。

襄垣在满是灰尘的斜道上一打滑，身后马上有人以肩膀扛住了他。

"又怎么了?"襄垣道,"陵梓呢?"

辛商说:"陵梓在休息,换我跟着你。想去什么地方?"

襄垣道:"我不需要人保护。"

辛商答:"我只是负责看住你,免得你乱跑。你知道的,蚩尤怕你一转头又走得没影儿了。按照族中的规矩,你现在还是个囚犯。"

襄垣勉强接受了这个解释。辛商与陵梓不一样,他是族中最为冷血的快刀手,也是看着他与陵梓长大的大哥。上一刻他能若无其事地拔刀砍死任何人,收刀后却依旧对兄弟们谈笑风生,但那只限于蚩尤、襄垣以及陵梓。

对其余人,辛商则不苟言笑。他沉着冷静,不把任何人的生命放在眼里,包括他自己的。

"上面是冶坊。"辛商快步越过襄垣,跃上洞顶,伸手把他拉了上去,"我们把熔炉搬到这里来了。"

襄垣略一扫视这个充满寒意的高台。山顶的狂风穿过风洞,在钟乳岩的罅隙中疯狂碰撞,最后冲入一个坚固的风箱。工匠们借着风力,四人一组,拉扯手臂粗的绳缆,压扁风箱,把风鼓入熔炉,劲力炉火飞旋冲天。

青色的烈焰在炉内一跃三丈,锤砧的交击声此起彼伏,淬火,二次锻冶,磨刃,一切有条不紊。

玄夷手执一把刚淬完火的长刀,站在平台的边缘,埋头检视刀锋。他的手指抹过刀锋,被割了个小口子,却没有出血,划出的伤痕里只有灰白色的皮肉。

"龙血草找到了。"襄垣道,"请你开始配药。"

玄夷侧身，双手捧着刀，朝襄垣微微一躬。

襄垣回了一礼，接过刀，审视的目光中，带着明显的敌意。

玄夷没有说什么，转身回石厅去了。襄垣与辛商站在风雪石台上，襄垣问："他没有血液？"

辛商道："他是天虞族人，身体很脆弱。"

襄垣轻轻抹过刀锋，不觉疼痛，随口答："他的皮肤比纸还薄。天虞族都是这样？"

辛商说："据他自己说，他的父亲是天虞族人，母亲却不是。天虞血统真正的名字叫作奢比尸。奢比尸人都是半人半尸的怪物，受伤不痛，也不会流血。"

襄垣又微一用力，手指仍未被划破："半人半尸的怪物……相对的，也会伴随着其他的异能。"

辛商走到一旁坐下："或许是与生俱来，他对未来的预感十分精准。抵达安邑没多久，他向陵梓提出挑战，让蚩尤在瓦罐里装一件东西，他和陵梓各自卜算。最后陵梓甘愿让位。"

襄垣眉毛一扬："陵梓猜错了？"

辛商眼中带着笑意："他们都猜对了，只是外来客猜得要更对一些。陵梓傻乎乎地说'这是鱼妇的眼睛'，外来客则说'这是你生命中不可割舍的一部分'。"

襄垣再使力，手指终于被划破，殷红的血液流了出来。

"不知所谓！"襄垣嘲讽道，把刀随手扔进熔炉，"让他们把所有的刀都集中起来，回炉重冶。工匠集中到这里，三天之内，让蚩尤等着验收。"

辛商问:"你想做什么?"

襄垣道:"我要让你们拿着我亲手冶炼出的、世界上最锋利的刀,砍进所有敢于入侵安邑的敌人的胸膛!"

章八·断生剑成

　　"它的名字叫'断生',记住了,这是世上的第一把剑!"襄垣专心地锻打,每一下举锤、落砧时的声音竟与锻刀有很大区别,力道柔中带刚,回音不绝。蚩尤从击砧中听出了襄垣的膂力与运劲方式,只有襄垣这等天生体弱的人,方能把锤力使得恰到好处。

狂风又刮了起来,早春的寒流锐利如刀,掠过龙渊之巅。三天三夜的寒风过后,方圆百里一片静谧,天空飘起鹅毛大雪。

安邑与北地合部的战争还没有结束,也可以说是还未曾正式开始,但双方心里已十分清楚,不能再拖下去了。

"首领,我觉得,他们比我们更需要速战速决。"玄夷跟随在蚩尤身后,穿过蛛网般交错的岩洞,一路解释道,"毕竟这里是我们的家,而他们在结束战争后,要穿过雪原,回到北方。"

蚩尤停下脚步。他的伤已好得差不多了,只在肩侧留着一个浅浅的疤痕。

蚩尤与玄夷站在铸冶台前,玄夷一手轻按,虚空中浮现出山脚的景象,北地人正分头在山下扎营,开始准备攻山。

"他们还不知道我们的藏身之处。这只是虚张声势,打算引我们主动出击。"蚩尤道。

玄夷答:"他们也有祭司的,祭司会告诉天吴怎么打仗。早春的酷寒还要持续一段时间,这一仗必须打了。"

蚩尤问:"祭司,依你之见如何?"

玄夷迟疑地摇头,斟酌良久后道:"这要看你的意向,首领。"

"若想不折损一名族人而取得胜利,那么我们可以坚守不出,寒冷的天气会为我们打败他们。只要守在这里,哪里也不用去,天吴手下的战士迟早会吃不消,因为他们的补给不足。"

"叮叮"声响,襄垣的声音在风里传了过来:"天吴是个自信过度的人,和安邑的首领一样。这种人,就算把所有的战士都耗死在这里,也不会撤走。"

玄夷道:"他的祭司会让他撤走,不撤走只有死路一条。北地的老幼妇孺正等着战士们回去春耕,在这里无休止地拖下去,不管是离家在外的战士还是留守的族人,都会饿死。"

"襄垣,"蚩尤走上铸冶台,"你做得怎么样了?"

襄垣几乎三天三夜不眠不休,精神却出乎意料地好,每一下抡锤击打上铁砧时都是火花四溅,声音穿透力十足。

"锻打、锉磨已完。"襄垣抬头道,"把那边的石头拿过来,蚩尤。"

玄夷忽然开口道:"族中所有的铁和兵器都在你手上了,回炉重造已经快三天,什么时候能好?"

襄垣不答,接过蚩尤递来的两块石头,校准刀身。

陵梓在铸冶台的另一端开口,笑道:"祭司,你既精通卜算,何不即兴测一把,这批刀何时能好?"

玄夷没有回答,注视着襄垣手上的兵器。

襄垣磨完刀锋,干净利落地一收,刃尖嗡嗡作响,继而头也不抬地随手抛出,长刀带着呼呼风声,在空中打了个旋,当啷落在辛商面前的石槽内。

辛商拾起半成品长刀,扣指一弹,便就着自龙渊山顶淌下、被熔炉化开的冷冽雪水,在一块巨石上来回磨砺起来。

磨刀声响不绝,辛商漫不经心地说道:"祭司,你既精通卜算,不妨教我等,世上何来四季更迭?什么时候才能迎来没有严寒的日子?"

众工匠纷纷笑了起来。

玄夷答道："生死有兴替，万物有轮回。是以四季更迭，春来生灵生长，冬去旷野消亡，冥冥之中，天地注定。"

襄垣看着熔炉，难得地出口道："大谬！四季更迭与生死何干？北地有神鱼，名为鲲。鲲居住于极北冥寒之地，每到苏醒时，万余鲲群将在同一天出水，齐齐抬头，对月嘶吼，吼时释出玄寒之气，带动寒潮南下，是以有冬。而南方有云梦泽，每年将释出青木之气，地底沼火常年不熄，暖热北上，与寒潮互抵，交汇。一来一回，冬夏轮转。春、秋便是阴阳互轮时的间隙。阳转阴时，生灵破败；阴极转阳，万物苏醒。不过如是！"

玄夷不肯定，也不否定，淡淡道："多谢指教！"

辛商磨完手中的刀，走上前，将刀抛在蚩尤脚下，发出一声轻响。

工匠们纷纷围过来，各自手捧兵刃，一时间当啷声不绝，在蚩尤与玄夷面前堆了满地。

蚩尤抬膝一踏，钩起一把新铸冶出的长刀，以掌相握，反转着时，只见刀锋胜雪，鳞纹细密，一片叠着一片，密密麻麻地，映出晶片般的反光。

长刀百把，或薄如蝉翼，或轻如白绫，或刀背厚实，或坚若战斧，每一把的刀刃都隐约闪现着青光。

雪亮刀锋映出蚩尤双目，他对这刀的品质颇有些意外。

辛商两指拈着刀尖，随意提起其中一把，示意蚩尤与玄夷看清楚，继而倒提长刀，挥手一旋，只见那刀旋转射出，飞向峭壁高处，下一刻无声无息，钉向坚硬的岩石。

整把刀深没至柄。

"好刀！"蚩尤喝彩道。

"都去歇一会儿！祭司，着人来将刀运走，交到族人手中。当心刀锐，不可乱试，以免伤了手指。"蚩尤神采焕发，欣然道，"都辛苦了，回去吧！"

铸冶台上，匠人们收了工具，各回山内。

襄垣裹紧身上兽皮，坐在熔炉前出神。

蚩尤朝他走去，说："你从何处学来的这手本事？"

襄垣不动声色道："天生的，就像你天生能杀能砍一样。"他目不转睛地盯着熔炉，似乎在等待着什么。

蚩尤在一块岩石前坐下，手按在膝上，一派王者风范："我记得你从前……没有这般厉害。但你铸冶出的第一把刀，也惊动了不少人。看来从小喜爱捣鼓这些玩意，也未尝不是一条出路。"

襄垣随口道："你根本就没关注我学到了什么，想过什么。"说着举起铁钳，把熔炉里通红的一物取了出来。

蚩尤动容道："还有？"

襄垣答："最后一把，是给你的。"

他把炉中最后一件兵器放在铁砧上，抹了抹满头汗水，举锤敲打。

蚩尤道："我来吧，我力大。"

襄垣嘲笑道："你懂什么？把剑交到你手上，多半会被锤成薄薄一片，就废了。"

蚩尤诧道："这就是'剑'？"

"它的名字叫'断生'。记住了，这是世上的第一把剑！"襄垣专心地锻打，每一下举锤、落砧时的声音竟与锻刀有很大区别，力道柔中带刚，回音不绝。蚩尤从击砧中听出了襄垣的膂力与运动方式，只有襄垣这等天生体弱的人，方能把锤力使得恰到好处。

足足一个时辰后，襄垣把剑放回熔炉中，方抬眼看蚩尤，再度开口道："你打算出战，还是听那外来客的意见？"

蚩尤淡淡道："哪有当缩头乌龟的道理！"

襄垣说："我回来时，和陵梓在山下见到一具尸体……"

襄垣把身中六箭的族人之事朝蚩尤约略说了，而后道："对方首领箭术了得，且十分自大，几乎和你一样。你若想出战，性子就得稍微敛敛。"

蚩尤沉思不语，襄垣又道："暂且韬光养晦，也不失为一时之策。"

蚩尤道："不！春天必要耕种，秋后才有粮获。我们也一样拖不起。"

襄垣不置可否，转身取出熔炉内的剑，再锤打几下，浸入雪水中淬火。

熔炉温度渐低，火焰从青蓝褪回赤红。剑入雪水，嗤的一声响，雾气四散，水槽内冰块叮叮当当碰撞，悦耳动听。

襄垣取过一把锐利的凿子，在剑脊上钉出一路小缺口。

"要偷偷出去打猎也可以。"襄垣淡淡道，"你记得咱们小时候，和辛商、陵梓在龙渊山腹里的那个小房子吗？"

蚩尤眉毛动了动，从沉思中回过神，笑道："你还记得最里头的那个地方？"

襄垣随口道："还……还算印象比较深刻吧！那个石室通向龙渊东岭下，不是吗？"

龙渊地底的通路已存在了近百年，谁也不知道它为什么存在，仿佛是天地留给安邑人的一个天然墓地。经数代人在原本基础上的持续开拓、采矿，已把山体底部拓成一个四通八达的地下迷宫。

小时候族人大举出猎，蚩尤无事可做，便与辛商进山探索，最后在一个非常偏僻的通道里，发现了尽头的一间石室。石室幽暗深邃，又连着更多的通路，蚩尤与辛商险些在里面迷路，最后好不容易才从龙渊东山脚处走了出去。

而后蚩尤把陵梓也带了过去。某天襄垣好奇，跟在三人身后，发现了这个秘密所在。蚩尤把幼弟责骂了一顿，最后四人约好，共同守住秘密，决不向外人提及。

从那天起，石室就成为这四个半大小孩子藏东西、躲起来聊天、建立新家的地方。

当然，长大后，蚩尤和辛商各自担任了族中重要职务，是大人了，也再不会去了。又过数年，襄垣离家出走，陵梓也已成人，那个地方便从此荒废着。

襄垣这么一提，蚩尤才想起有一条路可以通往山下。若在背后发动突袭……他决定这就回去看看，说不定能制订出一个完整的偷袭计划。

蚩尤起身问："还要多久？"

襄垣埋头专心地在剑身上加入纹饰："这些是血槽，最后一道工序了。"

襄垣看出蚩尤想离开，有些不安。此刻蚩尤的心思全然不在剑上。

蚩尤站着想了一会儿，正要离开，襄垣又道："你要去哪里？剑马上就好了，把它带走。"

蚩尤道："比你铸的刀更锋利？"

襄垣说："当然。它的威力无与伦比！"说着，埋头认真修整最后的血槽。

蚩尤的眼光落在襄垣的脖颈上。先前未曾发现，此刻襄垣躬身的姿势，令他颈间那金色的火焰烫痕显露于蚩尤眼底。

"这是什么？"蚩尤蹙眉问，并伸指去摸，"襄垣，你后颈怎么了？"

襄垣如受雷殛般，立刻坐直身子，不自然地扯紧衣领，将兽皮裹得更严实，淡淡道："没什么。"

"什么人给你留下的烙印？哪个部落？"

"不是你想的那样……"

"你曾被当成奴隶？"

"不是奴隶。这跟你没关系！"

蚩尤勃然大怒，揪着襄垣的衣领把他提起来："我的弟弟被人在脖子上烙了个奴隶的印迹！这跟我没关系？让我看看！把衣服脱了！是什么地方的人？"

襄垣没料到蚩尤发这么大的火，用力把他推搡开去："那是一条龙……哥哥，你，蚩尤！放手！"

蚩尤粗暴地捏着襄垣的肩膀，强行把他的后领扯开，气喘吁吁如一头发怒的野兽。襄垣只觉刹那间脖颈一阵凉意。

两兄弟面对面，挨得极近，襄垣将手中的剑尖抵在蚩尤的锁骨中央。

"退后！"襄垣威胁道，"否则我的剑完工后，第一个杀的就是你。"

蚩尤松手。襄垣道："回去问陵梓，他会告诉你前因后果。现在，你想去哪里就滚，别打扰我铸剑。"

蚩尤把襄垣推开，似乎动了真火，冷冷道："你令我蒙羞！"

襄垣没有任何回应，转身坐下，看也不看蚩尤，继续那把剑最后的工序。

背后的通道内传来嘈杂的人声，混着杂乱的脚步声。

辛商提刀走上铸冶台，襄垣正以一捧砂砾为剑柄抛光。他的双眼由于三天三夜未眠，已是通红通红的。

辛商问："才回来几天，就又和你哥哥吵架了？"

襄垣头也不回道："别理那蠢货！你们什么时候出战？"

辛商说："蚩尤找到一条通往山外的密道，正在集合族中战士，准备傍晚前去偷袭。"

襄垣哈哈大笑，重复了一次："蚩尤找到一条通往山外的密道？"

辛商难得地莞尔道："是你想起来，然后告诉他的吧？那家伙好大喜功又不是头一天了，习惯就好。"

襄垣脸上的讽刺之情一敛，辛商道："你就在这儿待着。我去准备出战了，顺便试试你的刀，等我的好消息！"

襄垣注视长剑，手下不停，认真地说："我也去。"

辛商道："不行。"说着转身匆匆走下通道。

剑终于完工了。它静静地躺在砧板上，映着熔炉内的光，犹如一件完美的工艺品。襄垣取过缚带，缠在剑柄上。特制的剑鞘以六块龙渊石镶嵌,卡在剑锋,又以皮带穿过。襄垣将剑连同剑鞘斜斜负在身后。

陵梓从通道内探出头,喊道:"襄垣,我们去打仗了!"

襄垣缓缓道:"我们?包括我吗?"

陵梓遗憾地说:"蚩尤让你负责看家,看家的责任也很重大。待会儿我的、蚩尤的、辛商的所有战利品都让你先选。别放在心上,我们很快回来。"

襄垣漫不经心地问:"蚩尤还说了什么?"

陵梓答:"他问我你脖子后的烙印哪里来的,我告诉他,这玩意儿可了不得!天底下的祭司加在一起——"

正说话时,通道内沉闷的号角响起,像在催促。

陵梓笑道:"回来再说!我得走了,去试试你给我打的刀。辛苦了,襄垣!"说着,他匆匆转身,前去归队。

襄垣叹了口气,站在铸冶台上朝下看去,方圆十里,安邑废墟尽收眼底。

远处,北地合部的营地外,几个小黑点在活动。

夜幕降临,襄垣又等了一会儿,才走进通道。他把耳朵贴在洞壁内,确认族人们的声音已远去,才沿通道朝深处走去。

他拔下洞壁上的一根火把,缓缓前行。当年的路已经记不太清楚了,幸亏角落里还有十年前的标记,一些简单的线条——小人、小动物,是陵梓曾经刻下的记号。

通道转上,又朝下,一段陡峭的斜坡过后,面前是个宽敞的石室,石室内排着不少石棺。

襄垣手中的火把快燃烧完了,视线无法及远。他低头看脚印,以期分辨出蚩尤率领族人走了哪条路。

走着走着,襄垣忽有所觉。他马上退后,抬头。正在此时,火把熄灭了。

"首领让我守在这里。"玄夷的声音从黑暗中传来,"不能让你出去。"

玄夷打了个响指,尖锐的指甲间亮起靛蓝色的阴火,照亮了石室。

襄垣淡定地说:"你知道这是什么吗?"说着缓缓抽出背后的剑。

玄夷道:"这是你上次说过,打算拿来诛神的兵器……"

襄垣说:"想试试吗?普通的钝刀都能破开你的手指,这把剑削铁如泥,轻轻一挥,就能把你划成两片。"

石室内是近乎死寂的静谧。

玄夷道:"我听说,安邑人从不把武器朝向族人。"

襄垣讥刺道:"既有'听说'一词,就证明你从未把自己视为安邑人。让开,天虞人!"

玄夷神色微有所动,而后淡淡道:"不能让!蚩尤不想你出战。你看那些东西,知道它们的作用吗?"说毕一指室内的石棺。

襄垣不答,反转剑脊。玄夷一手拈着阴火,另一手轻轻在身前抚过,灰白的皮肤现出紫黑色。

"退后!"玄夷道,"我也是不得已。"

石棺纷纷嗡嗡作响,继而棺盖被依次推开,响起沉闷的摩擦声。

襄垣道:"这些是安邑的第一批住民,也就是我的先祖们的棺室。你胆子太大了!竟然拿安邑人的先祖来施法……"

玄夷低声道:"我不是你手中那玩意的对手,所以只能得罪了。"

石棺内的数具尸体缓缓爬出，起身立定，进而，朝襄垣走来。

玄夷礼貌地一低头："得罪。"

襄垣吁了口气：这里不是唯一的通路，上断生崖去，说不定还赶得及从正面进村。他放弃与玄夷的冲突，转身要走时——石室中先是金光一闪，紧接着又一暗，继而血红的光芒充满整个龙渊地下隧道，从山顶的通风孔射出。

天际风云突变，一道红光射向空中，狂雷电闪！

·

那一刻，蚩尤在黑暗里挥刀，长刀洒出一道白色的光芒。

"杀！"

安邑战士手执锋利长刀，杀进了北地合部的营地！

"杀——"所有人同声怒吼，刀锋无论遇上什么，都悍然将之一分为二。那刀光于暗夜中如倏然而至的雷电，无情地把营帐外围绞得粉碎！

金雷之象猛催，一道连环闪电轰然作响，带火羽箭在雪夜中四射，燃起熊熊大火。

红光渐暗，襄垣手持利剑，凝神闭目，脖颈上鳞片般的纹路缓慢消褪。他的身周到处都是尸骸。

玄夷背靠洞壁，惊疑不定。他的左肩骨骼碎裂，垂于身侧。

"那是……龙力……应龙……你从何处得到的？"玄夷道，"你……龙竟也有祭司……龙……"

襄垣睁开双眼，方才刹那间瞳中闪现的一抹血色，令他不受控制地发动了某种镇压法术，破去了玄夷的尸术。

然而仔细回想,脑中却又是一片混沌。
"不知道。"襄垣道,"但有一件事可以肯定。"
玄夷的胸膛犹自不住起伏。襄垣以剑指向玄夷:"你输了!"
他不再多说,转身从通道内离去。

是时,雪夜中的混战已至高潮,北地合部的战士被惊醒,纷纷冲出营外应战。蚩尤奋勇当先,手持铁盾,率领部族勇士们冲上前,数千人齐声怒吼,撞在一处,大砍大杀!
断肢横飞,鲜血四溅,一场突袭虽成功地剿灭了营地外围的小部分兵力,最终仍难免陷入苦战。
大火映红了半个夜空,陵梓的金雷之术碰上了劲敌。对方似乎也有祭司,且法力不在安邑人之下。只见四周雪瀑排山倒海般呼啸卷起,凝成一团巨大的雪球,裹着雷电,在营地内四处碾压。
安邑人一向充满热血,不惧牺牲,越战越勇。半个时辰后,北地合族终于抵挡不住压力,发出信号,一部分人继续抵抗,大部分人则朝西面撤离,准备集聚力量,一决胜负。
蚩尤正欲率兵追击,方圆一里地内突然掀起暴风与雪浪,将安邑族众摧得横飞出去!
"别让他们跑了!"蚩尤半空一个翻身,落地后牢牢立定,大吼道,"追!"
陵梓再催祭术,一道雷电破空劈来,龙渊山顶雪崩!
数日的积雪轰轰作响,犹如千军万马,倾泻而下!
天吴及其族人去势被阻得一阻,安邑人迅即追上,战场朝西面不住推移,血线蔓延开去,又开始了激烈的厮杀!
天吴吼道:"好不要脸的蚩尤!有种上来一决死战!"

对蚩尤而言,这是他一生所经历的无数战斗中的一场,而在这一天,他会拿起属于自己的那把剑——断生。

正主终于露面了！安邑首领渴望与北地合部首领正面对峙。蚩尤左手执盾，右手持刀，干净利落地一挥，将身前敌人劈成两半，抬手举盾，冲向天吴。

噔噔噔六连响，密密麻麻的毒箭钉在盾上。

"今日来报一箭之仇！"蚩尤飞身跃上坡顶，力压天吴。天吴则是奔跑不停，与蚩尤拉开距离，疾奔中转身，八臂齐张，扯开弓弦，双手架箭，连珠箭飞射而来！

暗夜中，喊杀声逐渐远去。蚩尤追着天吴，二人脱离了战场，在茫茫荒原上一路追逐。

天吴发出一声虎吼，转身拉弓。

蚩尤躬身凝视天吴动作，脚底缓慢横移，手持护盾，握刀的手腕缓缓旋圈。

天吴目不转睛地盯着蚩尤，箭尖微微颤抖，心知此刻已是生死决战关头，若觑不得此人破绽，一旦被近身挨上，对方便可结果自己性命。

蚩尤一句话不说，旋刀的手腕越来越快，呼呼风响，直把长刀舞成一片滴水不入的白光。

"杀！"双方同时暴喝一声。

蚩尤犹如雪夜黑豹，疾扑向前，天吴则是虎吼震耳，不住发出连珠飞箭。

襄垣从山岭东边的暗道爬出，在荒原上走了几步，便发现了两行脚印。一行是巨大的虎足印，另一行是人的脚印。

襄垣拔出背后长剑，循着脚印追去。

雪地中央，天吴不住朝后跳跃，八臂之中，有两臂高举过肩，掌中凝着蓝光，似乎在准备法术，另外六臂不断射出连珠飞箭。蚩尤则是在闪身避让的同时，不断拉近二人距离。

襄垣躲到一块岩石后，紧张地注视着眼前发生的一切。

天吴再吼，掌中蓝光猛闪，令人不可直视，继而天顶砸下巨大的雪球，砰然落在蚩尤头顶。那一震激起平地飞雪，向周围扩散开去。

襄垣被雪粉冲击得双眼剧痛，忙背靠岩石藏好，不敢再冒头。

天吴发出一阵大笑。漫天雪屑纷飞，又是夜中，襄垣面前一片昏暗。他一颗心提到了嗓子眼，从岩石的一侧探头，惊疑不定地窥探。与此同时，岩石对侧雪下发出窸窸窣窣一阵响，哗地一声，喷出半人高的雪粉，蚩尤一跃而出，马上俯身，背靠岩石不住喘气。

襄垣猛然转头时，险些与蚩尤撞上，吓了一跳。

蚩尤喘息不止，看见襄垣，也吓了一跳。

"你怎么在这里？"蚩尤压低声音道，"玄夷没拦住你？"

襄垣道："什么时候了，别问蠢话！你的刀呢？"

蚩尤被天吴以术法召唤出的积雪砸得晕头转向，刀与盾都不知去了何处。

"我来引开他的注意力。"蚩尤缓缓道，"襄垣，你马上朝西面逃。辛商他们快赢了，只剩这大怪物。"

襄垣道："不，我引开他的注意力，咱俩合伙做了他。"

蚩尤道："听我的。"

襄垣不忿道："听我的！"

章九·钟鼓祭司

襄垣记得小时候冬夜里陵梓给自己讲过的故事。在盘古开辟天地之前,光阴还未曾开始运转。衔烛之龙睁开了它的双眼,昼夜才得以分离,那么……它永远见不到这浩瀚的星空、灿烂的银河……

斜刺里，一个雪球忽然飞来，打在天吴脸上。

"什么人？"天吴转身怒吼。襄垣见机，从石后高跃而起，在雪地上狂奔，背后数箭飞来，擦着他的耳畔掠过。

跑出没多远，襄垣便左脚绊右脚，闷哼一声，扑倒在雪地里。

天吴张弓搭箭，缓缓走来，襄垣趴在地上，一动不动。

天吴面对襄垣，一只手打了个响指，襄垣的身体便缓缓凌空漂浮起来。

很弱的男人！天吴斜眼打量着他，注意到他的后颈有个金色的烙印。

"奴隶？"他运使法术，把襄垣掉了个转儿，一手提着他的一只脚。

襄垣艰难地喘气。他的体质太弱，没跑出几步便气喘吁吁，满脸通红，不像作伪。天吴抽出腰间弯刀，抵在襄垣的脖颈边，嚣张地问："什么人？报上名来！"

"襄……襄垣……"襄垣有气无力道。

"蚩尤呢？"

"他让我……引开你，自己逃了。"

天吴弯刀微一使力，襄垣立刻惶急地叫道："别杀我！我知道他在哪里！我不是安邑人，他让我来送死，自己跑了！"

天吴把襄垣扔在地上。襄垣咳了几下，勉强起身，摇摇晃晃地站住。

"带路。"天吴冷冷道，"大王随时能杀了你，别玩花样！"

襄垣踉跄走着，把天吴引向龙渊山脚的洞穴。刚要进入洞内，冷不防衣领一紧，他又是两脚离地，被天吴提了起来，后颈上一阵冰冷,是天吴的刀锋又架上他的脖子。

天吴威胁道:"这是什么地方?说,否则把你的头割下来!"

襄垣被勒得说话艰难:"这里是……安邑人……躲藏的地方,龙渊……他们就躲在这里。里面道路很复杂,你还要我带路……"

天吴以两臂制住襄垣,另两臂搭起弓箭,半信半疑地回头张望,继而缓缓走进洞穴。

天吴提着襄垣深入洞穴。在幽深黑暗的岩洞里,他举起闲置的手臂,指间撮出一缕若明若暗的蓝光,照亮了周遭。眼角余光瞥见襄垣的身形,他嘲弄道:"定是安邑人不给你吃的,才把你饿得这般孱弱。"

襄垣点了点头,说:"朝左走。"

通过漫长的通道,二人进入石棺室,天吴诧异地打量四周:"这是什么地方?"

襄垣不理他的问语,口中说:"放我下来。朝上走,蚩尤就在洞穴高处。"

天吴不理会他的请求,手中提着他,侧着身子,螃蟹一般横着朝高处挪去。在这里战斗,有利于压制天吴的祭术,也令他的弓箭绝技无从施展。想到此处,襄垣心里扑通扑通地跳。

从通道内出来,再转过一个岔路,暗处有人猛地一剑挥出。天吴大声痛吼,欲举刀追击时,蚩尤已在黑暗里现出身形!

铮铮铮！数下刀剑互击，襄垣尚未看清发生何事，已是被人一脚踹起，飞向洞壁旁，蚩尤吼道："襄垣，快跑！"

襄垣在洞壁上撞得头昏脑涨，眼冒金星，耳边是天吴的怒吼与蚩尤的暴喝。说时迟，那时快，时光芒闪烁，六根羽箭已朝背靠洞壁的襄垣呼啸飞来。

嗡地一声，靛蓝色光幕铺开，拦住了连珠箭，面前一道灰影掠过，玄夷的声音响起："首领，我来助你！"

狭小的通道内，蚩尤时而单手持剑平削，时而双手握剑横砍，勾、抹、劈、刺，行云流水般地挥出每一式，精妙而不差毫厘地架住天吴八臂齐出的兵器！

襄垣终于缓得一缓，远远站开，看着这场搏斗。洞中狭隘，天吴先前雪地里远程弓箭狙击的优势派不上用场，动作更慢了许多，不再有开阔地上的敏捷速度。

只闻蚩尤暴喝一声，如野豹般一剑削来，天吴横过长弓一挡，发出裂帛声响，连弓带弦断为两半！

天吴怒吼一声，转身就跑，冲进洞穴深处。

玄夷翻掌一握，发出千万缕蛛丝般的细线，在黑暗里飘向天吴逃跑的方向。

"襄垣你在这儿等着，别乱跑！"蚩尤道，"他今天逃不掉了，追！"

玄夷睁开浑浊的双目，跟随蚩尤朝洞穴另一头跑去。

襄垣冷笑一声：每次都这样，用完就把他扔到一边！揉了揉撞得红肿的额头，他出了口长气，拖着疲惫的步伐，朝高处走去。

洞内千丝万缕，到处都是玄夷的缠丝气劲。襄垣挣开蛛丝般的细线，沿着斜坡爬上了铸剑台。

天已大亮，天光从极东之地转来，照亮了万里雪原与龙渊的峰顶。龙渊脚下，战事已进行到最后的阶段。

天吴在山洞里一通乱撞乱冲，终于暂时逃过蚩尤的追击，奔向断生崖上，出洞瞬间又是一声狂吼，震得龙渊上下隐隐震荡。

山脚下，北地合部的残余听到首领召唤，纷纷朝山腰的断生崖冲来。

安邑战士们追在北地合部族人身后，辛商与陵梓解决了殿后的北地合部残兵，也冲向断生崖前。北地合部残余终于与天吴会合，却发现自己陷入了困境——无路可走！

前有蚩尤，后有追兵。

蚩尤在狭窄的石梁上收住脚步。天吴喘着粗气，站在石梁另一端，蚩尤躬身提剑，双目锁定他的动作。

襄垣看了，心里打鼓。天吴若破釜沉舟，与蚩尤在断生崖上缠斗，拼着性命不要，定会与蚩尤一同摔下崖去。百丈高崖，一旦落下，必将粉身碎骨。

天吴回头看了一眼，自己与北地合部联军的背后，是近千名安邑战士。

为今之计，只有杀了蚩尤，冲过断生崖，杀进龙渊的地下隧道，北地合部才能反败为胜。

蚩尤看破天吴心中的盘算，冷冷道："单挑？"

天吴冷笑三声，怒吼道："来啊，蚩尤！与我一决胜负！"

天吴此时已成困兽之斗。他断了三臂，伤处流血不止，对面蚩尤微微喘气，觑得时机便要上前结果他的性命。

铸剑台上，襄垣拾起一张弓，瞄准天吴，奈何距离太远，取不到准头，只得放弃。

他又拾起一把刀，朝高处眺望，遂有了主意，走向悬在铸剑台顶端的巨大熔炉。

"叮！"一声极其轻微的响声随风飘来。蚩尤耳朵灵敏地动了动，分辨出那是刀斩铜索的声音。

天吴回头扫了一眼身后的族人，下令道："随我冲过去！"

蚩尤道："所有战士，原地待命！"

天吴："杀——"

蚩尤："喝——"

天吴率领残部冲了过来。蚩尤反手抡剑，剑身映着冉冉升起的朝阳，炽烈的光晕在天吴眼前一晃，天吴登时眼睛一眯。

又是"叮"的一声。

蚩尤双手持剑，剑尖钉入地面，长剑微弯。天吴暴喝一声抢上，旋身挥出匕首。

两人在断生崖中点遭遇，下一刻，蚩尤头下脚上，借挂地剑力，潇洒至极地一个空翻，身在半空时，干净利落地挥剑一掠，天吴的头颅喷着鲜血飞向空中！

同一刻，山峦发出天崩般巨响！

巨大的熔炉从顶峰翻倒，万斤暗红色铁水滔滔倾泻下来。北地合部族众正冲上前去，蚩尤妙到巅峰地于他们头顶一跃，反手收剑，身体平飞而过。

蚩尤身后，天吴尸体摇摇欲坠，歪倒下去；高处，一片暗红色的瀑布正当头浇下!

山崩般的铁水落在断生崖上,隆隆之声不绝。蚩尤就地翻滚至崖边一侧不起眼的凹处,单膝跪地,抬头眺望。

北地合部上百人尽数迎上了那股铁水,断生崖不堪重负,轰然垮成两半,朝崖底坠落。

一声闷响之后,世界重归于寂,唯余蚩尤率领的安邑战士立于断生崖前,战袍在寒风中飘扬。

崖底响起凄厉呼号,数百道光点飞上天空,拖着晶莹闪烁的轨迹彼此缠绕,最终飞旋着形成一个魂灵的旋涡,呼啸着收拢于襄垣手中的矿石内。

襄垣剑眉拧起,注视着手中矿石,仿佛能感受到它的阵阵震荡,感到百多生灵在内挣扎,痛苦哀号。然而,片刻之后,矿石周围泛起白光,魂魄再次脱离出来,散于天地。

失败了!

是什么原因导致失效?纯度,约束能力,容纳限度?襄垣叹了口气,收起矿石。

这种矿石能够自动吸纳灵魂,但存不住……

安邑,村庄成了一片废墟,断生崖下的深渊,到处是废弃铁渣,死尸枕藉。家园一片狼藉,所幸人还在。

这场交战,安邑付出了死伤百人的代价,却将北地合部的名字一笔勾销,永远地划进了历史里。

战后,蚩尤杀死了那两名孪生姐妹,用她们祭祀死去的战士。

此战取胜,襄垣功不可没,然而没有人钦佩他,也没有英雄式的欢呼，所有人都用近乎恐惧的目光看着他。万斤铁水倾注而下的场面，令安邑人不寒而栗，那不是战士式的力量决胜，而是近乎疯狂的屠杀。这令他们觉得，在襄垣孱弱的身躯里，有一颗近乎残忍的心。

襄垣则完全不在乎他得到什么待遇。他坐在一辆敞架的牛车上，连蚩尤也懒得搭理，跟随大部队一路朝南行——安邑终于也迎来了迁族的一天。

龙渊脚下，村庄尽毁。蚩尤的征战，夺取了从龙渊直到长流河岸的广袤领土。大旱过去，与族人商议之后，他决定举族南迁。

长流河畔有丰富的资源，冬天来得更晚，气候也更适合居住。他们从龙渊地下仓库带走了所有的矿石，并准备来年建立起一道补给线，将北到龙渊、南至长流河的地域列入自己的栖息地。

渡过长流河，便是南方沃土了。蚩尤要在这块区域里再次拓展他的军队，于有生之年进军南方。他背着襄垣为他打造的长剑，骑在一头诸怀兽背上，带领着所有族人，浩浩荡荡地向南迁徙。

陵梓从路的尽头跑来，一跃登上牛车，坐在襄垣身边，搭着他的肩膀笑道："襄垣，你这次干得可真漂亮……"

襄垣道："够了！陵梓，你已经说了无数次了。"

陵梓笑了起来，低头检视手里的一把刀。

襄垣又说："你最好别在辛商面前说这个。"

陵梓满不在乎地抬头眺望。远处，辛商与蚩尤并肩前行，五天前的那场恶战在他的脸上留下了一道疤痕。

"别理那家伙怎么想。"陵梓说,"你可是为我们解决了最棘手的问题。"

"你们,我们?"襄垣眉毛动了动,懒懒地说,"咱们!"

陵梓欣慰地笑了笑:"马上就要过上好日子。搬家了,你的'剑'也已经完工了……"

"不。"襄垣钩着陵梓的脖颈,把他箍到身边,"听着!陵梓,我的目的还没有达到。"

陵梓似是忽然感觉到了什么,抬头眺望。见走在队伍前端的玄夷回头看了一眼,他又低头问:"什么目的?"

襄垣道:"这样的剑还远远不够。它只能削断同级的兵器。你是金系祭司。你知道五行之力中,要提炼出最纯粹的'金',要用什么方式吗?"

陵梓疑惑道:"襄垣,你要怎么打造你的剑?"

襄垣解释道:"蚩尤背上的那一把只是粗坯。它只能砍断有形的东西。"

陵梓道:"我觉得你的剑已经足够锋利了。"

襄垣说:"我问你,锋利的东西应该是怎么用的?"

陵梓迷茫地想了一会儿,答:"狩猎。"

"再锋利点呢?"

"杀人。"

"再锋利些?"

"斩断其他人的刀。襄垣,现在你的剑已经可以做到这些了吧?"

"目前是的,还能再锋利些吗?"

"再锋利,连岩石也能砍破……"

"那还不够!"襄垣低声说,"我要铸造出一把能斩断山川河流,甚至能刺穿天空的剑!世上有达到这种强度的材料吗?你是金系的祭司,告诉我,陵梓,世上最纯粹的金要用什么办法才能得到?"

陵梓沉默了很久,而后道:"我想你要的不是矿石,而是一种叫源金的东西。"

这个词在襄垣的概念之外,他不解地拧起眉毛。陵梓解释道:"你知道天地是怎么来的吗?"

"盘古开天,万物成形……"襄垣舔了舔干裂的嘴唇。

陵梓取过水袋,为襄垣拧开塞子,递到他的手里:"对。但阴阳五行的力量,早在开天辟地前就已经存在了。那是天地间最纯粹的金,它们聚集了本源的力量,甚至比盘古出现得还早,所有的雷电、锐气以及矿石,都是它们在天地间游离后的产物。"

"要怎么得到?"襄垣紧张地问。

陵梓想了想:"大部分已经浑浊了,没有办法再提炼,但在盘古死后,有一股最纯粹的源金之力,与造物主的清气结合,有了自主意识……"

襄垣的呼吸屏住了,与陵梓对视一眼,说道:"就是……"

陵梓点头:"就是金神蓐收。"

襄垣沉吟不语,而后问:"你是他麾下的祭司,能朝他讨要一块吗?"

陵梓反问道:"你觉得呢?有人找你要你的手指头,或者一只脚,又或者是脑袋,你会切下来给他吗?"

于是襄垣得到了一个极其无奈的结论。

"也不一定要他的手指头。"襄垣说,"或许只需要他的一点头发……"

陵梓打趣道:"就算他愿意给你,你又怎么炼化呢?"

襄垣这时候才意识到一个很严重的问题。

"假设你得到了源金,"陵梓说,"你要把源金炼成金水,普通的火焰不可能办得到。"

"所以我还需要源火?按你的理论推断,是有这个东西?"襄垣说。

陵梓点头:"嗯!源火是火神祝融的一部分,没有任何东西能够容纳,碰上什么就会烧掉什么。你还需要源风,把火种圈起来,为你冶炼。最后你还需要源水,才能把源金淬火。"

襄垣问:"你记得飞廉吗?他说不定愿意交给我们一点风。"

陵梓道:"呃……襄垣,我觉得你的'剑'已经很不错了。试想你就算铸造出了那种能把天地砍成两半的玩意儿,给蚩尤用,万一一个没拿稳,掉下来砍到脚背,也是很危险的。"

襄垣哭笑不得。陵梓道:"双刃的东西,太锋利了,也不是件好事。"

"陵梓!"蚩尤在队伍前端吼道。

陵梓跳下车,跑向前方,襄垣则陷入了漫长的思索中。

随着他们不断南行,气候越来越暖和。安邑的队伍穿过一片长满参天古木的森林,黄昏的阳光透过树叶的缝隙,落在襄垣的脸上,他在牛车上睡熟了。

月缺了又圆,安邑的迁徙队伍犹如一行蚂蚁,穿越长流河畔最后的广袤草原。青草的香味在风里飘散，与其伴随的还有低回的埙乐。

襄垣裹着一袭麻布，放下陶埙，静静坐着。

他的双眼映出璀璨的繁星与浩瀚的银河。不知经历过多少岁月的星辰一如往昔，漂亮得令人赞叹。

这些星辰在天上存在了多久？是否比传说中开天辟地的盘古，以及主宰光阴的烛龙存在得更久？

源火、源金，它们又来自何方？

襄垣记得小时候冬夜里陵梓给自己讲过的故事。在盘古开辟天地之前，光阴还未曾开始运转。衔烛之龙睁开了它的双眼，昼夜才得以分离，那么……它永远见不到这浩瀚的星空、灿烂的银河……

"是的。"一个声音在他身边响起，"父亲永远看不见这些。我曾经的心愿，就是让他得见夜空。"

襄垣没有转头。他仰视夜空繁星，脖颈后的印记忽明忽暗。

"后来呢？"

钟鼓仰起头，散发着炱气的双眼带着一丝迷茫。他赤着双足，站在襄垣容身的牛车上，一袭火红战袍在风中飘扬。

"没有后来。"钟鼓金红色的眸子恢复了浓厚的血色，低头注视襄垣。

襄垣对这位不速之客的出现毫不奇怪，仿佛只是面对着一个认识却不太熟悉的过路人。

襄垣问："你知道要怎样做，才能得到源金吗？"

钟鼓冷冷道："找蓐收，开口要。"

襄垣面无表情地说："他不会给我。"

钟鼓道："你不会动手抢吗？"

襄垣注视星空，说："我的力量太小了，不是他的对手。"

钟鼓闷哼一声，那鼻音充满了轻蔑和嘲弄之意："我不会帮你的。"

襄垣又问："我知道你不会帮我。你到这里来做什么？"

钟鼓懒懒道："这只是我的灵力幻化出的虚体。你是我的奴隶，我听见你在召唤我。"

襄垣说："关系颠倒了吧？什么时候奴隶可以随时召唤主人了？"

"你……"钟鼓虽然不太聪明，但这句话里的意思还是听懂了。

"襄垣？"蚩尤的声音响起。

车队停了下来，钟鼓的灵力虚体消失了。

襄垣问："怎么？"

"你在跟谁说话？"

"没跟谁说，我自言自语。"

蚩尤拔出背后的剑，沉声道："我已经听到了。你就是方才那人的奴隶？"

襄垣道："我不是任何人的奴隶，我只是我自己的奴隶。你到底想说什么？"

蚩尤拨转他的坐骑："上来，我带你去看一样东西。"

这一带是长流河北岸能找到的最后一块适合人类居住的土地。按照惯例，所有的部族抵达一个新的地方，都将由族中祭司施展祭术，向护佑这一族的神明提出询问。

询问的内容，无非是此地水草是否丰美，是否常有凶猛妖兽出没，人丁能否兴旺，瘟疫情况如何，等等。

神州大地上，每一部族都有自己的信仰，也有自己的属神。他们认为，他们所信仰的那位神明会在冥冥中守护自己一族。

蚩尤从始至终都把这个说法当作笑话。他一向不待见洪涯境诸神，也不相信所谓的神明护佑之说。他宣称，如果有神灵的话，北地合部信奉的神怎么不出来帮他们挡铁水？至不济那些神灵也该把断生崖下的冷却铁水移开，为天吴的族人们收尸。

天道不仁。神明坐视凡人自生自灭，对其的任何请求都显得愚昧而可笑。

安邑人历来在恶劣的环境中生活，他们只信奉自己，这种态度也使得部族内祭司的影响力微乎其微，到得后来，连祭司都可以随便更换。

陵梓继承到的金系力量，是安邑的第一批住民在龙渊中获得的蓐收神力。安邑第一任祭司如何诞生已不可考，传承到陵梓身上，除了用祭术劈几道小雷、放闪电取火以外，便没有太多与神灵沟通的机会了。他们不像泽部、荒山部以及神州其余的部族，会在播种、放牧、狩猎、开垦之前先请求一次神明的意旨。

直到后来，蚩尤成为族长，连祭司都给换了。理由很简单，他认为陵梓是一名天生的战士，好斗而热血，缺乏祭司一职需要的内敛。试想，一个打仗总冲在前头的祭司能起什么作用？

随着祭司换了人，安邑人自己也说不清楚他们现在信什么神了。

早春的夜风中,钟鼓与他的祭司沐浴在星辉之下,说起关于这个世界的过往。

然而玄夷施展祭术，还是有必要的。这是他来到安邑部落后，第一次开启这种大型的法阵，蚩尤正想借此机会了解一些关于洪涯境诸神的事。

玄夷开启的法阵，在神州诸部中有一个共同的名字，叫作"天问"。开启手续非常烦琐复杂。安邑的族人围成一个大圈，玄夷站在开阔地上，众人从林中拾来枯木，一捧接一捧堆在开阔地中央，堆成一个柴火的小山。

蚩尤跃下诸怀兽的背脊，又把襄垣拉了下来。几个人站在玄夷的背后，蚩尤开口道："祭司？"

玄夷转身，朝蚩尤行了个礼。

蚩尤说："我问了你许多次，你从来没有正面回答过。现在你可以告诉我们你信奉的是哪一位神灵吗？"

玄夷施完礼，转身面对柴堆，淡漠地说："不是我蓄意欺瞒你们，我信奉的这位神没有名字，或者说，就连我们天虞一族，也不知道它的尊名。"

襄垣轻轻地眯起眼睛。玄夷低下头，手持祭杖，注视着脚下的草地，在柴堆周遭缓缓行走，低声道："它凌驾于洪涯境诸神之上，是天地间最古老的存在。或许在天问结束后，在场的诸位，会有一个人能告诉我，它是什么。"

玄夷的声音低沉而冷漠，抬眼时僵硬的一只手在身前平掠而过，尖锐的指甲在暗夜里划出一道蓝色电光，噼啪声响，第一颗火星在柴堆间跳跃起来。

章十·创世火种

"这就是我们一族的神。"玄夷行了个祭司礼,缓缓后退,让出创世火前的位置,"我的首领,它比烛龙与盘古的生命更久远,是这世间天地万物的源头。烛龙以一口龙息吹燃了它,五行与混沌的色与光才得以在它的照耀下诞生。"

黑夜里，火堆燃起来了，映着安邑族人们疲惫而倦怠的脸，男人的，女人的，老人的，幼儿的……

他们已有太久没有接触过这类仪式，玄夷的火堆招来了族人们麻木而古怪的目光——仿佛是看一场热闹。

然而襄垣不这么觉得，相反，他的心跳渐渐急促起来。

"聿稽遐古，世属洪荒……"

"恢恢日月，漠漠山川……"

玄夷低沉的声音像在吟诵一首永不完结的诗。

靛蓝色的火焰一跃三丈，漫天星辰暗淡下来，天际一轮浅月淡淡隐去。

"星辰隐耀，有虞已然；神德浩然，于昭在上……"陵梓不自觉地跟着念诵。玄夷的声音忽而低回，忽而高亢，夜空中回荡着嘹亮的祭歌，银河间的亿万繁星仿佛瞬间有了自己的生命。

火光映照着蚩尤与襄垣的脸。襄垣还是第一次见到这等场面。蓝色冲天火柱不断拔高，漫天星斗在天顶旋转，犹如一个神秘的旋涡，要将远隔万里的大地上这堆人类燃起的祭祀之火吸扯上去。

"奠大风于神渊，天威无缺；阻天河于旋枢，银光常调。秉弓刀之威灵，靖烽烟于四野！"

玄夷的声音猛地停住，浑浊双目在刹那间恢复清澈，灰暗迷蒙的眼白分化出一抹深邃的黑色，凝聚成水滴般的瞳孔，映出遍野蓝光。

幽幽蓝光渐低下去，收缩成一团跳动的火苗。

"这就完了？"襄垣蹙眉问。

陵梓深吸一口气,小声道:"他要呼唤神灵了。"

"不!那位神明召唤不到此处,它没有虚身,我将带你们一起去。"玄夷缓缓道。

蚩尤问:"去何处?"

话音未落,火堆旁的众人齐声惊呼。

那一刻,所有人的视线朝向天际,亿万暗淡星辰中的某一颗,忽然发出璀璨光芒,它不过是微微一闪,继而便脱离了自己的位置,在黑蓝色的天幕上拖出一道闪亮的弧线,飞向大地。

那颗星的光芒短暂闪烁,继而一头没入了天问之阵的中央,蓝色火苗闪了闪,带起一阵微风,拂起玄夷的祭司袍。

旁观者屏住呼吸,玄夷颤抖着抬起灰蓝的手指,指向天空。

一颗,又一颗,天顶的所有星辰都在这一刹那偏离了自己的方位,只见漫天都是流动的光弧,越接近被夜晚笼罩的大地,速度便越快。襄垣只觉眼前到处是耀眼白光,身边惊叹之声不绝,到得最后,那惊叹声已化为钦佩的呐喊。火焰再度变得旺盛,狂风无止尽地掠过,掀起所有人的衣裳。

最后一颗星辰投入天问之阵中的蓝火,旷野上瞬间寂静无声。

那是绝对的安静,犹如躺在一座没有静寂的古墓里。襄垣甚至听得见自己的血液流淌的声音。

"去它在的地方。"玄夷终于开了口,他的声音在静谧中沉稳而安定,"那是开天辟地至今,超脱烛龙与盘古两大始神,凌驾于万物之上的'源'。"

天地间所有的光源皆已隐去,唯一的光来自面前的蓝色篝火。直至那火焰也暗淡下去,玄夷的声音仿佛开启了一个未知世界的大门。

"以天虞之残破身躯,请求与这光与热的源头相会……"

大地在旋转,千万景象掠过,长流河奔流在他们的脚下,万里荒岩山扑面而来。

一只有力的臂膀按在他的肩上,襄垣只觉气息一窒。

景色忽明忽暗,一时天地间光华万丈,一时又黯然无光。山川、草木、岩石、河流……凡大地上的种种景物飞速变幻,天际流云聚了又逝,一轮红日在乌海的彼岸沉下,犹如浮生一梦,竟不知是人在飞,还是景在逝。

直至不周山的暴风雪屏障温柔退去,襄垣的瞳孔映出苍茫龙冢,正是不久前他亲身走过的路。

然而那景色比起自己亲眼所见,又似乎有些不一样了——没有骸骨,没有龙血草,没有空空荡荡的寂明台。

"这里是不周山?"襄垣忍不住问。然而玄夷的祭术带着他们横跨万里,却并不在龙冢前停下。面前陡峭山峦一掠而过,景物视角陡然转向,竟是朝着不周山主峰疯狂攀升!

玄夷眯起双目,左手握拳前探,视野中黑黝黝的岩石漫无止境,紧接着他发出一声清啸。

"喝!"随着玄夷翻掌抬起,那一声清啸穿透长空,眼前的景象豁然开朗。襄垣的灵魂仿佛随之掠过不周山之巅,低头的刹那,主峰上盘踞着一条堪比山峦大小的神龙。

"父亲?"是钟鼓的声音喃喃自语。

神龙昂起头颅,双目睁开,一晦一明,天地间充满金光。

"你还在?"襄垣难以置信地问道,"钟鼓,那条龙是谁?你认识?"

蚩尤手臂紧了紧,问:"你在和谁说话?"

钟鼓压低了声音,威胁之意尽显:"噤声!"

那惊鸿一瞥中,襄垣还看见神龙的爪边俯着一条幼小的、有着暗红双角的蛟。

天之巅,地之涯。长空到了尽头,玄夷平掌下按,所有人发出一声惊诧的大叫,如同随着祭司的手势猛栽下去!

刹那间撞上了不周山双侧峰的西峰!

视野再次恢复一片漆黑,襄垣的意识被引入一个深不见底的黑洞。

"龙穴?"襄垣还记得这个位置。

"是的。"钟鼓的声音响起,冷笑中的嘲讽之意不加掩饰,"原来这就是天虞的神!"

襄垣问:"是什么神?"

"创世之火。"玄夷的声音回答了他们。

千万道流光穿透他们的身体,五行之力缠绕绽放,犹如暗夜中瑰丽的花朵,速度越来越慢,最后在洞穴的最深处停下。

天问之阵的铺设与洞穴幽魅的黑暗法阵彼此契合,蓝色的火焰爆出一阵火星后消失,星辰从篝火中央四散,虚无中升起一团跳跃的金火,缓缓上升,悬于空中。

"这就是我们一族的神。"玄夷行了个祭司礼,缓缓后退,让出创世火前的位置,"我的首领,它比烛龙与盘古的生命更久远,是这世间天地万物的源头。烛龙以一口龙息吹燃了它,五行和混沌的色与光才得以在它的照耀下诞生。"

蚩尤的声音低沉而不带任何卑微:"这位神祇叫什么名字?能带给安邑什么?"

玄夷低声说:"创世之火没有意识,但它知道天地间所有的事。"

蚩尤蹙眉问:"已经发生的?"

"过去的,现在的……"玄夷的声音似有两重,一重从他的口中发出,另一重则源自创世火种。

渐渐地,玄夷的声音消失,唯有火种传出的声音。那声音不带任何感情,缓缓道:"未来的。"

蚩尤:"何以得知未来?"

火种:"有因有果,创世因引领无数果。"

蚩尤:"安邑的未来如何?"

火种:"血,火,黑暗,灭亡。"

蚩尤:"一派胡言!"

襄垣的声音响起:"因为什么?"

"你。"

"缘何而灭?"玄夷的声音再度响起。

火种冷淡而咄咄逼人:"剑。"

襄垣问:"如何灭亡?"

火种倏然暴涨,延伸出铺天盖地的金海,火海中虚景变幻,天地间一片混乱,山峦崩塌,群星坠落。

一座双峰之山发出轰然巨响,两层红与蓝的冲击波向四周发散开去。

火种冷漠地回答:"麒麟斗,山峦平。长河逆,洪涯崩。群星陨,不周倒。天柱崩塌,鲲鹏出水,万龙悲鸣。"

"放肆!"襄垣怒吼道。刹那间,所有人的目光齐聚于襄垣身上。那不是他的声音,仿佛来自一个陌生男人,一个就连蚩尤也没听过的声线,与襄垣低沉的嗓音交汇于一处,带着无上的威严与毁天灭地的杀气!

"什么力量能令不周山倒,天地崩塌?"钟鼓与襄垣的灵魂融于一处,少年的袍角在风中飘扬,绽放出铺天盖地的金火。

钟鼓冷冷道:"没有人能得知未来之事。昔日的你,也不过是我手下败将!"

那一刻,蚩尤感觉到一阵战栗,那是遭遇到实力在他千百倍之上、令他毫无反抗之力的强者的危险感。

钟鼓释出龙威,尚不自觉,那龙力于无形中压得众人艰难伏地,难以动弹。

创世火种微微闪烁,吐出一字:"你。"

钟鼓冷冷道:"我?"

创世火种的声线沙哑:"你。"

"天虞、始祖剑、龙威、神战,不周倒、天地崩。"

"有因必有果。"创世之火的声音在洞穴的最深处不住激荡,却于钟鼓的龙威前渐渐退让。

火光暗淡下去,襄垣又猛地一颤,随着轰地一声巨响,平地炸出一道环形的气焰,将四周诸人扫得横飞出去,摔在洞穴深处。

蚩尤艰难地挣扎起身:"谁也……无权决定未来,唯……

心有愿,未来遂成!你是何人?将我弟弟……还来!"

钟鼓冷笑一声。

"你是烛龙之子。"创世之火的声音平淡无奇,仿佛在讲述一件无关紧要的事,"你擅闯龙穴,令烛龙陷入千万年的沉睡。你在长夜间唯一的愿望,便是让它仰头看一眼夜空中璀璨的星辰……"

钟鼓抬起一掌,虚按身前。

刹那间一道堪比天地洪流的巨力磅礴而出,所有人耳内先是一声巨响,紧接着失去了听觉,五行、阴阳、七道创世的色光在火种前铺开抵御的强盾,却不抵钟鼓的一击。

那巨力汇集为最原始的洪流,带着衔烛之龙的青色龙威与钟鼓血似的金火,击穿不周山龙穴,掀翻了整座山峦!

苍穹现出一方碎裂的破口,襄垣身上的金火汇集为一道光,射上天际。

钟鼓走了。

襄垣虚脱般倒在地上。

创世之火受钟鼓强悍龙威冲击,越来越暗,唯剩靛蓝内焰在艰难地闪烁。

蚩尤抱起襄垣,缓缓走向苟延残喘的火种,问:"神祇,你面前的人,来日将如何?"

创世之火的声音低微,几不可闻:"死亡,永生。"

"死亡还是永生?"蚩尤的眉目间带着一丝淡淡的嘲讽与质疑。

玄夷道:"首领,这是全知之火,它所言便是安邑的现状,再从此推出未来，你为何不相信？你们终会死在这缥缈的愿望中。"

"谁的愿望？你的，还是我的？愿望是什么？"蚩尤的声音带着难以言喻的冷峻。

"所谓愿望，大抵是不可实现之事。"创世之火的声音缓缓传来。

蚩尤的声音冷冷道："不，所谓愿望，大抵是过去已逝，将来未生。"

创世之火消弭，爆出几点残余的火星。蚩尤缓缓退后，怀中抱着他执着的亲弟弟，而此刻不周山龙穴破开，一束白光落了下来。

刹那间，一切景象消失，所有人又回到长流河畔的广袤平原上。

天问之阵一闪，繁星归位，银河浩瀚，便如同什么也没有发生过。

襄垣再睁眼时，已是第三天的下午。

那场与创世火的对话，几乎所有族人都听见了。襄垣醒来，第一个念头便想到蚩尤。虽然钟鼓在那一刹那掌控了他的行动，他的双眼仍清晰地看到，金色的火海中，一座陌生的山峰喷发出蓝与红的焰圈，天地为之色变。

襄垣在床沿坐了一会儿，才系好外袍，走出屋外。

安邑的新村落已经初具规模。男人们扛着木料往来，女人与小孩将淤泥和米浆兑和成黏水，成山的草垛堆积在简陋的草屋旁，等待搭好梯子，铺上房顶。

冶坊还没有建起来，只有一个用土坯搭成的地基雏形，熔炉与铁砧胡乱堆放在空地上。

襄垣看了一会儿，截住一个人问："蚩尤在哪里？"

那男人以警惕且排斥的眼神打量着襄垣。襄垣眉毛一扬，毫不客气地注视他的双眼。

"我问你，"襄垣说，"蚩尤在哪儿？"

一间未完工的木屋前，女人焦急地呼喊着什么，那男人方才转身离去。

襄垣冷冷地嗤笑了一声，看来大部分族人对他只有惧怕，没有情谊。

"襄垣。"有人直起身笑道，"你醒了？陵梓在那边等你。"

襄垣敷衍地一点头，走过村落。

"陵梓！"襄垣遥遥喊道，"蚩尤在哪儿？"

正在用力捆起几根圆木、充当墙壁的陵梓闻声抬起头，迷茫地指了指远处。

襄垣沿小路走去，片刻后抵达长流河畔。此时已是傍晚时分，夕阳在一望无际的长流河上洒下点点金鳞，滔滔水流奔腾而去。

到处都是血染般的暮色，两岸树林笼在一片金黄中。

蚩尤不在，襄垣对着长流河坐了下来，继而枕着胳膊，躺在河边的草地上，看着紫红色的瑰丽天空出神。

族人的敌意显而易见，却也合情合理。不管是谁，目睹了巨型熔炉从龙渊山顶将铁水倾泻而下的场面，都不可能无动于衷。

再加上他的剑、玄夷的预言、创世火种的声音，或许他襄垣在所有人的眼里就是一个怪物——襄垣这么想着，不由得笑了起来。

他本打算在安邑待上一阵子。与天吴的那场战斗令他忽然觉得有伙伴倒也不错，譬如与蚩尤并肩作战，至少这位事事压着自己一头、蛮不讲理的兄长开始接纳他。但照现在来看，似乎不太可能了。

"襄垣。"陵梓擦了把汗，笑着走过来，在他身旁坐下。

襄垣不悦道："蚩尤没在这里，你骗我？"

"蚩尤？"陵梓一怔，继而笑道，"我让你过来这里等我，没说蚩尤在这里。"说毕也在襄垣身边躺下。

襄垣淡淡应了声，陵梓吁了口气道："最迟明天，房子就能完工了。"

襄垣说："你去忙吧，不打扰你了。"

陵梓笑道："我给咱们建了两间屋子，你一间，我一间，是连着的。襄垣，以后你和泽部的那什么雨成婚了，我也寻个漂亮的女孩，咱们各住一边，打开门，就能一起吃饭……"

襄垣无言以对。

"我不会娶她的。"襄垣蹙眉说，"你疯了吗，陵梓？都过去这么久的事了。"

陵梓说："哥们儿，咱们一起长大，你很少对女孩那么说话的，多半就是她了！你的心思我还不懂吗？"

襄垣恼火："别胡说八道！"

陵梓忙笑道："不想提就算了。总之过几天房子建好，咱们就能安心过冬了。"

襄垣与陵梓谁也不再说话。陵梓的嘴角始终带着微笑，安静地躺在草地上，一如他们还是孩童时，躺在安邑村外草坪上的模样。

长流河水奔腾不息，哗哗声响不绝于耳。在这声响中，襄垣开了口。

"说句实话，"襄垣淡淡说，"陵梓，我很快又得走了。"

陵梓猛地睁开双眼，抓住襄垣手腕："你说什么？又要去哪里？"

襄垣不忍心再谈这个话题，打岔道："蚩尤呢？"

"我们的首领大人，这几天正在和能通天彻地、预知万物的祭司腻在一起呢。"辛商漫不经心的声音在两人头顶响起。

安邑第一刀手走到襄垣的另一边坐下，继而与他们并排躺在草地上。

陵梓道："辛商，襄垣说他又要离开了。"

襄垣说："先别提这个。"

辛商枕着自己的手臂，双腿略分，闭着双眼莞尔道："襄垣，男人总要回家的。安邑是你的故土。确实有人不喜欢你，但就算你漂泊天涯，何时是个尽头？"

襄垣沉默了。

辛商又缓缓说道："你在别的部族里都是客人，只有在安邑，才是自己，你不觉得吗？"

襄垣长长地叹了口气。

"蚩尤在哪里？"陵梓忽然就想起了外来客的事。

果然，辛商懒懒道："在和外来客商量事情，已经两天两夜了。"

襄垣说:"其实不能全怪那外来客,他也是为了安邑好。"

辛商"嗯"了声,比陵梓和襄垣年岁稍长的他有种兄长的成熟沉稳风度。少顷他又开口说:"襄垣,你就算铁了心,在族里炼你的剑,蚩尤难道还能把你赶出去?做事瞻前顾后,畏首畏尾,哪有半分男人的样子?"

襄垣答道:"不,我不是这么想的。"

三人都沉默了,只听见河水哗哗东流。

过了很久很久,陵梓说:"你怕被外来客说中!是吧,襄垣?"

"是。"沉默的襄垣终于开了口。

辛商眯起眼,嚼着一根草秆,淡淡道:"以前世上没有安邑。"

陵梓笑了笑,随口道:"以后呢?"

辛商说:"以后,世上说不定也不会再有安邑。"

"你们没看到吗,就在河对岸的合水部,雪原中死在你手中的北地合部,远方的天虞族,云梦泽大大小小的部落……它们都曾经存在,又逐一灭亡。漫长的时间像咱们面前的河水一样,把它们冲刷得干干净净,一点痕迹也没留下来。哪有千秋万代的部落、坚不可摧的战士?最后都会消失的!"

陵梓开玩笑地说:"你这个预言可比外来客的可靠多了。"

辛商一哂道:"所以,放手去做,也没什么。不因为你的剑而覆灭,也总会有别的原因,说不定哪天一场大旱,一场洪水……"

襄垣"嗯"了一声。

"这就是你教给我弟弟的东西,辛商?"蚩尤的声音从背

当光阴轮转,安邑也湮灭于历史中的时候,这一幕还会映在谁的眼里?

后传来,"我总算知道他是跟谁学的了!你还教了他些什么?我警告你,辛商,把嘴闭上。"

辛商扑哧一声笑了出来,陵梓哈哈大笑。

"你跟外来客在谈什么?"辛商随口问。

"我告诉过你很多次了,不要叫他外来客。"蚩尤不悦地说,并尝试着挤进这三个人中间。

但襄垣居中,辛商在左,陵梓在右,根本没给他留位置。蚩尤的这个举动异常困难,更令他有种游离于小圈子外的被排斥感,最后只得在辛商左边躺下,四人并排。

蚩尤说:"我问他关于洪涯境的一些事。"

襄垣淡淡道:"这次又想换哪位神明来给你下命令?"

蚩尤不以为然道:"没有什么神能向我下令,但请你尊重我的祭司,襄垣!钟鼓的事情,陵梓已经告诉我了。我有几句话想问你。"

襄垣冷冷道:"我也有话想问你。"

陵梓马上起身:"我得回去把我和襄垣住的屋子盖完,失陪了。"

辛商摘了嘴里草秆:"嗯……我得顺便给咱们首领也盖个房子,听说他打算成婚了……失陪。"

陵梓和辛商走了。

蚩尤说:"陵梓说你被钟鼓烫上烙印时……"

襄垣怒道:"那不是烙印!我不是他的奴隶!"

蚩尤换了种说法:"那么,是祭司与神明间的契约。陵梓将你们的旅途经历详细向我说过了。他提到一件事,你,看到过烛龙之子的一点记忆。那是什么?"

襄垣默认了这个说法,缓缓说:"当他还是一条小龙时,想让他的父亲看到夜晚的星辰,所以冲进龙穴,后来引发了一些事。在他的心里,一直担心衔烛之龙会因此而死……"

蚩尤眯起眼,陷入了沉思之中。

"你有什么打算?"襄垣打断了兄长的思考。

蚩尤答:"未来在于人心,而非现在。"

襄垣说:"所以呢?我得到了首领的允许,能把剑冶炼下去了?"

蚩尤说:"当然!钟鼓不也是这么想的吗?陵梓告诉我,你还需要一些中原没有的物资。"

襄垣不无嘲弄地说:"你该不会打算拿一把弓,把从天上过的神明射下来,再从他们身上夺取一些……"

蚩尤抬手摸了摸襄垣的额头,答道:"是的!我们得想办法得到蓐收、祝融、飞廉和共工四位神明的源力。"

襄垣讥讽的笑容凝住了。蚩尤的那个动作,他从小感觉到大,最熟悉不过。

记忆里的某一次,蚩尤拍了拍自己的佩刀,摸摸十三岁的襄垣的头,说:"我们得杀了它!"

紧接着,蚩尤就率领族人,设伏杀掉了力量强横的巨鸟比翼。

每一次他胸有成竹时,都会摸摸襄垣的额头,说:"在这里等我,很快回来。"

"你想怎么做?"襄垣蹙眉,知道蚩尤是认真的了,而这件事,他想都不敢想。

蚩尤道："我详细问过玄夷。他告诉我，每隔一百年，诸神都会在洪崖上聚会。"

襄垣深深吸了口气。蚩尤继续道："那时，洪涯境会撤去屏障，供人类进入，朝拜众神。所有神明的祭司都会去，我们当然也可以。"

"然后呢？"襄垣的声音有点发抖，"你该不会想让我去把他们全杀了吧？"

蚩尤的声音带着笑意："你有这个能耐？这次我必须亲自去。能要的要，不能要的再另想办法。"

襄垣忙说："我也得去！"

蚩尤懒懒道："你别给我添乱就行。"

襄垣忍不住说："你别乱来……"

蚩尤说："我虽自负，却不愚蠢。在你的心里，哥哥就是这么办事的吗？"

"那你打算怎么做？"

蚩尤淡然一笑："还没想好，见机行事。"

襄垣点了点头。他闭上双眼，心中却已被蚩尤掀起惊涛骇浪：这个想法实在太过大胆了。

又过了很久很久，直至襄垣以为蚩尤大概睡着了。

"玄夷没再阻止你吗？"襄垣轻轻地说，像在问蚩尤，更像在自言自语。

蚩尤浑厚而低沉的声音答道："在安邑，说了算的只有一个。不管他有什么理由，最后决断的都不是他，而是我。"

襄垣不再说话了。

蚩尤忽道："这地方不错，差点睡着了。"

"你选了个好地方,安邑会兴盛起来的。"
"我也希望。"

　　河水奔腾不息,星辰在夜幕边缘闪现,青草的气味被风吹来,沁人心脾。长流河畔,安邑的村落内,家家户户点起灯火,一片新天新地。

章十一 · 洪涯诸神

他们像蚂蚁般碌碌而行。密密麻麻地,于不同方位向神境会聚,有的以双脚行走,有的则驭兽飞驰,有的涉水而上,前往百年开放一次的洪涯境,朝拜他们的信仰。

而这个信仰,这时就站在白玉轮中央。

蚩尤带领部分族人扫荡了长流河两岸，猎回来不少的吃食，加上在合水部获得的物资，足够他们过一段安稳日子了。

襄垣一如既往地没有出猎，留在新兴的村落内冶矿。这一次再没有人敢小觑他，也不再有人因为战利品为他留出一份而表示任何异议。工匠们听从他的吩咐，却没有任何亲近之心，所有的人仿佛时时与他保持着距离。

玄夷谈及的洪涯境屏障，将在上元太初历七百年的春季撤去。

迷蒙的细雨中，天亮了。襄垣系好外袍，轻轻掩上门，蚩尤、辛商与玄夷带着十名年轻力壮的安邑男人等在门外，清一色的骑着牛头鱼尾的异兽——夔牛。

"陵梓呢？"辛商问，"没和你告别？"

襄垣说："还睡着吧？不管他了！这就上路？"

安邑素来有个习俗，男子成年后会与战友、伙伴互换佩刀，同生共死。辛商与蚩尤换了刀，而与襄垣换刀的人则是陵梓。按说前往洪涯境应当叫上陵梓，但安邑新家初成，总得留人守护，于是襄垣给陵梓留了封信，打算独自起程。

蚩尤勒紧缰绳，令胯下夔牛别过头："这就走吧！你驾驭不了妖兽，与我共乘一骑。"

"你怎么弄到这些玩意的？"襄垣只觉莫名其妙。

蚩尤说："我是它们的救命恩人！"

一只夔牛道："首领是我们的救命恩人！"

另一只夔牛附和道："是啊！"

辛商道:"前些日子,有一群夔牛在长流河的石头里卡住了,蚩尤用网把它们捞了上来,这些玩意儿就嚷嚷着要报恩,赖上安邑了!"

襄垣说:"我怀疑它们是不是只想来混点吃的……"

"是啊!"一只夔牛道,旋即被另一只夔牛拍了一巴掌。

襄垣看了一会儿,还是不能理解蚩尤为什么要用这种奇怪的坐骑代步。

夔牛巨大的尾巴在地上拍了拍,掀起一阵飞溅的泥。

襄垣紧挨蚩尤坐了上去,骑在夔牛的后半截背脊上。

蚩尤挥手道:"出发!"旋即一勒夔牛,十三头夔牛的尾部在地上一拍一拍,颠来颠去,蹦出村落。襄垣被颠得头昏脑涨,眼冒金星。

"这……简直……是……太……蠢了!"襄垣断断续续道,"你该……不会……打……算……骑着这些……玩意……我说……你给我停下!"

蚩尤也被颠得苦不堪言:"马上……就……到……了,耐心!"

"哈哈哈——"陵梓听到动静,一路追出来,眼见襄垣和蚩尤的狼狈模样,笑得险些倒在地上,"你们要做什么?蚩尤,你也有这种时候!"

夔牛队在长流河边停下,襄垣转头道:"陵梓,我们要到洪涯境走一趟,你留在安邑。"

陵梓道:"怎么不带上我?"

蚩尤说:"必须有人留守。"

陵梓上前拖着辛商:"就算需要有人留下来,也不会是我,否则谁保护襄垣？辛商我和你换换！"

辛商不悦："蚩尤说这次出门要带强的。我比你强，我去。"

旁边一直沉默的玄夷忽道："我告诉你们，最好都别去，否则一定会后悔。我已经和首领说过这句话了。"

蚩尤冷冷道："祭司，我是如何对你说的？谁让你把这话说出来的！"

陵梓说："算了！辛商你快下来，换我去。"

辛商无可奈何道："你去也可以，敛着点性子，别大呼小叫的……"

陵梓哂道："才不会！"

二人言谈间竟是将玄夷视而不见。玄夷深吸一口气，怒吼道："都别去了！"

辛商眉头动了动，按着腰间的刀，冷冷道："我们兄弟之间的事，不用你插嘴。"

襄垣示意辛商少安毋躁，问道："祭司，会有什么凶险？"

陵梓嘲笑道："喂，你们该不会听他的吧？"

他自顾自大摇大摆地骑上夔牛，吹了声口哨："襄垣，过来。"

面对襄垣的问题，玄夷垂首道："我不能说。"

辛商怒道："放肆！你在耍我们？"

蚩尤一抬手："别冲动，辛商！"

玄夷冷眼看向大家："你们既不信天意，我无话可说。这便走罢，要死大家一起死。"

"天意?"蚩尤淡淡道,"我们正在做的,便是违抗天意之事。若贪生怕死,这辈子还不如投胎当女人,在家里生孩子。走!"

陵梓一声呼哨,一抖缰绳,胯下夔牛迈步而行。蚩尤随后跟上,十三头夔牛跃进长流河,哗啦声不绝。

襄垣仍有点心神不定。他侧过头端详着玄夷,知道祭司的测算一向很准,然而蚩尤在他心目中的分量更大过所谓的"预言"。思忖良久,他仍然选择相信蚩尤。

毕竟从小到大,只要有兄长在,所有人就是安全的,每一次出去打猎,他都会把人一个不少地带回来。

且走一步看一步罢了。

春季的河水依然冰冷彻骨,下到河中的襄垣正心内一惊,却见夔牛身上散出蓝色光华,将背上人笼在光晕中,水流哗哗从他们身边淌过,片衣不湿。

"哟呵——"陵梓朗声大笑,十余只夔牛从水下跃起。东方旭日初升,夔牛队伍沿长流河水逆流而上。

朝晖万丈,天地豁然开朗,襄垣深吸一口气,只觉心中有说不出的舒畅。

长流河的发源地正是洪涯境。它自神州中央的洪崖上发源,流经境内三山十二崖,再绕中央盆地流泻而出,灌溉整个神州,最后汇入茫茫大海。

两岸景物飞速掠过,连绵山峦犹如水墨画,夔牛群一路西行,上游更有无数开春初破的碎冰,叮叮当当,互相碰撞。

漠漠冰河,皑皑山川,远古的雾气笼于河面,伴随他们朝洪涯境进发。

洪涯境内,一道瑰丽的长虹跨越三山。一山居中,山上有高崖,名唤"洪崖",便是诸神居住之地得名的由来,也是长流河的发源地,更是诸神之首伏羲的宫殿所在地。

两座绵延百里的高山呈环形围绕中央洪崖,分别名唤"玉台"与"烈延",是三皇中女娲与神农的地界。它们如阴阳互补般彼此互嵌,山与山之间的万丈峡谷得名"神渊"。长流河在渊中流转一轮,方由玉台山与烈延山的缺口处流泻而出,奔腾向神州大地。

神渊中分布着十座山崖,分别为断金崖、荆木崖、流水崖、炽焰崖、厚土崖、临风崖、飞雨崖、逐日崖、奔月崖、夜冥崖。

十大神明各司其职,分居各崖,然而大部分神明却不愿留在洪涯境内,更宁愿游走神州。譬如三皇之一的神农,譬如商羊,譬如阎罗。

毕竟无止境的岁月太过漫长,留在洪涯境内也无事可做。

伏羲定下规矩,自上元太初历伊始,盘古死后清气化出的第一批神明每过百年便要到洪崖上会晤一次。这一回正是伏羲制定天规后诸神的第七次碰面。

但自五百年前起,这个会议就总凑不齐诸神。

伏羲的宫殿名唤"白玉轮",位于洪崖的最顶端,犹如浩瀚大海般辽阔。此刻他站在白玉轮的中央,双目透过重重云层,窥看着从神州四面八方赶来朝拜的凡人。

他们像蚂蚁般碌碌而行。密密麻麻地,于不同方位向神境会聚,有的以双脚行走,有的则驭兽飞驰,有的涉水而上,前往百年开放一次的洪涯境,朝拜他们的信仰。

而这个信仰,这时就站在白玉轮中央。

伏羲注视着洪涯境外潮水般涌来的虔诚朝拜的人,想起当他第一次看见这个种族时,人与大地万物并无太多不同,唯一分别只在于灵智。那个时候他对凡人充满惊讶,似乎造物主特别眷顾了这个种族,他们懂得思考,懂得敬畏赋予他们生命的天地自然。

诸神是造物主盘古的一部分,以伏羲居首。当他漫步于这片盘古创造的天地时,群雁南飞,鹿族迁徙,于那无边无际浩瀚的壮阔草野上形成聚群的小黑点,常常令他生出天地辽阔之感。在伏羲心中,神因为绝对强大的力量而超然天地,除此以外,大地之上与海洋之中的万物,理应一视同仁。但他不得不承认,自己也给予了凡人超乎寻常的关注。

许久以前,他曾经教授人类结绳记事,告诉他们何处鱼多,何处可以捕猎。他甚至会把崇敬神明的人带到洪涯境,赋予他们神使一职。然而不知从何时开始,这个弱小的族群变得不一样起来,伏羲每一次见到洪涯境以外的人,都觉得他们发生了不易察觉的变化。最近的一次是发现人类互相征战,以及人驭使同类一事,这令他感到不解与心烦。人类在饱食后的杀戮如同神杀神一般不可思议,况且还有人将自己的俘虏作为奴隶役使,折辱同类。

伏羲隐约有了预感,这个种族如果不加以约束,按他们无穷尽的繁衍能力,说不定将酿成大祸,甚至……会不会有一天会动摇自然的平衡之理?

他思虑万千,同时伸出手掌,缓缓下按。

形如木叶与三瓣花的符文绽出光芒,隐隐闪烁,召唤着人皇与地皇。

一道幽火穿透长空飞来,拖着绚烂的尾焰,落于白玉轮最遥远的南阵枢处,现出女娲人身蛇尾的本体。

墨绿色的飞叶飘上洪崖,刹那散开,神农一身亚麻布袍,须发斑驳,脚踏草鞋,腰佩青囊,挂着若木之杖,现出身形。

女娲的长尾在阵中拖曳,赤裸的身躯犹如皎玉。她盘起蛇尾,化出洁白脚踝,一袭长袍襟尾触地,轻纱飞扬。

神农居北,女娲居南,各占白玉轮一隅。

伏羲又翻掌轻轻上抬,白玉轮中的十神祇符文嗡嗡作响,同时旋转着亮起各异色光,光华流转。

数道色焰于大地的各个角落飞来,落在自己的位置上。

符文忽明忽暗,频频召唤出光华,金木水土四神就位,日月之神羲和、望舒两名双生女神现出姣好身形,日神丰腴,月神窈窕,身周神光皎洁,瞬间提升了白玉轮中的光亮。

伏羲终于开了口:"祝融、风雨二神,还有阎罗尚未到达。竟有这么多神秘缺席?"

女娲道:"羲皇少安!先前吾已告知了飞廉,让他转告商羊与阎罗。"

伏羲抬手指向阵南，火神符文嗡嗡震鸣，一道席天卷地的烈火砰然落下。正是祝融，一头标志性的红发，嘴角带着不羁微笑，躬身致意。

"来晚了。"祝融朗声笑道，直起身躯，一手按着截焦尾树干。

女娲意外地问："南明神君，你手里的东西是什么？"

祝融一足踢起那截木桩，令它在空中旋转，落下时单手平持，诸神得以窥见那器具全貌。

"榣木，冰螭筋，五色石，烈瞳金。"祝融的声音明朗而带着热情，他笑道，"千年前我夜观天际星图，龙抬头时聆听地气出声，得悟诸天星宫规律，是以照着制出一把'琴'。弦居其上，木作底托。"

语毕，祝融右手托琴，左手于弦上轻轻一扫，七弦齐振，发出叮咚的音响。

共工笑道："原来你寻我要冰螭筋，便是做这物件。"

神农瓮声道："祝融，榣木只在榣山生长，千年生一寸，你用了三万年的榣木制这杂物……"

祝融自若笑道："琴长三尺六寸五，是三万六千五百年，人皇。"

神农斥道："简直暴殄天物！你那琴上镶着的金石……"

祝融答："一共有三把，这已是最后一把了。相较于千年前制成的'凤来'，我给它添上的金石乃是烈瞳金，金雷神君赠我的。"

女娲笑道："凤来？吾尚且记得。"

祝融道："还要多谢娲皇的牵引魂魄之术，才能让凤来之灵化身为太子长琴。如今，就连羲皇也喜爱听他弹奏的乐曲呢。"

女娲摇头道："全赖榣木有灵，否则吾空有牵魂法术，却也是造不出一个活生生的人来。"

神农忽问："祝融，蓐收怎会将烈瞳金交予你？"

白玉轮西陲，金神蓐收不悦地冷哼一声。诸神将目光投向他，只见不苟言笑的蓐收脸上还留着一道绯红的擦痕。

祝融眼中带着狡黠的笑意："蓐收可是大方得很，不是吗？"

南火克西金，烈焰熔金，祝融话中有话，想来应是强取。蓐收先前与祝融相斗一番，不是祝融的对手，败下阵来，当下只得不吭声。

木神句芒笑着解围道："烈瞳金虽坚逾磐石，却无大用处，想必蓐收兄也是顾及与南明火神的交情，拱手相赠，情理之中嘛！"

伏羲在旁淡淡道："看来今天又凑不齐了。"

共工是名身穿靛蓝色流水长袍的男神，身周笼着一层淡淡水雾。只听他柔声道："还少夜神、风神、雨神……后土，你见着飞廉了吗？"

土神答道："我只知道阎罗不来。"

说话间，平地狂风大作，龙卷般的青灰色风旋聚于白玉轮一处，三把匕首形状的符文暗淡下去。笑嘻嘻的飞廉收起背后羽翼，赤足落于本位。

"来晚了。"飞廉笑道。

女娲柔声说："天下大旱已除，多亏你与商羊了。"

飞廉摆手道:"不客气。"说着又瞥向祝融,问,"老友,你手里是什么玩意?"

"琴。"祝融向他招了招手。

伏羲已等得不耐烦,再度翻手一按,阎罗与商羊的符文光芒暴涨,然而嗡鸣许久,终是不见两位神明到来。

飞廉道:"呃,羲皇大人,他们也许、或许、可能不会来了!"

女娲蹙眉:"难道这次又凑不齐了吗?"

飞廉摊摊手,表示无计可施。

神农顿了顿若木杖:"这便开始罢,再等也不会来了。"

伏羲见状,遂沉声道:"这次,本皇想就天灾、人祸,及神州百姓存亡,定下新的天规……"

夔牛群在洪涯境的入口停下,面前是一望无际的山峦。

蚩尤带着族人步行进入长流河的源头区域。越过狭长的峡谷,面前是一望无际的旷野。

他们从群山的阴影中走出,正午的阳光下,长流河上游犹如闪耀的绸缎。

"首领,这里名唤神渊。"玄夷道,"我们身处之地乃是群山环抱的一个峡谷。这个峡谷地域辽阔,所以看起来像没有尽头。在神渊的中央,有一座山峰,便是洪崖。"

"那些神都在这里吗?"陵梓极目眺望。

蚩尤指着一座高峰问:"就是那里?"

"不。"玄夷眯起眼,辨认着山峰上的巨大符文,"那里应当是木神句芒的神域。天皇伏羲的洪崖在整个神渊的最中心点,山立万仞,直冲云霄,凡人无路可达,只能在山脚膜拜。"

襄垣道:"所有神明的领域都无路通向崖顶?"

玄夷淡淡道:"是的。"

不同部族的人纷纷聚在符文各异的崖底,沿着他们属神的神台环绕而行,走出数步,便虔诚地双膝跪下,双手按地,缓缓下拜,直至额头触上泥土,方再次眼望符文起身,排队绕行。

陵梓说:"按照规矩,我们应该前往断金崖,像他们那样谒见蓐收大人。"

蚩尤道:"我记得老祭司从前说过,这种朝拜只是个仪式。"

"或许吧。"陵梓笑了笑,"老祭司说能保风调雨顺,族人兴旺。"

蚩尤无可无不可地言道:"那就去看看。"

途经数座神崖,无数认识或不认识的陌生人看到他们,俱是转头一瞥,便惊恐地将目光移开。襄垣察觉到了这种异状,蹙眉打量蚩尤。

那眼神,仿佛在兄长的身上附着一头凶兽。

"首领,我想我得提醒你,这里不允许任何争斗。"玄夷说道。

"我知道。"蚩尤将额上的骨制面具拉下,遮住英俊的眉眼,淡淡说,"襄垣,看到那边的人了吗?"

襄垣随着蚩尤的目光远远眺望,山崖下的人投来仇视的眼神。

"岐山部。"蚩尤说。"你离家在外的时候,哥哥带人扫平了这个部族,他们会使用不同的草药治病……"

"哪里呢?"襄垣问。

蚩尤答:"信奉后土的土林族,鏖鏊山下的弱小部落。"

襄垣说:"看来你的仇家很多。"

蚩尤不以为意,随口道:"每一次战争,总有人能逃得掉,但他们的力量很有限,只能在心里向安邑复仇了。"

"那些守在山下的人又是什么人?"襄垣问道,"不像神州部族。"

陵梓答:"他们是神仆,世世代代居住在洪涯境里,是专门侍奉神明的人,和咱们不同。"

襄垣又问:"也和咱们一样,都是人?"

陵梓道:"是的。我听老祭司说过,除了这些神仆,伏羲还会敕封一些凡人为'仙'。仙拥有比神明的祭司更高出许多的法力。"

蚩尤循襄垣所望之处看去,只见山崖下站着不少表情刻板、着装奇异的人。他问道:"神仆看上去没有什么表情,是活的?那什么仙呢?"

陵梓嘘了声,说:"别随便议论神仆!你看,他们在走,肯定是活的。至于仙嘛,不一定都住在这个地方。"

蚩尤似乎也没兴趣多关心这个,他指向另一处:"你看那里,还记得他们的祭司袍吗?"

襄垣远远看着,一名少年愤怒地抽刀要冲过来,却被族人死死抱住。

那是合水部的残余。

"北地合部的人不知道会不会来。"襄垣转身跟上蚩尤的脚步。

蚩尤难得地笑道:"他们族中估计只剩老人和女人,来不了。"

"不一定。"陵梓道,"那里不就有个全是女人的部落吗?"

一行渺小的人在神渊中穿行,在他们身旁,襄垣停了下来。

面前的山崖顶天立地,带着一股充沛水汽,上百个女人在一名少女的带领下赤脚行走。

"喂!"陵梓道。

襄垣忙做了个噤声的手势,然而已经迟了。

为首的少女转身,眸中现出一丝惊喜之色,喊道:"襄垣?"

泽部的女人们与安邑的男人们都是各自小声议论。

寻雨比上次见面时更漂亮了,她的足踝上系着银铃,走动时清脆作响。她向安邑人跑来,在一丈开外停下脚步,打量着这群不速之客。

除了上次见过的陵梓与襄垣,还多了名魁梧的男人。

襄垣站在那男人身旁,不及他高大,也不及他强壮,有一种鲜明的对比感。

那男人穿一袭修身猎袍,敞露健壮的古铜色胸膛,肩膀宽阔,手臂有力,腰间挂着长刀,腕上系着肥遗的尾骨,小指上戴着风妇的喙戒,健壮的足踝上缠着比翼的筋。就连他的脖子上也有不同寻常的战利品,一个圆球——鱼妇的

朝拜的队伍中，蚩尤遇见了于他生命里留下深深刻痕的女人。这或许是天底下最适合他也最不适合他的姻缘。

眼珠。

他戴着一个骨制的面具,遮去上半部分脸,露出高挺的鼻梁与坚毅的双唇,嘴角微微上翘,与襄垣的弧度如出一辙,唇形却比襄垣稍厚。

襄垣的薄唇与略翘的嘴角像在漫不经心地嘲讽,而这高大男子的唇形却似乎总是在自负地、胸有成竹地笑。

寻雨轻轻地舔了舔嘴唇,暗自猜测着对方部族首领的名字,同时把沿路听闻的林林总总的碎片在心里拼凑了起来。

"你……"寻雨想了想,开口道。

她腰间系着的,正是襄垣在荒岩山下送给她的鱼妇眼珠。仿佛得到了感应,鱼妇眼珠泛起淡蓝色的光泽,与那男人锁骨下的吊坠产生了轻微的共鸣。

"我是蚩尤。"蚩尤的声音低沉,带着一种无法形容的磁性。

寻雨点头,行了个祭司礼,蚩尤却依旧站着,注视着她,不为所动。蚩尤道:"你所戴的鱼妇眼珠何处得来?"

寻雨只觉一窒,感觉到这男子的语气充满威严。

"我送给她的。"襄垣随口道,"她叫寻雨。寻雨,这是我哥哥,蚩尤。"

"你就是那个……"寻雨想起沿途其余部族传递的消息,在东北之处,那个危险的部落与他们嗜好杀戮的酋长。

"是的,我就是那个蚩尤。"蚩尤彬彬有礼道。

寻雨笑了笑,不自觉地避开蚩尤的目光,问:"襄垣,你们也来了?"

襄垣不知道该怎么回答,片刻后转过头端详着兄长的表情,蚩尤则始终看着寻雨。

"这个……"襄垣不自在地说,"我只是用鱼妇的眼珠和她换了一根凤凰羽毛而已。"

寻雨似乎在思考该说些什么,襄垣却摆手道:"再会。"

"你们信奉哪位神明?"寻雨问。

陵梓朝她挥了挥手:"蓐收,在西边。"

一路走着,蚩尤忽然说道:"很好看的女孩子……襄垣?"

襄垣眉头似蹙未蹙,他明白兄长指的是什么:"没有这回事。"

蚩尤若有所思道:"泽部全是女人?"

襄垣不悦:"你最好别动这种念头!"

蚩尤说:"你知道的,男人传承后代……"

襄垣冷冷道:"那是你的事,哥哥,别牵扯上我。陵梓,你还在做什么?"

陵梓走在队伍的最后面,正与寻雨笑着交谈,听襄垣催促,答道:"襄垣,她们朝拜完了,也要朝西边走。"

泽部的女人们跟在安邑人的队伍后,一同向西面刻着金神符印的高崖走去。

玄夷忽然开口道:"首领,你记得四个月前我以算筹推断出的那件事吗?"

蚩尤和襄垣都各怀心事,襄垣忽地心中一动,想了起来,大约四个月前,正是自己在荒岩山遇见寻雨的时候。

"北地合部的两个女人带来外患,不久后出现的另一个女人则带来内忧……"玄夷道,"不能让她们跟着我们。"

蚩尤停下脚步，冷冷道："把你的嘴闭上，祭司。"

寻雨带领族人走了上来，与安邑队伍并肩而行，经过蚩尤和襄垣时，寻雨停下脚步，眼中带着好奇的神色，打量着这对兄弟。

"你们的部族里全是女人？"蚩尤说。

"是的。"寻雨温柔地笑道，"我们信奉商羊大人，他带来让万物滋长的雨水。你们住在安邑吗？"

"不。"蚩尤伸指推起面具，"现在搬到长流河畔了。"

寻雨点了点头："南岸还是北岸？"

蚩尤答："北岸，还未曾准备进入你们南方的疆土。"

"我们？"寻雨对这个分类有点好笑，"我们正打算迁走，荒岩山的水源还是太少了。你如果带着族人过了长流河，或许咱们可以做邻居。那位是……"

寻雨不自然地避开玄夷阴森的目光。

"这是我们族的祭司。"襄垣道。

寻雨点了点头，只觉襄垣的伙伴与兄长都有点隐约的危险。

襄垣问："你们后山的矿石开采完了？"

寻雨笑道："妈妈开启天问之阵，得到了一个预言，说那是非常危险的东西。所以我们打算把矿脉封上，或许以后也不会再碰它了。"

襄垣微微蹙眉，只听蚩尤又道："邻居？"

寻雨揶揄道："或许隔着河，能远远地看到你们，很有缘分呢！"

蚩尤停下脚步，问："那么，你叫寻雨？"

"嗯。"寻雨与蚩尤面对面地站着。

"你是泽部的祭司,谁是族长?"蚩尤又问。

寻雨想了想,答:"我们一族没有族长,祭司兼任族长的位置,嗯……就是我妈妈……怎么?"

蚩尤道:"我弟弟把鱼妇的眼珠送给了你,你应当知道那是什么意思。"

寻雨颊上现出两道绯红,沉吟不语。

襄垣莫名其妙道:"什么意思?"

蚩尤问:"寻雨,你愿意带领你的族人,并入安邑吗?"

"不。"寻雨心里一惊,退开一步,下意识地回绝了蚩尤的要求,然而话刚出口,又忍不住瞥向襄垣。

蚩尤静静地站着,许久后开口道:"再给你一个机会,我以安邑族长的身份邀请你们。"

"不。"寻雨笑道,"谢谢您的好意!我们不需要依附任何部族存续……我想,或许我们可以当朋友。"

蚩尤不置可否,淡淡道:"那就走吧。"说着径自起行,不再看寻雨一眼。

襄垣无奈道:"你要这么一群女人做什么?"

蚩尤答:"族中女人太少了。"

襄垣道:"这个念头太愚蠢了!那女孩倔得很,我让你不要自取其辱的。"

蚩尤笑了起来,片刻后吩咐:"去把你的定情信物换回来。下一次,当我把她们抢到安邑的时候,我想她一定会后悔。"

"什……什么?"襄垣没听清楚,"什么信物?"

话音未落,又有一个女人的声音在远处响起:"可找着你们了!"

那是几个月前在乌海见过的乌衡。

乌衡爽朗地大笑:"寻雨!咦,这是……襄垣?"

襄垣顿感头疼。

乌衡从远处跑来,寻雨惊喜地叫出声,上前与乌衡拥抱。

两个女人重逢,无异于一群聒噪的鸟,襄垣彻底败退了,敷衍地打了个招呼:"乌衡,又见面了!你好!"

乌衡道:"我就知道你们都会来。陵梓,又见面了!这位是……"

蚩尤不客气地打量乌衡,把她从头看到脚。乌衡没有半点不自在,笑道:"大个子,你就是蚩尤?"

蚩尤道:"是的,你听过我的名字?襄垣,看来你这次在外,认识了不少朋友。"

襄垣十分尴尬:"嗯……是的,她叫乌衡。你们先叙旧,我们走了。"

乌衡却道:"等等!我有几件事想请教你,蚩尤。"

众人走到断金崖下不远处,两名族长和寻雨站在一处,襄垣与陵梓走到一边坐下,远远地看着他们。

乌衡道:"我认识你的弟弟,他是我们的朋友。"

蚩尤右手背于身后,左手摊开手掌。乌衡也摊开手掌,示意手中没有武器。二人彼此轻拍,触碰,表示友好。这是神州各部族奠定友谊的方式。

陵梓小声道:"我还是第一次见蚩尤用这种礼节打招呼。"

襄垣说:"他说不定只是刻意卖弄,练习礼节而已……我怀疑他又动了什么抢女人的心思。"

面对蚩尤,乌衡道:"谢谢你对乌族的友好。我们沿路过来,听到许多部族在谈论安邑,他们都认为你很强大。"

襄垣与陵梓交头接耳:"他除了杀人,还会做什么……"

陵梓道:"哦,你说得没错!乌衡说不定也是这么觉得,但她这样一说,就能令蚩尤很满意了。"

蚩尤难得地一哂道:"谢谢你对我弟弟的照顾。他总是喜欢在外面乱闯。"

乌衡爽快地笑道:"不,他很聪明,和你看上去挺像。我想问件事,长流河沿岸有什么适合居住并且地势有一定险阻的区域吗?我们正在寻找新的居住地,找了许多地方,都不太满意。"

蚩尤道:"你们打算在长流河畔定居?"

乌衡点了点头。寻雨道:"你可以和我们一起。"

"不……"乌衡说,"我想找个能训练战士的地方。毕竟族里男人多,不能让他们太懒惰,像乌海那种环境则太艰苦了……"

蚩尤说:"你可以到安邑来——"

他的话音被一阵惊呼截断。

当第一个人惊讶地喊出"看"的时候,随行众人便纷纷抬头。

远方阳光照耀下的神渊中央,洪崖顶端飞起十道色光,在天顶散开,落于神渊各崖之上,山崖的符文随之焕发出刺眼的光芒,十座神崖中有八座亮了起来。

漫山遍野的人类纷纷跪下。

诸神的聚会结束了，木神句芒与风神飞廉来到飞雨崖上。

许多年前飞廉和商羊种下的树已现枯萎之貌，然而句芒一拂袖，那老朽树木便抽枝展叶，再度勃发新芽。

句芒面带微笑，注视着眼前的树。飞廉知道他在想什么，遂开口道："伏羲不太喜欢人类。"

句芒笑道："伏羲有他自己的思考方式。他并非憎恶人类。"

飞廉懒懒问："什么方式？我倒觉得娲皇不会赞同他的天规。"

句芒答："伏羲对天地万物一视同仁。你们难道不觉得，人繁衍得太快、也太多了？你看下面……"

飞廉朝山崖下望去。句芒若有所思道："伏羲是在担心，这个种族太不稳定了。兽也好，妖也罢，何曾有过像人一般复杂的心思与作为？放任下去，只怕他们会做出点什么来，不但影响整个神州，甚至于影响到我们……"

飞廉轻轻一笑："但我觉得这些人……还挺有意思。"

下一刻，天空中有个温柔的女声响起，似乎说了句什么。

"娲皇召唤你了，飞廉。"句芒笑嘻嘻道，"我猜她也有什么话想说。"

八座神崖的光芒暗了下去，片刻后，南方的崇山峻岭间升起一个仿若三瓣花的符文，缓缓旋转。

北方燃起一束青火，射向南面山岭顶端，与此同时，神崖上再度飞起色光,有先有后,均是射向南面的山峦。

"那是女娲娘娘的神台!"寻雨诧道,"她在召唤诸神?这是怎么回事?"

"嘿。"飞沙走石,狂风卷过,飞廉维持着奔跑的姿势凝在半空,向下看了一眼,诧道,"乌衡?"

著—某树 逐风

神渊古纪

三部曲之一

烽烟绘卷 下

新星出版社 NEW STAR PRESS

章十二·天怒神威

"襄垣,你看看是这个不?"蚩尤缓过气来,把襄垣叫过去说话。他的手掌被滚烫的剑灼得近乎焦黑。只见那手中托着一道火苗,一滴水,以及一枚满是金刺的圆球,三道源力在风球里缓慢旋转。

襄垣看到这些,睁大了眼睛。

玉台山之巅，琅嬛古玉阵中，诸神就位，然而这一次较之之前伏羲在白玉轮中央召见诸神，在场的神明却只有五位——女娲、神农、蓐收、祝融、共工。

女娲眉目间仍带着一丝淡淡的愤然之意，脸颊上现出一阵晕红。

祝融道："娲皇大可不必如此。"

女娲淡淡道："祝融，这样下去不是办法。"

神农望向蓐收："金雷神君，你如何作想？"

蓐收沉默不语，一身战袍在劲风中猎猎飞扬，袍襟上缠绕着纠结的雷霆。

女娲缓缓走过："伏羲管得太多了。自从诸天神明于始神的清气中孕育而出后，这神州大地就一派欣欣向荣之景。万物生长乃是生灵真谛所在，不着力扶持已是逆了冥冥之中的大道，为何还要予以制约？世间原不需要按照他制定的天规运转！"

众神眼望蓐收，蓐收道："这话你为何不亲自与他说？又将我等唤来做什么？"

蓐收话音虽带着疑问，却心知肚明。他素来是伏羲的亲信，女娲不便当面违拗伏羲的天规，此时特地将他寻来，个中深意昭然若揭。

祝融手臂环在身前，眼望共工，笑道："先前那场大旱已够久了，还遂不了伏羲的意吗？"

共工默然不语。

"人与万物俱生存于这广袤的神州疆土之上，"女娲不悦地说，"万物自有其兴灭之道，何以厚此薄彼？"

蓐收冷冷道:"既是自有其兴灭之道,娲皇先前'扶持'一说又作何解?"

这一下众神无言以对,神农摇摇头:"依我看,竟是都撒手不管,才顺遂了这冥冥之中的天道。"表明了立场,神农便化作一道青光射上天际,离开洪涯境,朝西方飞去。

共工接着说:"照我说,大旱灭去不少生灵,人族也已收拢了活动范围,伏羲大可不必因此而心烦。毕竟这些弱小生灵终究是信仰我们的。数十年寿命的人,能做出什么来?任其繁衍就是。"

蓐收眉毛一扬,争辩道:"羲皇所言实则有理。这些蝼蚁砍伐树木,捕猎飞禽走兽,已渐渐将神州弄成一团糟。你们就不觉得神州自从这族种出现之后,便不一样了吗?"

女娲淡淡道:"寻求生存乃是天经地义,天下有什么生灵是不吃不喝的?"

蓐收锋芒相对:"但飞禽走兽会在吃饱喝足后自相残杀吗?"

祝融哂道:"不必这么想。神州之大,无奇不有,你便将他们当作花草树木,照拂一下罢了。"

蓐收答:"你们愿意照拂是你们的事,休要牵扯上我……"

风越刮越烈,一道青岚卷过琅嬛古玉阵,风消岚散,只见飞廉笑道:"我又来晚了?"

"神农已经走了。"女娲道,"你带了人上来?"

诸神都没有注意到飞廉身后的凡人。女娲扫了一眼,便不再在意,随口道:"商羊与阎罗为何不来?"

飞廉想了想,答:"阎罗不想掺和天规的事,商羊亦然。"

女娲柔声道:"蓐收,你听见了吗?他们也觉得该当守护生灵。"

蓐收冷哼一声,飞廉却笑嘻嘻道:"商羊怎么想的我不知道,阎罗的主意则是不想干涉太多,任神州自生自灭。"

女娲俏面含威,这个答案并非她想要的。

琅嬛古玉阵外多了六个人。

寻雨深吸一口气,笑道:"这就是玉台山?天哪!那是女娲娘娘?"

蚩尤和襄垣异口同声道:"别乱说话!"

"神对于世人就如同父母。"乌衡嗔道,"这么拘谨做什么?"说着,拉起寻雨的手,在琅嬛古玉阵外远远看着。

古玉阵的边缘荡漾着五色彩光,女娲等神祇的身形在其中显得有些模糊。寻雨与乌衡恭敬跪下,双手触地,行了个叩拜的大礼。

"你看那边。"襄垣压低了声音。

蚩尤点点头:"红头发的应当是火神。穿着蓝袍的是谁?"

襄垣道:"可能是水神共工。咱们把飞廉叫出来,想办法挨个儿与他们谈谈。"

玄夷道:"首领,那些可是神明!"

"我知道他们是神明。"蚩尤看着玄夷的双眼。

玄夷似乎对襄垣与蚩尤这么肆无忌惮地讨论神祇,有种发自内心的恐惧与战栗。

"首领。"玄夷的声音充满了威胁之意,"人在他们的眼中只是蝼蚁,杀死我们就像碾死蚂蚁般简单。"

蚩尤低声道:"那么这里一共有五个,咱们应该先找哪一个?神农呢?你认得出他吗?"

襄垣答:"是的,但他不在这里。"

玄夷上前一步,忍无可忍道:"首领!"

蚩尤不理会玄夷,声音中带着胸有成竹的自信:"那么可以确定了,女娲、共工、祝融、飞廉,这里四个,站在最边上,不与他们交谈的一定就是蓐收。"

"你怎么知道他是蓐收?"襄垣低声问。

蚩尤道:"猜的。他站在法阵最边缘处,我试着过去与他谈谈。"

襄垣拉住蚩尤,小声道:"等等!"

蚩尤抬起一臂,虚虚横着,略侧过头,眼中带着襄垣最熟悉不过的神色。

"相信我。"他说。

襄垣放下手,蚩尤整一整猎服,将面具拉到额前,挡住双眼,朝蓐收走去。

"我来。"陵梓忙道,"蚩尤,你不懂神祇的脾气。"

蚩尤停下脚步:"你懂?"

陵梓也是十分茫然,答道:"我也……不太懂,但我好歹是金神的祭司,让我去试试。"

襄垣也怕蚩尤语气太冲,惹恼了这群神,然而,陵梓看上去并不比蚩尤可靠。他的目光瞥向玄夷,带着几分冷冷的神色。

"现在该是你发挥作用的时候了。"襄垣低声道,"祭司?"

玄夷一动不动地站着。

陵梓笑道:"我才是金神的祭司!相信我,襄垣。"

陵梓按着襄垣的肩膀,与他擦身而过,走出几步,又回头朝他笑了笑。

眼看他走向神祇法阵的最西面,不知为何,襄垣心内总有一分不安,电光石火间想起出发前玄夷说过的话。

"陵梓,回来!"襄垣猛地喝道。

然而那一刻,陵梓已抵达了蓐收跟前。

琅嬛古玉阵内,蓐收隔着一层五色光幕静静站着,女娲则与飞廉、祝融、共工在阵中彼此交谈。

陵梓于十步外缓缓跪下,额头触地,像寻雨与乌衡那样对蓐收行了个大礼,又起身朝前走了一步,再次跪下。

蓐收始终注视着阵外虚空。

陵梓依足古祭文上的礼数,沿路以额触地,最后在三步外停下。

蓐收注意到他了。

远处的所有人屏住了呼吸。襄垣仍记得,乌海遇险时,自地府疾射而出的数道黑火——阎罗亲手救了乌衡的性命。

神祇对祭司总应有眷顾的。

渺小的凡人跪在蓐收脚边,司金神祇刚硬的两道剑眉微微拧了起来,继而一步跨出阵外。

寻雨与乌衡牵着手,望向最西面。

陵梓额头抵住地面,恭敬道:"安邑祭司陵梓,叩见蓐收大人。"

蓐收带着点迷茫,问:"谁?"

"陵梓。"陵梓答,"安邑第四代祭司,得您留在龙渊山腹内神力眷顾的——"

蓐收抬起手指,沉声问:"龙渊?"

刹那间,虚空中出现六道闪闪发光的金色锁链。那些锁链彼此纵横交错,捆缚住陵梓,将他悬在万丈高的山崖外。

陵梓大睁着眼,不住喘息:"我是您的……祭司,蓐收大人。"

蓐收淡淡道:"但我怎么没见过你呢?你向我祷祝过?安邑一脉近百年没祭拜过我了。"

紧接着,他右手虚点,将金色锁链朝天空一甩。

所有的旁观者都发出惊呼。襄垣痛苦大吼道:"陵梓——"他的理智在那一刻崩溃了,不顾一切地冲向蓐收,却被蚩尤用双臂紧紧箍住。

一道金光飞出,直直击中陵梓,在他的胸膛上穿了一个血洞。陵梓在半空中喷出一蓬血雨,拖着鲜血的红线摔出山崖,犹如断线风筝般坠了下去。

女娲与祝融停下交谈,朝阵外看了一眼。

一切都发生在顷刻之间。寻雨捂着嘴,眼中流露出难言的悲痛,向崖边跑出几步,却被乌衡紧紧揪住。

"别冲动!"乌衡道。

蚩尤喘着气,第一次如此强烈地感觉到人在神威面前的渺小与无能为力。

襄垣的声音因仇恨和痛苦而变得嘶哑,他死命地在蚩尤的双臂间挣扎着。

蓐收回头道:"娲皇,若无他事,我当告退。"说毕,一道金光射出山峦,飞向中央之处的洪崖。

陵梓早在蓐收那道锐兵之气贯穿胸膛的瞬间就死了,又过了许久,山崖下传来轻轻一声闷响。

"啊!"襄垣发出撕心裂肺、痛苦至极的大喊。

那边女娲正说道:"他果然去回报伏羲了。"

飞廉笑道:"你不就是这么想的吗?"

祝融忽然听见了什么,微微动容:"外面怎么了?"

女娲撤去五色屏障,现出跪在地上、朝崖下大哭的襄垣。

女娲问:"飞廉,你带他们上来做什么?"

飞廉道:"他们想求见蓐收,借一份金雷源力。陵梓呢?你们怎么了?"

"襄垣,"乌衡说,"女娲娘娘来了。"

蚩尤当即挡在襄垣身前,面朝四名神祇,长身而立。

飞廉在女娲身后轻轻摆了摆手,示意无妨。

女娲疑惑地看了襄垣与寻雨一眼,问:"你们都是来朝拜的人?"

蚩尤将左手按在右胸前,略一点头:"我是安邑人。这是我弟弟。"

"安邑?"

蚩尤抬眼注视女娲的双目,答道:"位于长流河北面的部族。"

飞廉解释道:"他们以'部族'来划分栖息地。"

女娲缓缓点头,问:"你的弟弟,他怎么了?"

蚩尤道:"我们的同伴是金神的祭司,却被蓐收杀了!"

女娲闻言,皱起秀眉,沉默片刻,说道:"……别难过了,起来吧。蓐收一向脾气不好，你们的同伴是不是对他说了什么？"

蚩尤沉声道："什么也没有说，仅仅是朝拜他，蓐收竟是连问都不问，就将他杀了！"

女娲幽幽叹了口气，回到阵中，随口问道："你们一族叫'安邑'？住在什么地方？"

蚩尤答："龙渊，洪涯境的东面。"

女娲点了点头。蚩尤又道："蓐收呢？他住在什么地方？"

女娲猛回头："你想做什么？"

蚩尤道："随口问问。"

女娲蹙眉打量着蚩尤。这个凡人与她见过的任何一个都不一样，眼神中带着奇异的神情。

祝融道："蓐收那家伙就是这臭脾气！算了吧，你们的寿命太短……四处走走，便早些回去，还能多聚些时候。"

飞廉道："他们是上来请求源力的。"

"源力？"

飞廉解释："这个叫襄垣的人，想铸一把叫作'剑'的东西，需要风、水、金、火四种源力。"

"剑？"祝融问，"剑是什么？"

飞廉笑道："多半和你的'琴'是一样的东西。但需要烈瞳金、燎原火、玄冥水与青萍风。"

祝融欣然道："燎原火是吧？赠他也无妨。制出'剑'后，还要来此弹奏给我听听，看看和我的乐器相比，音色孰优孰劣。"

蚩尤不卑不亢道："剑不是用来弹的，而是用来征战的。"

祝融蹙眉："征战？我明白了，是一种武器。"

蚩尤缓缓点头。祝融笑了笑，说："做出来之后，不妨拿来让我看看。我很好奇这个'剑'的威力。"

祝融以右手一捋额前红发，现出额头上的烈火符文，抬指引出一团绚烂的火光，朝飞廉猛地一戳，刺目的橙红色火光拖着尾焰，环绕飞廉身周高速旋转！

飞廉打了个响指，一个小龙卷风生出，温柔地裹住了那团跳跃的橙火。

祝融道："喂，共工，借点玄冥水用用。"

共工道："又做什么？"

祝融以拇指拈着食中二指搓了搓，示意共工别废话。共工随手捋起颈后靛蓝长发，颈侧的流水符文微微绽放光芒，一滴水发出轻柔的声响，闪烁着银光投向飞廉。

飞廉双手摊开，两手虎口处各有三把匕首般的风神符文，左手虚拈燎原火，右手凌空托起玄冥水，双掌于身前旋转着一合。

天地间最本原的水与火之力被封入一个高速旋转的风团之中，载浮载沉，泾渭分明，绽放着蓝与红的光泽，犹如一个完美的太极球。

"给你。"飞廉眼中带着温柔的神色，握住风球交给襄垣。

襄垣跪在飞廉的脚边，脸上兀自挂着泪痕，答道："我不需要怜悯。"

祝融不解道："又怎么了？"

飞廉解释："他因为他的同伴之死，仍在难过。"

祝融仍是不解："你们人类总是会死的，现在死与将来死，有什么分别吗？"

飞廉道："有的，祝融老兄！若我说，以后的某一天咱们神明都不再相见了，你能不难过吗？"

祝融若有所思，笑道："但那……"话未说完，却忽然沉默下来。

他隐隐约约地明白了些什么，然而凡人的生命对于神祇无休止的年华来说，不过是昙花一现。他仿佛懂了些什么，却又感到更迷茫了。

襄垣低声道："我们人的生离死别，你们不会懂的。"

女娲长叹一声。

共工道："伏羲已说了七百年，也未见他说出个由头来。看这些凡人，不也有着自己的尊严与坚持？伏羲主制约，娲皇你主扶持，归根到底都是一样的。其实我们不须干涉这许多的。"

此时祝融方仔细打量襄垣，问："你是什么人？"

襄垣冷冷道："工匠。"

祝融道："我也是工匠。你想创造东西？"

襄垣答："是的。"

祝融又道："创造是件不错的事！收着吧，只要对你有用。"

飞廉眼中带着笑意，朝襄垣道："火神也喜欢捣鼓些烈焰熔金、冶炼创造的怪玩意儿。你看他的'琴'。"

但眼下的襄垣显然无心于什么"琴"。

蚩尤道："既是如此，便代舍弟收下。"

祝融说："上回我才将蓐收揍了一顿，从他身上强抢了一点烈瞳金过来造我的琴。那家伙性子烈得很，只怕这次你们的材料要缺一样了。索性这个也给你们吧。"

祝融抛出一块坚硬的木块,那是他用剩下的榣木,极其珍贵。

蚩尤微微眯起眼,接过风球,若有所思,口中应道:"多谢祝融大人。"

祝融与共工化作一红一蓝两道光焰,在空中彼此纠缠,最后如焰火般散开,掉头飞向各自的神崖。

女娲转身,缓步朝阵外走来,更靠近蚩尤等人一些。

"安邑人。"女娲道,"你们有多少族人了?"

"我叫蚩尤。"蚩尤淡淡道。

女娲蹙眉:"好吧,蚩尤……你们族里有多少人?"

蚩尤略一点头:"族中约有二千人。他是襄垣。她是乌族人,名唤乌衡。那是泽部人寻雨。"

女娲点了点头,以玉葱般的手指抚过蚩尤刚毅而棱角分明的侧脸,喃喃道:"蚩尤!"

她觉得这人似乎有点不寻常,与她平素见过的人稍有区别,却又说不出区别究竟在何处。

"你们是有智慧的生灵。"女娲收回手道,"伏羲这么做不行。"

"伏羲想做什么?"蚩尤问。

飞廉道:"他想把你们解决掉一些,免得招惹事端。不过那应当是百年以后的事了,以你们的寿命,活不到那么远。算了,你们回去吧。"

女娲凝视洪涯境内的黛山锦水,目光似乎穿透了遥远的虚空。

一抹如血夕阳下，山脚下的人族纷纷离开洪涯境，散布于神渊中的蚂蚁般的人群开始朝着谷口汇集。

"他没有这个权力！"女娲悠然道，"你们走吧。"

蚩尤退后一步，继而转身，飞廉的狂风卷起，将众人送下玉台山去。

峡谷内，数人围着陵梓的尸身，十分悲伤。

蚩尤在那里沉默地站了一会儿后，便与飞廉来到一边。

飞廉道："我现在教你一套口诀。这是神明用的，能依照你的意念将风球幻化出不同形态，并释出水与火。这套口诀也能用来操控五行。祝融的燎原火幻化后，大可铺天盖地，小可细如牛毫，但必须有一件实物，以便使它附在上面。"

蚩尤点了点头，问："水呢？"

飞廉道："水却不用。水是有形之物，火是无形之物。"

两人说话间，襄垣一直沉默地跪在陵梓血肉模糊的尸身旁。陵梓的血早已流干，草地上遍是紫黑的血。

他用布条把陵梓的尸体捆扎起来，束在自己背后，艰难地背着他，摇摇晃晃地起身。

蚩尤转头看到这一幕，道："在长流河处的出谷口等我，襄垣。"

乌衡问："你去哪里？"

蚩尤遥遥一指远处，不再说话，转身朝西面跑去。

他默念口诀，释放出飞廉赠予的青萍风，狂风托住他的身体逐渐升空，沿着断金崖的峭壁扶摇而上。

到得崖顶，蚩尤四处扫视了一圈。

蓐收还在中央的洪崖，没有回来。

断金崖顶长满了高大的铁木，中央是座巨大的神殿。

几只雷鸟在树杈间栖息，夕阳将树林染上一层奇异的色彩。蚩尤抬手摘下一片树叶，形如枫叶，但表面泛着金属光泽，边缘锐利，有如刀锋。

蚩尤于神殿外躬身窥探，默念飞廉教他的口诀，从风球内分出一星橙火，注入枫叶中，小心地放在神殿前的地上。

他飞速掠过树林，随见随摘，将摘取的一叠树叶散开，铺满了整片断金崖蓐收居所的大门外，继而闪身到顶天立地的门柱后，深深吸了口气，屏息。

满地坚铜质地的树叶染上一层烈火的光辉，在夕阳下缓慢融化。

风球在蚩尤手中载浮载沉，断金崖上的符印亮起，一道金光离开中央洪崖，飞向此地。

蓐收落地，脸色不太好看，缓缓走向神殿。

蚩尤抽出背后的断生剑，隐于黄昏中的背光黑暗里。

同一时间，山崖下。

飞廉欣然道："我送你们一程吧。"

洪涯境内人已渐少。飞廉带着数人出到谷口，发现三族人正静静等候在那里。

玄夷点齐族人，让他们暂驻于谷口外的一个岩石峡谷内。襄垣独坐高处，抱着陵梓的尸身发呆。

寻雨难过地摸了摸他的肩膀，坐在他身侧。

人在神的面前何其渺小与卑微，力量的差距注定双方不能平等而视。然而世上就是有这样的人，会去挑战神明，想要打破那高高在上、无法逾越的规则。

寻雨道:"襄垣……"

襄垣没有回答。片刻后，他摸出腰包里的引魂石，以拇指摩挲着矿石表面。

"你……怎么会有这个?"寻雨惊道。

襄垣终于开口:"从别人那里换来的……它能容纳人的魂魄，不是吗?你觉得陵梓的魂魄会留在我身边吗?"

寻雨看了一会儿，接过引魂石，低声道:"襄垣，我教你一句话。"

只见她双手虚拢，引魂石在她掌间凌空沉浮，泛起白色的光芒，口中喝道:

"路遥遥兮，魂归来兮……"

"归来归来，魂兮归来……"

飞廉正与乌衡站在一旁说话，听到寻雨的吟唱，乌衡也随之吟唱出声，两个女子的声音在黄昏中回荡。

"魂兮归来——与君同在——"

乌衡与寻雨同时高声唱起祭歌，刹那间引魂石光芒暴涨，接着襄垣身边出现了数个小光点，那些光点升上天顶，继而掉头飞下，砰然注入寻雨手中的矿石。

"他真的没有走!"寻雨笑道。

乌衡点了点头，朝飞廉道:"这是阎罗大人教给我们的招魂祭文。"

飞廉的眼中出现了几分迷茫，觉得凡人实在是不可思议的种族。

"这又能做什么?"他问。

寻雨把光芒闪烁的引魂石交到襄垣手中，安慰道:"他的魂魄已经在这里面了。"

襄垣平静接过,注视着矿石,问:"陵梓?"

寻雨说:"他没有办法告诉你,但一直都在。"

"真的是他?"

"一定是他!今天洪涯境禁止争斗,死去的人……只有他一个……别难过了,襄垣!"

襄垣把矿石收起。飞廉不解,问道:"既然不能说话,又有什么用呢?"

乌衡没好气地瞪了他一眼:"你不懂的!"

寻雨也摇头:"你不懂!"

飞廉挠了挠头,耸耸肩。

襄垣总算好过了点,问:"蚩尤还没有回来?"

没人回答,他们都不知道蚩尤去了何处。天色渐渐暗了,瑰丽的紫红色光束在深蓝的天幕跳跃,襄垣起身,眺望洪涯境内。

西面断金崖顶,此刻正笼罩着一层纠结的雷霆。

刹那间,雷霆勃然炸开,一声巨响,令大半个洪涯境阵阵震荡。突如其来的炸响后,则是九天翻滚的闪电与炸雷!

"那家伙……"飞廉蹙眉抬头。

蓐收发出一声怒吼,猛然回头,千万片带火的树叶在雷电中高速旋转,遮蔽了他的视线。

"祝融!"蓐收勃然大怒道,"这次又是为的什么?滚出来!"

树叶凌厉掠过,被蓐收身上绽出的金雷无情地绞得粉碎。

他的额头上,金系符文发出璀璨金光,炫人眼目。

"喝啊——"蚩尤的声音响起。他手中之剑也变为通红,带着灼热的燎原火之力,划出一道赤色。蓐收甚至还未明白发生了何事,蚩尤已在漫天金叶中向他冲来。

蓐收正待转身,蚩尤双手横持灼热之剑,借着风力,已如无影虚箭般疾射而去,掠过他的身旁。

蓐收瞳中满是疑惑,那边蚩尤将风球一拢,把空中的一枚腰坠卷进手中,紧接着奋然冲至崖边,跳了下去!

蓐收终于明白,自己有东西被偷了。那一刻滔天的怒火灼伤了他的理智,九天雷霆轰然炸开。带着神怒,磅礴的雷电凝聚为一条耀眼的电龙,张开大口,嘶吼着追着蚩尤猛坠下去!

襄垣冲进谷内,蚩尤背后展开靛青的风翼,高速飞向谷口——这亦是得益于飞廉交予他的风球之力。

"哥哥——"襄垣大叫。

蓐收震怒之下,浑身战袍化为金铠,瞳孔现出嗜血的赤红。他左手化为凿,右手化为槊,背后展开遮天的雷翼,鼻梁化作尖锐的鸟喙,在天顶一掠,斜斜冲向急速逃奔的蚩尤!

乌云翻涌着,遮去了大半个洪涯境的天顶,雷鸣与电闪将飞滚的岩石击得粉碎,雷云之海翻腾犹若灭世的神怒。蚩尤渺小的身影在这惊涛骇浪中不住躲闪,从迎面而来的千万道雷霆中穿过,逃向洪涯境谷口!

当头一道狂雷,蚩尤去势骤停,紧接着转了个身,于随之而来的交错电网中,头下脚上地翻了个跟斗。借着那一翻之力,他将裹着燎原火的断生剑朝头顶一挥。

一道火球奔腾着冲出,祝融真火之力登时击溃了头顶的雷光!

"救救他!"乌衡情急道,"飞廉,请你救救他!"

飞廉主风,蓐收主金,风力不似雷霆般杀伤力巨大。禁不住乌衡一直请求,飞廉只得将双手拢于身前,闭上双眼。

他的翅膀合拢,羽毛随风飞散。

那一刻,靛青色的风轮闪烁着光芒,斜斜朝向天顶,紧接着,风轮裹着幕天席地的狂风,吹向天顶雷云!

重重乌云不住退让,被狂风接连推向洪涯境西面。

蓐收的声音尖锐而愤怒:"飞廉!你也要与我作对不成?!"

飞廉不置可否,双掌将风轮一推。

飓风轰然暴射出去,与闪烁的电龙卷在一处,撞上了飞雨崖。巨大的峭壁从中断折,斜斜坠了下来,发出天崩地裂的巨响。

说时迟那时快。蚩尤疾射出了谷口,随之而来的是一道疯狂的雷电。那雷电撞上洪涯境屏障,竟撼得整座大阵微微摇摆。

金神的能量释出,惊动了洪涯境内不少神明。

"蓐收,你又在做什么?"

女娲的声音响起,混着祝融的大笑。蓐收恼怒至极,追至谷口,停了下来。

蚩尤喘着气,挣扎着爬起,躲到岩石后,安邑族人马上围了过去。

飞廉笑吟吟地问道:"蓐收,你又怎么了?"

蓐收吼道:"将你的人族朋友全交出来!"

飞廉答:"你也知道,他们是我朋友!"

说完,他一手背于身后,轻轻打了个响指,笑道:"乌衡,你想去哪儿?"

乌衡未料这等时刻飞廉还在调笑,说:"随……随便,快走啊!"

"……洪涯境东南……长流河的北岸!"蚩尤道,"越远越好。"

和风吹来,绿草飞散,眼前的景象骤变,候于谷口处的三个部族的众人转瞬间已身处一块广袤的平原中。

蚩尤脸色铁青,以剑支地勉力站住,却终是一头栽倒下去。

众人遥望远处。此地已在洪涯境千里之外,但那个方向的天际依然可见阵阵闪电。

"飞廉没事吧?"乌衡担忧地说。

寻雨答道:"应该不会有事……你看……"

雷云正逐渐不情愿地消退,散于天顶,洪涯境渐渐隐没在黑暗里。

"襄垣,你看看是这个不?"蚩尤缓过气来,把襄垣叫过去说话。

他的手掌被滚烫的剑灼得近乎焦黑。只见那手中托着一道火苗、一滴水,以及一枚满是金刺的圆球,三道源力在风球里缓慢旋转。

襄垣看到这些,睁大了眼睛。

章十三·泽部危局

蚩尤一哂道:"弱肉强食,自古已然。杀戮并非为了侵占,往往也是一种令自己活下去的办法。我答应你,泽部只要愿意,随时都可以到长流河北岸来,我会辟出一个区域,供你们耕作、居住。"

蚩尤手上缠着厚厚的绷带,带领他的族人们回到安邑。

安邑人为陵梓举行了一个隆重而肃穆的葬礼。他们将他的尸体放在一个木筏上,置于河流上游。

蚩尤亲自为他穿戴战甲。陵梓的双手叠放在胸前,手中握着他的战刀。

陵梓本该穿他的祭司袍,然而那件袍子已被他的神祇用一道金光破开了一个大洞,已不再有任何意义。

他像个熟睡的少年,在宁静的夜晚,躺在木筏上,顺流而下。

河流沿岸站满了安邑的战士。他们手持长弓,搭上带火羽箭,把箭射向漂在河面上的木筏。

襄垣手握引魂石,安静地站在岸边,矿石的光芒一闪一闪。

火箭落向木筏中央,木筏燃起来了,它带着熊熊烈火,穿过黑暗的树林与静谧的山川,慢慢离开襄垣的视线。

"归来归来——魂兮归来——"襄垣抹了把眼泪,凄声唱道。

"归来归来——魂兮归来——"蚩尤沙哑的嗓音在上游远远应和。

"魂兮归来——与君同在——"众人的声音带着悲凉与仇恨,在河流上飘荡。

陵梓的木筏漂出小河,汇入长流河。一抹火光在粼粼月色与水面银光中闪烁,被长流河带向遥远的下游,奔向大海。

"魂兮归来——"襄垣仍在不停地唱道。

安邑人相信,战士阵亡后的英魂,总有一天会回来的。

远去的火光忽明忽暗。玄夷注视良久,最终长叹一声,在月夜下离开。

"祭司,你又要去何处?"

蚩尤与辛商站在玄夷的去路上。

玄夷淡淡道:"走了!首领,你已用不着我。"

蚩尤眯起眼道:"祭司,为何如此心灰意冷?"

玄夷答道:"陵梓的死是注定的,你们的'剑',也是注定的。我曾以为未来可以更改,料知祸事后便能够加以避免,如今却发现,无论我做什么,都无法改变最终的结果。"

蚩尤冷冷道:"那么你的神是否告知过你,我的命运如何?"

玄夷看着地面,答道:"不是你的命运,而是我的。"

"辛商!"蚩尤下了命令。

辛商拔出长刀。玄夷眼中竟带着笑意,缓缓道:"但我没测算出自己的死亡。"

"你不会死。"辛商道。

蚩尤转身沿着小路离去。辛商把刀架在玄夷的脖子上:"跟我回去,无所不知的祭司。"

玄夷抬眼:"蚩尤想做什么?"

襄垣居室内,蚩尤与襄垣对面而坐。

蚩尤告诉襄垣:"我留下玄夷,是想让他亲眼看见,他的预言和他的神,都是在胡说八道!"

襄垣头也不抬,埋头拈起细小的、发红的铜丝,放进一个石碗中。一声轻响,碗内升起袅袅青烟。

石桌上放着一块微微发光的引魂石。

襄垣失去了他换刀的兄弟，而安邑失去的更不止于此。

"如果不是胡说八道呢?"襄垣随口道,"像他说的那样,我们都会死。"

蚩尤说:"我们迟早都会死的。看见陵梓摔下去的时候,哥哥就觉得,不是他们死,就是我们死。"

襄垣不作声,许久后方道:"所以你要把那半人半尸的家伙关一辈子?"

蚩尤侧坐在石桌上,说:"关到你的剑被铸出来的那一天……什么时候能好?"

襄垣说:"还要很久。现在只是个开始。"

"需要特别的炉子和熔炼用的模具。祝融的真火会烧毁一切,普通的坩埚冶不出这种剑。还要有淬火的特别深潭,才能装进共工那一滴玄冥水,而不能让它结冰。"

"最好单独找一个地方。"襄垣抬头道,"在村落里冶剑,稍一不慎,燎原火与烈瞳金炸开,就会毁掉整个长流河沿岸。"

蚩尤道:"我知道一个地方,在山顶。"

襄垣略一点头,又道:"哥哥。"

蚩尤看着襄垣的双眼,彼此都不说话。短暂的沉默后,襄垣拿起灯下的矿石,说:"我要魂魄,很多的魂魄。"

"我知道。"蚩尤的声音低沉。

"在铸剑的最后阶段,我要把活人的魂魄抽出来,人越多越好。"襄垣道,"用这种石头,开启一个法阵……法阵我已经大概想到了,不一定成功,尝试的过程中,你需要为我准备不少战俘,或许会失败很多次。"

"然后呢?"

"然后在它出炉的最后一刻,把所有生魂灌进剑里。"

"你现在可以详细说了,这样有什么用?"

"你给我一万个人的魂魄,他们能令这把剑产生难以估测的威力。我要用它刺进蓐收的胸膛,为陵梓复仇!"

"是我要用它刺进蓐收的胸膛。"蚩尤道,"不是你!"

襄垣淡淡道:"都一样。"

蚩尤说:"我会去为你寻找足够的人,不止一万。"

襄垣点了点头,眼中映出跳跃的灯火与发出微光的引魂矿,又开口道:"还有最后一件,最重要的事。"

"开启转移魂魄的法阵时,阵枢需要一件东西,我把它叫作'铸魂石'。"襄垣认真地说,"我手上的矿石,就是它的粗坯。"

"在什么地方能找到?需要多少?"

"在寻雨他们的部落里。她们打算迁徙走,那个矿洞应该已经被填上了。寻雨手里还有一块母石,纯度很高,但我觉得强抢不是个好主意……"

蚩尤抬手:"不用说了。"

襄垣不悦:"她的脾气很难缠,你不会如愿以偿的。最好是带几个人,等她走了以后再开采看看,如果不行,我再去与她谈谈。"

蚩尤淡淡道:"包在哥哥身上。"

襄垣说:"那么我等你的消息。"

蚩尤起身回房。陵梓死了,襄垣独自住在这两间相连的小屋内。后来蚩尤搬了过来,襄垣没有问原因,也没有赶他走。

襄垣熄掉灯,盖去炉火,躺到铺上。房门敞着。

"蚩尤。"襄垣把矿石放在枕边,开口道。

蚩尤在对面房中应了声。

"如果你打算成婚的话,"襄垣说,"我觉得乌衡不错。"

蚩尤说:"我对她没有兴趣。"

襄垣没有再说什么,翻身睡下。

蚩尤起得很早,出外唤来辛商,吩咐道:"召集所有族人,战前准备!"

安邑的队伍在凌晨时分集结完毕,之后他们骑着夔牛渡过了长流河。

朝阳东升,襄垣推开门,在突如其来的日光下眯起双眼。安邑人已开始一年的耕作,新开垦的田地间,到处都有忙碌的身影。

"蚩尤呢?"襄垣注意到村子里不少壮年男子不知去向。

没有人知道。

襄垣走到囚室外,隔着石洞朝里望去。

"麻烦你测算一下,"襄垣说,"我哥去了什么地方?"

玄夷坐在囚室里的一张石台后,在台上排布他的算筹。听见襄垣问话,他漫不经心地答道:"你哥去寻找灭亡了。"

"谁的灭亡?"襄垣的眉毛动了动,"你的?"

玄夷答:"所有人的。你终于相信我的测算了?"

襄垣道:"是的。"

玄夷抬眼与襄垣对视:"只有你能阻止他,现在还来得及。"

"这样很好。"襄垣冷笑一声,转身走了。

玄夷道:"你是个疯子!"

襄垣声音渐远:"你说得对,我们都流着疯子的血。"

一个月后,蚩尤骑着他的诸怀兽,带领五百族人,在草海边缘停下了脚步。

暖春时节,荒岩山生出茂密的新绿,草海畔广袤的地带植被欣欣向荣,泽部的人们在她们赖以生存的土地上开始耕作。

蚩尤举目眺望,吩咐道:"就地休整。"说完便驾驭他的坐骑穿过草海。

辛商按着刀,跟在蚩尤身后,两人朝荒岩山的峡谷内前进。

集市上依旧熙熙攘攘,往来的人络绎不绝。春天的草海边缘聚集了长流河以南不少部族的人们,他们在集市上以物易物,互相交换作物种子以及幼小的、成双成对的家禽与牲畜。

蚩尤身材高大,坐骑又是一只霸道的妖兽,自然十分惹眼。过往行人纷纷退让,不敢挡了他的路。

他的目光冷漠沉静,扫视着集市上的人,之后开口问道:"有几个部族?"

"大约十二个不同的部族。"辛商道,"草海南北都有,以云梦泽地带的人居多。"

蚩尤用鞭子扒拉开一个头上只有一只眼的独目民,又见有乔人国的肱人。他们的胸口只有一条手臂,正躬身在摊子上挑挑拣拣,寻找矿石。

"泽部的人在那边。"辛商说,"你来这里做什么?"

"谈一笔生意。"蚩尤径自穿过集市,目光落在路边小摊的矿石上，旋即跳下诸怀兽，牵着妖兽，上前细细查看。

"大个子。"一老妪道，"买点什么？"

蚩尤拾起矿石，问："我想要这个，用什么换？"

老妪道："这种矿石已经不出产了，非常稀有，得用你最好的东西来换。"

蚩尤放下矿石，与辛商朝路边的木棚走去。

那木棚顶部挂着一块布，布上是雨神商羊的神祇符文，棚外不少人正排着长队。蚩尤揭开布帘入内，他个头太高，险些被棚顶磕碰到脑袋。

"你必须按照顺序。"寻雨低着头，正在查看一名妇人手中的石子。

蚩尤一进棚，那木棚便显得十分狭小，后来的辛商都挤不进去，只得走出棚去。

"我想请你卜算一件事。"蚩尤道。

"就算是蚩尤也不能打乱顺序。"寻雨淡淡道。她的眉毛轻扬，在棚顶投下的阳光中，整个人仿佛笼着一层淡淡的雾。

蚩尤笑了起来，那笑容十分英俊，却又带着一丝痞味儿。

"有意思！"他走到一旁，席地坐下，像个忠实的守卫。

"你儿子的病会好的。"寻雨朝那妇人道，"过几天会有一个人，从有水的地方过来。你得好好招待那位来客，等他走了以后，你儿子的病就好了。"

妇人感激地说："谢谢！"

妇人离去，寻雨道："下一位。"

在那人还没有进棚前，寻雨问："襄垣呢？他好些了吗？"

蚩尤无所谓地说："还是那个模样。"

寻雨目光扫过蚩尤，说："你们两兄弟挺像的。"

她取过木筒，让蚩尤摇晃，蚩尤问："请你卜算，需要什么报酬？"

寻雨淡淡道："没有报酬，这是帮助。"

木棚前的人渐渐少了，直至快要日落西山，寻雨才慵懒地绾了下头发，望向蚩尤。蚩尤什么也没说，像是在欣赏她的容貌与神态。

寻雨收拾着卜算之物，随口道："你来做什么？"

蚩尤道："随便看看。"

"看在你是襄垣哥哥的份上……说吧，想问什么？"

蚩尤起身坐到寻雨面前的木墩上。因为动作太大，险些把木墩坐翻，忙伸手抓着木案掌握平衡，又险些把木案扯倒下来，最后还是寻雨伸手抓住蚩尤的大手，蚩尤才勉强坐稳了。

寻雨笑道："你太强壮了！这里可没接待过像你这样的大个子。"

蚩尤眯起眼，看着寻雨。

"嗯……让我猜猜，敢从神祇眼皮底下偷东西的人，也有为难的时候？他有什么想问呢？"

蚩尤自若道："你算算看，我来这里寻找的那件东西，能不能顺利得到。"

寻雨递给他竹筒，二人的手指又是轻轻一触。蚩尤不自在地拈着竹筒边缘摇了摇，哗啦声响，摇出两块鱼的头骨。

寻雨看着鱼骨，说："过程不顺利，但最后一定能得到。"

"怎么个不顺利法？"

"血,很多的血。"

寻雨抬起头,与蚩尤对视。蚩尤一笑置之,笑容中带着令人无从抗拒的邪气。

"我不想暴力解决问题。"他一扬眉,淡淡道。

寻雨说:"如果说这句话的人换成是你弟弟,我说不定会相信。"

长时间的沉默。夕阳的光线从木棚帘布的间隙中投入,斜斜落在蚩尤与寻雨身前,像一道橙黄色的界线。

寻雨问:"你在寻找什么?"

蚩尤答:"铸魂石。"

寻雨面色一冷:"……那东西,我是不会给你的。"

帐外响起惊慌的叫喊声,一阵骚乱令寻雨坐直身子。

她怀疑地盯着蚩尤,继而三步并作两步冲出木棚。

蚩尤跷着脚,踩在占卜木案上,说道:"出了什么事?"

辛商按刀守在木棚外,边张望边回答:"有一伙很奇怪的人,拿着武器到处捣乱。我建议你出来看看,场面很壮观,你绝对没有见识过。"

寻雨冲出木棚之后,大声叫喊,泽部的女人们在她的招呼下,捡起石头,与刑天部的族人展开了一场混战。集市周围的人嚷嚷着,争相逃离这个地方。到处都是打翻的摊子、破碎的瓦罐,场景混乱无比。

蚩尤揭开帘子、走出木棚的时候,寻雨正在朗声念诵一段法术祭文。

蚩尤随手一束腰带,注意到辛商正以奇怪的眼光打量着他,便一声暴喝,抽出木棚横梁,随着他的动作,哗啦一声,整座棚子垮塌下来。

寻雨的声音戛然而止。

蚩尤手持横梁,朝那些哇啦哇啦大叫的无头人挑衅地笑了笑,随后大吼一声,冲了上去。

蚩尤是寻雨见过的最勇猛的人。

他随手掉转横梁一扫,便将冲上前的数名无头人扫得横飞出去。蚩尤运起神力,挥、点、扫、挑,几十斤重的横梁在他手中,犹如游龙般灵动。

寻雨看了辛商一眼,辛商正环着手臂,远远地看着蚩尤。

"你不去帮他?"寻雨注意到这陌生的男人,"你们应该是一起的吧?"

辛商冷冷道:"我的刀只要出鞘,就必须杀人。"

寻雨深吸一口气。片刻之间,蚩尤已放倒了十余名刑天族人。他那兽皮缝制的猎袍襟角甚至未曾染上尘土,身边却躺倒不少哀号的刑天族人。

蚩尤蹙着眉头,以木棍拨弄着离自己最近的一个无头人,撩起他的舌头,那舌头竟然是从肚子上的嘴里伸出来的!蚩尤看了看,又将舌头塞回去。

"没有头?"他想起襄垣说过的那个奇特种族。

不管了!蚩尤把横梁朝地上重重一顿,被灌注了真力的横梁轻松地钉进地下三尺,他拔出腰刀,干净利落地一挥,横梁顶端被削去半截,露出尖锐的破口。

刑天族人见此情形,连滚带爬地起身,纷纷逃回荒岩山内。

战局在混乱中开始,又在顷刻间结束。

寻雨松了口气，走上前去，在蚩尤身后停下脚步，诚恳地道谢："谢谢你！他们总喜欢来捣乱。"

蚩尤转身看着寻雨，眉毛动了动，意思是，你明白的，把铸魂石交出来。

寻雨警觉地后退了半步，冷冷道："不行！"

蚩尤一扬眉："你就是这么答谢恩人的？"

寻雨笑了起来，眼中带着灵动之色。

"或许……我可以请你到我家吃顿饭？"她欣然道，"当作帮我们解决麻烦的回礼。"

蚩尤淡淡道："可以。"

寻雨道："等我一会儿，我回去收拾东西。"说完便离开了。

蚩尤站在集市中央，沉吟不语，过往行人纷纷惊疑地避让开这名强壮的大个子。

寻雨这一族名叫泽部。蚩尤见过的人不少，但像寻雨这样的人却不多。说不将他放在眼里吧，寻雨明明知道自己是谁；说忌惮他吧，却又未必。

在蚩尤的征战生涯中，碰上这样的人，还是个女人，尚属首次。寻雨不卑不亢的态度仿佛订下了一个新的游戏规则，令蚩尤不禁起了某种好胜心，决定陪她玩玩。

他想了一会儿，招手叫来辛商，凑到他耳边吩咐道："你亲自去，带着这个，找到荒岩山那群无头人的族长，告诉他们一件事。"

辛商问："那群怪物有什么用？需要杀人吗？"

蚩尤道："必要的时候，可以。"

辛商点头，转身前去执行蚩尤分派的任务。

寻雨收拾好出来，见到辛商离开，便问："他……去哪里？"

蚩尤淡淡道："他有事，得走开一会儿。"

寻雨眉目间充满忧色："他身上血气很重，又冷冰冰的，没事吧？"

"他的名字叫辛商，是和我换刀的兄弟，也是襄垣所敬重的兄长。"

"……对不起，是我冒犯了。"

蚩尤点了点头，牵着诸怀兽，跟随寻雨走上山去。

泽部的居处位于密林之中，一个个小木屋傍着山腰，绵延近里。

小木屋分两层，上层住人，下层则供饲养鸡鸭等家禽之用。入夜之时，居民们点起了火把，漫山小屋犹如星火点点在风里摇曳，生趣盎然。

蚩尤强健的肩背上搭着寻雨的占卜棚布帘，赫然当起了搬运工。

"这里的森林越来越少，沼泽已经快干涸了。"寻雨沿着山路前行，边走边解释道，"妈妈的身体又不太好，本想着两年前就开始迁徙的……"

"迁徙到什么地方去？"蚩尤问，"你们全是女人，到哪里都会受欺负。"

寻雨两道柳叶似的眉毛微拧："女人又怎么了？你妈妈不是女人？"

蚩尤丝毫不以为忤:"说到这个,你们一族是怎么繁衍的?"

寻雨脸色发红,嗔道:"我……不知道……妈妈说这里的沼泽有股地气,某一天当沼泽要送给泽部新生儿时……会从沼泽里绽出泥泡,泡里就是婴儿……"

蚩尤若有所思道:"那么你们……算是森林孕育出来的生灵了!"

寻雨道:"对,商羊大人说过,我们是自然的女儿。"

蚩尤缓缓点头,若寻雨所言不虚,泽部不愿迁徙也在情理之中。

这一族全是女人,想必还没有做好归附于父氏部族的心理准备,况且她们若与别族男子成婚,能不能顺利生育还另说。

两人走到某个木屋前,寻雨推开门,提起放在门外的竹篓,笑道:"妈。"

木屋内传出一阵剧烈的咳嗽。

"怎么现在才回来?"疲惫而苍老的女声在屋里问道。

寻雨解释道:"今天集市上发生了点事……"

蚩尤在门外安静地负手听着。寻雨介绍了蚩尤,却没有提及他的身份,最后道:"我请他到咱们家里来吃顿饭。"

泽部的大祭司笑道:"快请他进来。"

蚩尤推门入内,彬彬有礼地点头,不想刚走出一步,脑袋就磕到房梁上吊着的熏腊之物,一阵乱响。

寻雨笑了起来,让他在一旁坐下。大祭司笑道:"真对不起,我们的房子很狭小。"

蚩尤摆手示意无妨。寻雨从竹篓中取出一块肉,一条鱼,以及不少稻米,拿到屋外去做晚饭。

大祭司道:"你很强壮!你从哪里来?"

蚩尤道:"长流河的北边,我的族人在那里开拓了一块领地。"

大祭司缓缓点头,说:"今天集市上的事情多谢你了,小伙子。我们与荒岩山的刑天族人一直有摩擦,却找不到化解的方法。"

蚩尤放下水碗,问:"这里唯一能依靠的只有草海,土地也不算肥沃,为何不迁到别的地方去?"

大祭司欷歔道:"你不明白,我们在这里住得太久了。"

蚩尤说:"恕我直言,神州现在正是部族发展的开始。有许多弱小的部落,它们彼此合并,谋求信赖,共同生存,这样才能延续下去。"

"据我所知,这里的沼泽已经快干涸了。如果上天再降几次大旱,泽部势必再无生存的地方。"

大祭司静静听着,并不接话。良久,她咳了几声,而后陷入漫长的沉思之中。

蚩尤淡淡道:"外头还有许多水草丰美的地方,比如说我们居住的长流河畔。你们可以迁徙过去,两族彼此呼应,互相照顾。"

外面寻雨做饭的声音一停。

大祭司道:"但我们能提供给你们什么?"

蚩尤莞尔道:"你怎么不问,寻雨在集市上摆个摊子,想得到什么酬劳?"

大祭司眼中露出欣喜的神色。蚩尤说:"有时候人与人之间互相帮助，是不需要理由的。"

"你真是这么想的？"寻雨在屋外轻轻地说。

蚩尤不理会寻雨，摘下面具，放在桌上，又说："大祭司，我有一句话，不知道该不该说。"

大祭司点了点头。蚩尤道："在你的有生之年，沼泽不会干涸，但当你离开人世之后，你的下一代、下下代，乃至以后泽部延续下来的族人，她们会遇见什么呢？

"神州已开始划分疆域。留在荒岩山与草海的交界处，你们迟早会受到外族的侵扰。远的不说，光是今天在集市上出现的那一族人，时不时地来找麻烦，就已经够头疼的了。

"不及早下决定，到了一百年后，两百年后，咱们这些人已经死了，留下子孙面对的，可就不止今天的困局。到那时，她们的沼泽干涸，山上树木枯萎，其余能生存下去的地域，又被其他的部族强行霸占。除了并入较强的部落之外，他们无路可走。泽部将销声匿迹，取而代之的是更强大的部族。"

"但是，年轻人……"大祭司缓缓道，"你的身上有一股杀戮气息，令我觉得很不安。你的诺言真能兑现吗？"

蚩尤一哂道："弱肉强食，自古已然。杀戮并非为了侵占，往往也是一种令自己活下去的办法。我答应你，泽部只要愿意，随时都可以到长流河北岸来，我会辟出一个区域供你们耕作、居住。"

"吃饭了。"寻雨端着木盘进来，打断了蚩尤与自己母亲的谈话。

三碗糙米，一条鱼，一碗肉，几人就着矮案和如豆般的昏暗油灯，开始吃晚饭。

大祭司吃吃停停，不断转过身咳嗽。寻雨眉目间满是忧色，忙为母亲拍打着背部。

"寻雨，吃过了饭，带蚩尤在附近走走吧。"大祭司和颜悦色地对女儿说，眼中带着慈祥的笑意。

寻雨哭笑不得地看了蚩尤一眼，蚩尤眉毛一扬，不置可否。

晚饭后，大祭司欲言又止。蚩尤知道她有话想对女儿说，便道："我自己出去。"

他关上门出来，又砰地撞在门楣上，心道，今天真是撞得够多了！泽部的房子小，吃的也少，一碗饭下肚，根本就同没吃没多大区别。

蚩尤悄无声息地转到屋后，赤足踏在淤泥里，侧过耳朵，听着屋内传来的对话。

大祭司："过几天，你带着一部分族人过长流河去看看，如果真像他所说的那样……"

寻雨："不！妈妈，我不会走的。"

大祭司："寻雨，听妈妈的话。蚩尤说的没错，咱们为了以后的族人，总要迁徙的。妈妈算是定下心来了……"

寻雨："不！妈妈，那家伙本来就没有什么好心思。"

大祭司："他看上去很诚实，起码他照顾你。比起上次为了铸魂石而找你的那个襄垣，妈妈要更放心……"

寻雨："妈！你知道吗？他就是襄垣的哥哥！"

大祭司蹙眉："什么？"

寻雨："他们都是有目的的！"

屋内，大祭司十分惊讶，眼神游移不定，脸色陷入了惶恐与不安之中。

蚩尤拧起两道剑眉。他绕过房屋，站在一棵大树的树荫下，目中现出一股凌厉之色。思考片刻，他舔了圈嘴唇，舌底一翻，唇间现出一管小小的竹哨。

竹哨轻轻吹响，其声音犹若欢欣的鸟叫，短促而轻快。

少顷，山腰另一边也传来几声鸟鸣，似在与他呼应。

辛商从山坡高处探出头，反复吹着鸟哨，神情中带着些迟疑。

静了一会儿，蚩尤连着吹出三声，最后一声拖长尾调，于夜色中抑扬顿挫地一收。

辛商拔出腰刀，拉下额上的木制面具，挡住了整张脸。

安邑的卫士们纷纷戴好面具。

辛商转头打了个手势，早就在那处等候的刑天族人发出一阵大喊，争抢着跃过坡顶，冲进了泽部的村庄。

一场预谋许久的侵略战在黑夜里拉开了序幕。

章十四·灭族之伤

　　寻雨急促地喘息着，回首望去。她的家园已成焦土……
　　山顶发生了一场惊天动地的大爆炸，大祭司飘扬的衣袂在火光内绽出千万道蓝光，与刑天族祭司释放出的土灵光芒彼此碰撞。一场瓢泼大雨倏然而至，浇灭了火焰。

"妈妈——"

寻雨的哭喊声撕心裂肺。

"跟我走！"蚩尤怒吼道。他紧紧地抓着寻雨的胳膊，把她拖向一处隐蔽地，同时手持利刀，无论遇上什么人便是悍然狠厉的一刀！

鲜血喷了蚩尤满身，夜色里，黑烟顺着风飘来，泽部人的居处烧成一片，熊熊火光映亮了半边夜空。

乌云蔽月，一场混战骤然开启。泽部村落内外躺着不少刑天族人的尸体，点点荧光自尸身飘离而出，缠绕着飞向泽部后山的矿脉。

蚩尤只是匆匆一瞥，便即心里有数。他双指在唇前撮了个呼哨，笨重的诸怀兽踏过山峦而来，四蹄触地，发出沉闷的巨响，随即仰天一声嘶吼，冲过群山环抱的沼泽。

这吼声令远近震动，混战中的人纷纷抬首。

寻雨深吸一口气，勉力结起手印，向前推去，乌云在天顶汇聚，酝酿着一场暴雨。

"把你们的族人都叫上！"蚩尤猛地抓住寻雨肩膀，打断了她的祭术，在她耳边大声说，"马上到这里集合！"

寻雨回过神，手指朝天，绽放出一道冲天的蓝光。

无头的刑天族人四处放火。他们跳跃着，口中含混不清地大喊着什么，高大的岩石巨人也在祭司的驱使下冲进了村庄。此刻泽部的女人们已组织起了第一道防线，开始放箭御敌，然而火光与黑烟之中目不能视物，她们只得仓促撤离，朝蓝光的绽放处会合。

一个岩石巨人笨重地攀过矮坡，猛地一拳击在地上，登时将逃跑不及的泽部人震得七荤八素。

寻雨发出愤怒的尖叫。眼见那岩石巨人已到了面前，蚩尤发一声喊，猛催诸怀兽，连人带骑冲了上去。随着一声沉闷巨响，诸怀兽撞向巨人。巨人失去平衡，踉跄朝后倒去，轰隆一声，压垮了五六间木屋。

"蚩尤！"辛商大声喊道。

蚩尤勒住诸怀兽，在数个岩石巨人之间周旋。这些巨人身大力沉，每一脚、每一拳的力道都能将他压为肉饼。

"辛商！"蚩尤吼道，"保护泽部的女人先走！"

辛商掉转手中长刀，于石巨人间杀出一条路，追上了寻雨，喝道："蚩尤让你们先走！"

寻雨哭喊道："妈妈——"

情形危急，族人抓住她的手臂，踉跄奔逃。

此时，两个巨人分别从两个方向朝坡顶的蚩尤冲去。蚩尤伺机抽身一退，两个石巨人不及闪躲，撞在一起，滚下山去，粉身碎骨。

蚩尤吼道："大家别停留！"他策兽飞奔而来，诸怀兽踏得大地不住震颤，经过泽部众人队伍时，他手臂一长，将寻雨抱了上去。诸怀兽四蹄在山路上打滑，堪堪一个回身，稳住身形。

寻雨急促喘息着，回首望去。她的家园已成焦土……

山顶发生了一场惊天动地的大爆炸，大祭司飘扬的衣袂在火光内绽出千万道蓝光，与刑天族祭司释放出的土灵光芒彼此碰撞。一场瓢泼大雨倏然而至，浇灭了火焰。

下一刻，大地阵阵震动，岩石巨人分解为无数石块，千军万马般顺着山坡滚了下来。

轰然巨响，石流摧毁了整个泽部，继而一路碾压过了树林，竟是要将近山脚处的蚩尤与泽部余人一并碾杀！

岩群呈扇形般覆盖了整个山坡，所有人恐惧地站在原地，几乎避无可避。

蚩尤看了辛商一眼，微微拧起眉，辛商蹙眉，摇了摇头。

蚩尤解下背后长弓，弯弓搭箭。长弓扯成一轮满月，蚩尤的深邃双眸中映出滚滚而来的巨石洪流。

眼见得石流越来越近，五十丈，三十丈……

蚩尤放箭。

刹那间，只见一道流星似的红光离弦而去，斜斜飞上山顶，正中千步外坡顶那人的胸口！

坡顶传来死亡的嘶吼。正在高举祭杖口诵祭文的刑天族祭司中箭后栽进深渊。

主祭一死，千万岩石化作幻影，隐没于虚空。

蚩尤带着泽部众人，潜入夜色中的茫茫草原。

滂沱大雨铺天盖地地下了起来，在平原上形成无数的水洼。水从高处流向低处，积出大大小小的湖，满溢后则分出水流朝更低处淌去，最后一并汇入长流河。

女人们徒步穿过密林。蚩尤和辛商也冒着暴雨，深一脚浅一脚地在泥泞中前行。

没有办法生火取暖，寻雨有生以来头一次受到如此折磨，她骑在诸怀兽的背上冻得不住地哆嗦。

"全是女人。"辛商道，"这个部族真奇怪。"

蚩尤低声道："东西都处理好了吗？"

辛商小声告诉蚩尤:"没有处理东西的时间。弟兄们就在二十里开外跟着。"

"让他们自己先回去。记得把面具都收到一起,拿去烧了。告诉他们,什么都不能说……"

"这种事情难保不会让人知道。这些女人既不能作战,脾气又倔,能有什么用?"

"只要让襄垣得到那种石头,以后她们随便你处置。"

辛商问:"石头在什么地方?"

蚩尤答:"没开采出来的还在山里,泽部的后山,但应该不易取得。襄垣告诉过我,那小祭司身上有一块炼化好的。"

辛商的声音更小了:"你实在非常婆婆妈妈!照我说,就一刀杀了她,直接搜出来……"

蚩尤摇头:"你太小看她了!女人要藏一件东西,有的是办法。总之你别给我惹麻烦!"

"蚩尤。"寻雨的声音从不远处传来。

蚩尤朝辛商做了个手势,转身走进密林内女人们围坐的地方。

雨小了些。春天的夜晚很冷,没有办法烤火,寻雨的嘴唇冻得青紫。蚩尤站着,寻雨坐着,蚩尤低头沉默地注视她。寻雨抬起头,两人目光相触。

"怎么?"蚩尤开口问。

寻雨说:"可以和你谈谈吗?"

蚩尤解下披风,递给她。寻雨裹上那块兽皮时,闻到一股血腥味,不自然地皱起眉头。

两人走到一棵参天大树下,寻雨不安地看着蚩尤,似在思考，最后还是蚩尤先开了口。

"以后你有什么打算？"

寻雨双眼通红，摇了摇头。

蚩尤道："就此别过？"

寻雨叹了口气，而后问："你们打算去哪儿？"

蚩尤道："回家。有什么问题吗？"

寻雨漂亮的眉毛拧着，似在做一个极其艰难的决定，最后道："我代表她们感谢你。"

蚩尤注视着寻雨的双眼，眉毛动了动，淡淡道："你说过好几次了，但从来不见你有什么实际行动。"

寻雨问："那天晚上的人，是什么来历？"

蚩尤道："刑天族的人与你们一直有摩擦，你看不出来？"

寻雨摇了摇头，注视着蚩尤双眼："不！我不是说刑天族的人。你知道的，是那些戴着奇怪面具的人。"

蚩尤说："不清楚。你们还有其他的敌人吗？"

寻雨蹙眉答："我很肯定，没有。"

说这句话时，寻雨再次抬眼看着蚩尤，仿佛想从他的眼睛里看出点什么来，然而蚩尤的神色如常，目光中带着一丝坚定。

"想好去哪儿了？已经接近长流河南岸了，不如就在这里分开吧。"

"你不想要铸魂石了？"

蚩尤冷冷道："你太小看我了。我自然有我的办法，以后会让族人杀回去，重新开采。"

寻雨道："我不是怀疑你。妈妈一直警告我，铸魂石很危险……"

"你刚才的话,除了怀疑我,还会有什么别的解释?"蚩尤似乎动了怒,"春天族中需要打猎,襄垣就让我顺便来问问,那种矿石除了泽部外,还有哪里出产。身为兄长,我只需要帮小弟捎一点东西,我甚至连铸魂石有什么作用都不清楚。"

寻雨索性不再解释,安静地看着蚩尤。

二人沉默片刻,寻雨从蚩尤的眼中看出了某种隐约的气势,而蚩尤则微微眯起眼,诧异地发现,这名纤弱的女孩,眼中竟流露出不逊于自己的坚定。

若说蚩尤是一座刚硬的山峦,寻雨就是旷野中的野草,彼此都有着狂风骤雨中不为所动的定力。

单纯的心思令她双目清澈,犹如夜间最亮的星辰。

寻雨道:"我还没想好带她们去哪儿……你之前说的话还作数吗?"

"当然。"蚩尤随口道,"你如果愿意跟我们回安邑,我会提供一个暂时的栖息地。你可以在那里积聚力量,给你的母亲报仇。"

"不。"寻雨轻轻地摇了摇头,"我不需要报仇。"

蚩尤若有所思,说:"那么叫她们起来,继续前进。"

他转身离去,寻雨在雨中裹着他的披风,注视着他的背影。

没过多久,寻雨急促喘息,脸颊滚烫,眼前发黑,一头栽倒在地上。

长流河北岸的千里沃野在那场暴雨后,现出一片欣欣向荣之景。此刻正值雨后，乌云一扫而空，现出碧蓝如洗的晴空。

青草在黑土地下冒出新芽，安邑人清除了方圆百里的丛林杂草，在丘陵与平原上开垦出良田。

他们迎来了本族最为繁盛的时期。乌衡也带着她的族人辗转而来，加入安邑，成为其周边的附属部族，派出族人跟随安邑人学习耕种。

乌海土地贫瘠，几乎没有作物可供食用，乌族人唯一能得到的只有一种类似于高原涩果的野生作物。它们入口青涩，吃了后口舌疼痛。安邑人则自百年来不间断的掳掠中得到了麦、黍、菽、稷等作物的种子，他们将这些种子种入土地。

更有一种十分神奇的东西，名唤"麻"，相传是神农带给凡人的。

安邑的妇人向乌族人演示了一次以麻织布的过程，当即引起惊呼一片。

时局渐渐趋于平稳。蚩尤之威震慑长流河两岸，没有任何部族胆敢前来侵扰。

安邑有最好的铁，最好的犁，以及最强壮的男人。泽部居于河畔，乌族则在靠西边的丘陵上。安邑位于中心，与泽部、乌族遥相呼应。三族互通有无，在长流河边兴起了一个小规模的集市。

长流河南北岸分别设立了小小的码头，停着五六只舢板。开春后不少部族更将集市移到安邑部落外围。

这里取代了草海与荒岩山的交界，成为两岸平原新兴的交易中心。有安邑在，集市不再受到其他部族的侵扰，一时间竟是热闹非凡，隐约有了神州第一集市的模样。

寻雨半月前得了一场大病,至今仍卧床不起。蚩尤命玄夷前去医治,寻雨的气色才逐渐好转。

一个月后。

蚩尤徒步走过他的村庄——新的安邑,晨间熙熙攘攘,人声嘈杂;夜里则万户灯火,星芒隐约。天若穹庐,地如棋盘,一切安静而美好。

他对他的努力成果很满意。

蚩尤推开家门,襄垣正在以兽皮制造一个鞘,头也不抬道:"那女的醒了?"

蚩尤走到屋内坐下,说道:"醒了。乌衡正陪着她,她来此地以后,你还没去看看她。"

襄垣淡淡道:"没有时间。去,把石头给我取来。"

蚩尤哂道:"自己去。"眼中带着一分调侃的意思。

襄垣皱着眉,看着蚩尤,也不说什么。蚩尤饶有趣味道:"襄垣,你就这么忙?"

襄垣无奈道:"我不想听她啰唆。那女的总喜欢多管闲事。"

蚩尤道:"总有些事情是需要自己去解决的。人,我已经为你带回来了,为什么不去与她说说话?"

襄垣放下兽皮鞘,说:"你再不去弄石头,我就要走了。该铸的剑没办法动工,每天没完没了地给你做这些小刀小匕首,我的目标不是做这种东西!你看这刀鞘,谁不能做?!为什么一定要我做?"

蚩尤转身端起水:"你的刀是整个集市上最抢手的,他们愿意用十倍乃至百倍价值的东西来交换……偶尔也为哥哥做点什么吧。"

襄垣道："但你知道，他们为什么会来换这些利器吗？"

蚩尤漫不经心地答道："当然知道，所有人都需要武装自己，当你的刀与戈传遍整个中原大地时，他们就会发起战争。"

"所以？"

蚩尤笑了笑，看着襄垣，答道："所以'剑'一定要做出来，我明白。哥哥只是觉得，除了铸剑，你还应该有点别的什么生活。襄垣，你这么没日没夜地待在屋子里，不是在冶坊，就是在家，不觉得很枯燥吗？"

襄垣没好气道："我对别的没有兴趣！女人除了添麻烦，还会做什么。"

蚩尤道："譬如咱们各自娶一个女人，冬天让她们炖好吃的，我的儿子，你的儿子，大家在屋子里一起吃晚饭……"

襄垣道："你可以娶一个，别塞给我……不对！"

他眯起眼，从蚩尤眼中的笑意里感觉出了什么。那是不同以往的神色……一个嗜杀与舐血的战士忽然议论起家庭、小孩，令他觉得十分迷茫。

蚩尤愕然："怎么？我脸上有什么？"说着转头去对着水照了照。

襄垣道："你和从前不太一样了。"

蚩尤说："我从前是怎么样的？"

襄垣蹙眉打量着蚩尤……平日里兄弟互损的情况几乎不见了，蚩尤的注意力似乎转到其他地方。对自己的管教看上去松了不少，然而却换了另一种方式。从前像个不苟言笑的严父，如今则像个婆婆妈妈的慈母。

襄垣怀疑地问:"你是不是喜欢上哪个女孩了?怎么一直催着我娶女人。"

蚩尤果断地说:"没有。"

襄垣道:"真的没有?"

敲门声响起,有女人的声音在门外道:"蚩尤族长在吗?我是泽部的人。"

蚩尤道:"进来吧,有什么事?"

门被推开,有女人手里捧着一个木盘,木盘里是叠得整整齐齐的麻布。

"这是祭司大人为两位做的袍子。"那中年女人笑道,"叫我送过来。"

"亚麻织的?"蚩尤心中一动,拿起袍子检视。麻布被修得很漂亮,还染上了色。蚩尤的衣服是一套武服似的红黑相间的长袍,袍襟上绣着一团金色的飞火神符。

另一件则是襄垣的袍子,天青色,下摆上同样也带着金火符印。

"祭司?"襄垣迷惑地问,"谁?"

那女人笑道:"是寻雨。"

蚩尤回头道:"她母亲在迁徙前死了,现在她是泽部的祭司。"

襄垣问:"你怎么没对我说过?"

蚩尤淡淡道:"我第一天回来就说过了,你根本没留心听。"

那泽部女人的脸色有点不太好看,收了木盘便走了。

这样平静的生活，让战士放下他手中的刀剑，如同猛禽收起自己强壮的翅膀。

女人走后，蚩尤随口道："她还记得你，又特地给你织袍子，你不穿上看看吗？"

蚩尤穿上那套武袍。衣服非常合身，几乎是照着他的身材做的。他颀长高大的身体被紧束的长袍衬出腰身，显得十分精神。

襄垣无所谓道："她是给你织的，我只是沾光。"

"不是给我，是给你的。"

"给你。"

"不，给你。"

"给你。"

"给你。"

襄垣怒吼道："给你！别拿这种事来烦我，我一点也不喜欢她！"

蚩尤只得退让："好吧，算是给我的。你不去向她道谢？"

襄垣说："你去吧，顺便把铸魂石带过来。我倒有个好主意……"

蚩尤不以为然道："你的主意多半是馊主意，算了。"

蚩尤离开，关上门，在宁静的月色中朝着长流河岸走去。

泽部少女颇多，然而离开了荒岩山地域，谁也说不准这个部族能不能再次繁衍下去。

族中许多未经人事的女孩从前在沼泽里度日，即使离开家，也只在山中采药，或在沼泽中捕鱼。偶尔去峡谷的集市一趟，所见也无非是无头的刑天族人、脑袋上只有一只眼的独目民、胸口长着单臂的肱族人，抑或是鸟喙生翼的羽民、皮肤灰蓝的天虞人……诸如此类，大部分种族在她们眼中都是怪胎。

然而迁徙后，接触到的安邑一族却是有手有脚、一切如常的"人"，男人个个英俊健壮，都是部族内的战士。两族之间的男女偶有接触，便即萌生了好感。

安邑小伙子们或三两相约，或独自一人，入夜时或在泽部的吊脚楼下引吭高歌，或吹奏乐器，借以约出心仪的少女。月明千里，河水伴着乐声，颇有一种说不出的韵味。

这样平静的生活，让战士放下他手中的刀剑，如同猛禽收起自己强壮的翅膀。

蚩尤高大的身形于夜色中出现，沿着洒满月光的小径缓缓走来。

"首领！"

"首领来了！"

蚩尤蹙眉道："都在这里做什么？"

一名安邑的战士笑道："首领帮我们做个主。我想娶里头那个女的……"说着朝房子里指了指，又道，"她叫思茗。"

"我想娶那个……"另一人道。

"我想……"

蚩尤斥责："胡闹！按女娲定下的嫁娶之仪，让你们的爹娘来提亲。"

"提过了。"一名小伙子道，"可她们的祭司不同意，说两族没有通婚的先例。"

蚩尤沉默片刻，而后道："都回去吧，待我去说说。"

他走进泽部的村落。这里的房子是安邑人帮助搭建的。较之泽部从前斜矮的房屋，安邑男人们显然力气更大，干活也更认真，两层的木楼修建得十分坚固宽敞。

一个多月前，他们从河边砍来树木，运到此处，并修建起一个像模像样的村子。

"寻雨，那大个子来了——"一名泽部的女人一见高大的蚩尤，便笑了起来。

蚩尤忙打手势，示意她不要声张，然而一传十、十传百，不一会儿，差不多整个村庄的人都知道了，不少人朝外张望。

"寻雨！"又有人揶揄道，"安邑的大个子族长来找你了。"

蚩尤实在没法子了。有生以来头一次碰上这种尴尬的场面，女人们在耳边聒噪不休，一个个说不出的兴奋。他只得硬着头皮，朝村落中央最大的圆形木屋走去。

"寻雨？"蚩尤站在空地上，努力无视周遭看热闹的女人，高大的身材在月光下投下一道长长的剪影。

"他穿的是祭司织的衣服呢……"

"是呀，那个襄垣没有来……"

"……看上去还挺英俊……"

"寻雨会不会开门？"

蚩尤本想充耳不闻，奈何品头论足的话语不住朝他耳朵里钻。片刻后木屋的门开了，寻雨走了出来。她穿着一身水蓝色祭司服，与蚩尤身上的红黑武袍相映相衬，竟有一种说不出的般配。

"……好些了吗？"蚩尤道，"玄夷说你只是淋雨发烧。"

"早就好了——"有女人起哄道，"等着你来呢。"

蚩尤有些不悦地蹙眉，寻雨马上笑道："好很多了。"

她让那些看热闹的女人先离开。泽部的女人纷纷回屋,蚩尤方才松了口气。

寻雨道:"出去走走?"

蚩尤点了点头,侧身做了个请的手势,二人在月光下步出村庄。

章十五·天地为盟

蚩尤身着蓝色布袍，单膝跪地，与寻雨一同祭拜泽部的神明商羊。

晶莹的雨珠纷飞落下，燃烧的篝火渐渐暗淡下去，继而化为旋转的青岚冲天而起，伴着满天细雨与泽部诸人欣喜的叫喊。

蚩尤在围栏前坐下,有如岩石般刚毅的嘴角浮出一抹若有若无的笑意。

"谢谢你为我和襄垣织的袍子。"他说。

寻雨一笑:"襄垣呢……他的袍子合身吗?"

"他?"蚩尤不以为然,"他除了琢磨那把断生,就没有别的念想了。"

"断生是什么?"寻雨诧道。

"断生是一把剑。"蚩尤说,"他正在捣鼓的玩意儿。比刀更锋利,威力也更强。"

寻雨说:"我看不出他是个喜欢杀戮的人。"

蚩尤道:"他确实不喜欢杀戮。杀戮的事,会有别的人来替他完成。事实上我也不太清楚他为什么……"

寻雨警觉:"所以呢?想要铸魂石,也是因为他的剑?"

蚩尤道:"不,铸魂石是因为他想把所有为了保护我们而牺牲的战士的魂魄收集起来,留在剑里,让他们永远活下去。这,也是另一种永生吧?至少以寻常人的寿命而言……"

"你们经常有人战死吗?因为杀戮?"

"是我们!"蚩尤纠正道,"包括泽部。寻雨大人,别忘了荒岩山的战争中,那些为了泽部而牺牲的战士。我们现在已经是一个整体了。"

寻雨神色一黯。自来到安邑后,泽部诸人的所住所食,无一不是仰仗了蚩尤。安邑人把最好的狩猎之地留给她们,划出最肥沃的平原供她们耕种,自己则到丘陵上去开垦梯田。

长流河支流,北溪中段的浅水平滩,一弯腰便能抓到水里游动的鱼,茂密的丛林中有丰富的药草与山珍,这些都给了泽部,从而令她们生活得更加轻松。

其间种种,寻雨怎可能不明白?

然而,这也是蚩尤无形中带给她的精神上的压力。比起来到安邑后便避而不见的襄垣,面前这魁梧的野蛮首领更令寻雨感觉难以应付。

蚩尤漫不经心道:"这里不再是荒岩山了。"

寻雨笑了笑,答:"对。"

蚩尤的话中之意,寻雨心里清楚得很。泽部要在长流河北岸长久地生活下去,与其他部族通婚是必不可少的前提。这些天来,常常到泽部村庄的安邑小伙子,与族中女孩们相处的情景,结下的情谊……都在催促着她做出决定。

打破泽部的通婚之禁势在必行,除非寻雨想让她的族人自然老死在这片陌生的土地上。

蚩尤说:"你对将来有什么打算?"

寻雨看了蚩尤一眼,而后问:"你呢?你对将来有什么打算?"

来到此地,寻雨有太多的话想问,然而她唯一算得上熟稔的襄垣却几乎从不出现。久而久之,反而是眼前这大个子跟她更熟络。

蚩尤道:"我的打算,是让长流河北面所有部落集结在一起,成为一个占据神州以北的联盟,包括你们乌族。所有人自给自足,生存,发展。之后再进军南方,一统神州,把他们联合起来。"

寻雨轻轻地说:"你正在这么做了。然后呢?"

"然后,"蚩尤淡淡道,"向那些支配我们命运的,住在洪涯境里的神祇宣战!"

寻雨不说话了。

蚩尤道:"天下大旱,千万部族朝着各自的神祇祈求,而他们给了人族什么?他们吝啬于一滴雨、一捧水!乌族在荒芜的乌海边缘栖息了三百余年,阎罗从未为他们改善过什么,甚至没有赐给乌衡一枚种子。"

寻雨忍不住开口道:"但据说女娲娘娘请求商羊大人与飞廉大人前来降雨……"

"是吗?"蚩尤打断了寻雨的解释,反问道,"那当你们一族遭受危险之时,商羊在做什么?伏羲制定天规,刻下上元太初历法,万物都需要在他的界定下运作。"

"长流河以北的部族不能逾越界限,涉足南方一步。他在长流河中注入神力,凡人若不慎喝下长流河水,便将陷入昏迷。我弟弟差点就因为这样而被水淹死!他让人们朝拜神明,但你看他给了我们什么?什么都没有给!我们依靠自己的双手,在这个世界上耕作,何曾承他半点恩泽!你见过他豢养的神仆吗?目光呆滞,就像一群草人般麻木……"

"你还记得陵梓吧?"蚩尤的声音低了些,注视着寻雨的双眼,"与襄垣一起长大的好兄弟,安邑的祭司。他死在他信仰的神手上,没有半句解释,那么轻轻一下就死了!只要伏羲愿意,他可以随时杀死所有的人,不需要任何理由。"

"那是因为……"寻雨喃喃道。

"你想说,那是因为陵梓冒犯了蓐收?"蚩尤说,"是吗?你觉得当时陵梓冒犯了他?"

寻雨沉吟许久,最终摇了摇头。

蚩尤道："襄垣知道，我们总有一天会与那些神对上！随着人族的繁荣兴盛，伏羲会用一场洪水，或者山崩、地震，抑或大旱，让我们全部死在这片土地上！他们就是时刻悬在凡人头上的一把刀，不知何时会砍下来。如同你坐在悬崖下，头顶是摇摇欲坠的岩石，不知它哪一天就会朝你砸下来！那种感觉你不懂。"

"我懂。"寻雨轻轻地说，"现在我就是这种感觉。"

蚩尤笑了起来，笑容中带着点难明的意味。

"我以为我对你们够照顾的了。"

寻雨与蚩尤的目光相接，缓缓道："你想得很多，也想得很远。听说你剿灭过许多部族，就在我们此刻站立的地方，这里的河对岸，曾经有一个合水部。"

蚩尤淡淡道："不愿意归附我，便只有死。"

寻雨问："你走过那么多地方，有没有听过一些很细微的声音？"

蚩尤不解其意。寻雨侧着头，闭上双眼，睫毛在银色的月光下轻轻一颤，说："就像现在，听。"

二人身周陷入漫长的静谧。一滴夜露折射着月光，落在花叶上。随后，旷野上千万朵靛蓝色的夜颜花纷纷绽开花瓣，传来沙沙声响。一阵微风卷着花香飞过草海。

寻雨睁开双眼，对蚩尤说："我们的信仰并非商羊大人，而是他在很久以前教给泽部的尊重生命的神谕。"

寻雨笑了笑："这世上每一个生命都有自己生存的权利，谁也不应该剥夺其他族类的生命。每一条鱼，每一朵花，山川岩石，草木虫鱼，万物兴亡都有它们自己的规律，并非伏羲可以界定。"

蚩尤道："可你们也吃鱼，吃肉。"

寻雨说："妈妈讲过，商羊大人教导我们，狩猎与耕种，还有捕鱼，是令我们活下去的唯一方式。在结束它们的生命时，必须心存感激。"

"……你看得很通透。"

"所以，我觉得神祇们对万物应当是一视同仁的。不特别偏爱哪个族类，也不会厌恶它们。商羊大人主雨，雨水化生万物，万物都在他的神力下成长。"

"既是如此，伏羲便不该定下什么天规！"

"那么你呢？"

蚩尤眉毛一扬。

寻雨道："如果你成功了，把所有部族都聚集在你的'剑'下，你会怎么要求他们，又会怎么要求你自己？"

蚩尤不说话了。

寻雨说："说到底，规矩由谁来制定，只不过取决于谁凌驾于其他的弱小种族之上。那不是我们泽部想要的。请回吧，首领。"

蚩尤笑了起来，眯起眼道："有意思！"

寻雨转过身，正准备沿着月光小径回村落去，蚩尤却道："如果我向你承诺，不会像伏羲那样呢？"

寻雨没有回头，却柔声答道："我不需要任何许诺。"

寻雨走了，蚩尤沿着旷野走进树林，茂密的树丛在夜里像无数张牙舞爪的怪物。

那个女孩一语道破了他的野心——连蚩尤自己都未曾发现

的野心。自己应该怎么办?这是他有生以来第一次觉得有点迷茫。

不周山的火,玄夷的预言,都从未令他动摇过。

但是,当蚩尤看见森林里一只萤火虫趴在树叶上,尾部微微发亮,吸引了草丛中的另一只萤火虫飞来交尾时,依稀竟有些茫然。

就像登山的人,提前碰上了一个旅者,告诉他山顶什么也没有……那么,是否还要继续朝上走?

同时间,月光小径的另一边。

流水潺潺,从安邑西边的湖泊流出的溪水淌过脚下,乌衡正专心致志地搓洗着几件袍子。

"你在做什么?"飞廉问道。

乌衡头也不抬,答:"给我弟弟洗衣服。"

飞廉有点疑惑地问:"洗衣服?"

乌衡说:"衣服会脏,所以要洗。你们神是不是从来不用洗衣服?"

"嗯……"飞廉看着乌衡拿起一根木棒在石头上敲打着衣服,觉得十分有趣。

乌衡抬头道:"我发现你的衣服好像从来不脏,要我帮你洗洗吗?"

飞廉说:"神的外袍是我们身体的一部分,不同的神力化作不一样的外袍。"

他身形一闪,布袍散去,瞬间化出闪亮的青色鱼鳞战甲。乌衡见了,眼中不禁现出惊奇之色。

"你曾经与人战斗过吗？"乌衡问，"上次忘记感谢你了！最后你和金神谁赢了？"

"没有。我学着祝融那家伙变的，他总喜欢捣鼓这些。蓐收跑不过我，我从来不和他们动真格……需要帮忙吗？我猜你要把它们吹干。"

乌衡莞尔："谢谢！我正打算晾衣服。"

飞廉打了个响指，数件外袍于轻风中扬起，被风吹干后轻轻落在溪畔的草地上。

乌衡说："飞廉大人，可以麻烦你到树后站一会儿吗？"

飞廉身形消失，出现在一棵树后，问："你现在又要做什么？"

乌衡脱下自己的外袍与亚麻里衣，解开系着头发的草梗，一头瀑布般的长发泻下。少女赤裸的身体在月色下犹如抹了一层油脂般美丽。

乌衡笑道："洗澡。好了。"

她浸于溪流里，坐在一块石头上，露出肩背，仔细地梳理头发。长发随着溪水载浮载沉。

她笑道："本来是……无所谓的，毕竟我们在你们眼中都是蝼蚁，无分彼此，但我……过不了自己心里这关。"

飞廉其实并不太懂乌衡话里的意思，然而他的眼中带着笑意，说："我明白了，现在你想把自己的身体洗干净。"

乌衡微笑："对。"

飞廉五指凌空一抹，立即有旋风卷起溪水，在乌衡身上冲刷起来，乌衡尖叫着大笑道："别乱来！不用你帮忙！"

夜色下的安邑，襄垣的居所。

襄垣仍在石桌前忙乎着，这次是做一串挂在剑鞘上的小珠子。缺乏最后的铸剑材料，令他十分无奈、烦躁，只得做些华而不实的小玩意儿打发时间。

"拿到了吗？"见蚩尤进门，襄垣期待地抬头。

"没有。"蚩尤答。

襄垣蹙眉叹了口气，什么也没有说，回到房内睡下。

蚩尤站了一会儿，捻掉油灯，也回房去躺着。

黑暗里，两兄弟都没有入睡。襄垣看不见，却知道蚩尤笑了笑。他冷冷问道："笑什么？"

"笑那个女孩。"蚩尤说，"看上去很笨。其实很聪明。"

襄垣道："明天我去找她要！"

蚩尤道："不，我再想想办法。睡吧，襄垣。"

翌日襄垣起来时，蚩尤已经走了。自回到安邑后，连着数月里俱是如此，蚩尤忙他的，襄垣也忙自己的，兄弟俩只在夜间才有短暂的交谈机会。

襄垣也并不觉得这样有什么奇怪，径自到冶坊去忙活。

接下来的几天，蚩尤都是一大清早便起来，夜间直至襄垣睡下时方回家。

如此一连数日后，襄垣在冶坊旁的溪边听到两只夔牛说话。

夔牛甲："今天晚上还去偷看吗？"

夔牛乙："是啊～"

夔牛甲："你说首领要什么时候才向她摇尾巴？今天晚上

会吗?"

夔牛乙:"是啊~"

襄垣听了这对话,大感迷惑。

"你们在说什么?"他忍不住问,"蚩尤摇尾巴?"

夔牛甲转身朝襄垣打招呼,说:"摇尾巴是我们的求偶方式。"

夔牛乙:"是啊~"

襄垣无言以对。

"他没有尾巴,朝谁摇?"襄垣问道。

夔牛甲:"他后面没有尾巴,前面……呃……或许他可以摇别的。"

夔牛乙:"是啊~"

襄垣更是无语。

襄垣回到冶坊内,锤炼一把刀。漫长的等待磨灭了他急迫的心情,也令他难得地静下心来,悉心研究铁与铜之间的嵌合之道。

他无聊时,将一块铁片翻来覆去地捶打,直至其表面布满密密麻麻的鳞纹,最终韧得像一段柔软而锋利的却永远也折不断的绫。

"你的铸魂石呢?"辛商的声音忽然在背后响起。

襄垣停了锤锻:"蚩尤去想办法了。"

辛商在一旁坐下:"要按我的法子,早就得到了。"

襄垣没有回答,辛商又说:"帮我锻把刀!小点的,女孩子用的。"

襄垣略微吃惊："什么样的？你也有心仪的女子了？"

辛商难得地莞尔。襄垣取过一个模具，将铁水浇铸进去，那个模子上有两个小槽。

"我在集市上发现了我娘从前的部落前来通商。"辛商说，"是滨海之州，碧鹬湾的沧澜部。里面有一个女孩，带来了不少漂亮的珍珠。你看。"

辛商摸出一把粉红的珍珠，交给襄垣。

"她送给你的？"襄垣把模子放进冷冽的溪水里冷却。

"她说了，下个月还会再来。"辛商道，"我决定问问她，让她留在安邑。"

襄垣笑了起来。他为辛商的愉快而真心感到高兴："我给她打一把'折刀'。"

辛商点头："这些珍珠都给你吧。"

襄垣摆手："我对这些小玩意儿没有兴趣，你收着吧。"

他把一片薄铁反复锤炼，淬火，二次锻冶。辛商坐在一旁看着，又问："铸魂石拿回来以后怎么用？"

襄垣沉吟片刻后道："我在不周山发现了一个法阵，说不定能奏效。"

辛商问："谁的法阵？"

襄垣答道："天地的法阵，或是造物主的法阵。天地初开的时候，不周山就在那里，这个法阵和造物主一样古老，它们叫它作'寂明台'。"

"谁？"

"龙。"

襄垣专注地锻打，仿佛在为这位兄长锤炼他未来的爱情。

铁片回炉，辛商又问："你见过龙？"

襄垣注视着炉火，说："不仅见过龙，我还见过它们的死亡……"

"它们临死前飞向寂明台。台周围的石阵暗合天地间某种生与死的秘辛，很古老……也很无从捉摸。在那个法阵中央的生命，死亡前的一刹那引动雷光，魂魄会直接被抽出来，三魂七魄一起，直接被抽离肉身……"

"你看到了鬼魂？"

"很惊讶吗？我不清楚这种法阵对人有没有用。如果有用的话，或许可以找一批战俘来试试……"

铁片出炉，襄垣抬眼看辛商，说："你能帮我找几个战俘吗？"

辛商蹙眉："牲畜行不行？"

襄垣摇头："……我自己去想办法吧。"

辛商道："我试试。"

铁片再淬火。黄昏时分，红光从窗口落入冶坊，刀锋依稀反射着淡蓝色的光芒。

最后一次磨砺之后，襄垣取过另一块手掌长的铁条，钻了个孔，辛商这才发现，那铁条竟是刀柄。

襄垣以铆钉将刀片与刀柄接在一处，熟练地调整、固定，做成一把折叠自如的小刀。

"太精彩了！"辛商情不自禁地赞叹道，"简直是鬼斧神工。"

襄垣笑了笑，又在刀柄上预留出嵌锋的凹槽，几次伸展、折入，反复调试。

"听说蚩尤这几天经常往泽部跑。"辛商道,"你不妨也做一把给他。这玩意换块破石头可值了。"

襄垣淡淡道:"他的好东西多的是。喏,拿去!"

辛商对那柄小折刀爱不释手,喜滋滋拿着走了。

襄垣长吁一声,收拾好工具,走出冶坊,听见溪边的两只夔牛又在交谈。

夔牛甲:"到时间了哦,去偷看吧。"

夔牛乙:"是啊~"

夔牛甲:"走吧,走吧。"

襄垣:"……"

两只夔牛笨拙地挪动着尾巴,朝溪流东面去了。襄垣蹙眉看了一会儿,打消了回去的念头,跟在夔牛身后。

夕阳西下,一轮圆月已开始绽放出温柔的光辉,夏日的晚风拂过平原,草叶的沙沙声此起彼伏。泽部村庄外的树林中,襄垣按下两只夔牛的头,让它们在草丛中藏好。

蚩尤与寻雨从村子里走出,沿着小径离开树林。

蚩尤躬身从路边摘起一朵淡蓝色的夜颜花。

"我需要一个女人。"他的手指上夹着那朵小花,递到寻雨面前,认真地说,"我该成家了,寻雨。"

寻雨注视着眼前的小花。

"襄垣也需要一个嫂子。"蚩尤道。

寻雨抬眼,低声问:"我能做什么?"

蚩尤说:"我与你,代表着安邑与泽部的通婚。你可以把铸魂石交给襄垣,告诉他你的想法,你这些天里对我提及的万物平等共处的思考，我相信他能明白。他的'剑'，不一定为杀戮而生，也可以用来保护大家。"

"你为什么不娶自己部落的女孩？"寻雨轻轻地说。

蚩尤笑了笑。他的笑颜英俊，带着无法抗拒的亲切，仿佛在那一瞬间，往昔沉溺于征战与杀戮中的战士离开了，更多的是背负了一名兄长、一个男人的责任。

寻雨似乎在等待蚩尤说什么，然而蚩尤并未说出那句话，末了，他只是轻声道："你更适合我。"

漫长的沉默之后，寻雨伸出白皙的手，从蚩尤指间接过那朵夜颜花。

"你可以和我一起，"蚩尤缓缓道，"令这个联合部落繁盛起来，并将你的理想、你所信奉的神谕推行于世。我尊重你的信仰，寻雨。"

寻雨沉默了一会儿，终于从腰包里掏出一枚绽放着蓝光的晶石，交给蚩尤。

"希望你能好好地使用它。"她说。

蚩尤答道："以后你有更多的机会，用你的双眼来看看。"

寻雨点了点头，嘴角带着一丝甜蜜的微笑。

蚩尤说："我先回去了，明天会带人来提亲。按你们的习俗，我需要准备什么？"

寻雨微微一怔，继而展颜笑道："我们也是……第一次与外族通婚，可能……嗯，并不需要准备什么，你过来就好了。"

蚩尤点头："早点休息。"说毕他握着铸魂石，转身沿小路离开。

寻雨拈着那朵夜颜花嗅了嗅,一股淡淡的芬芳在鼻间蔓延开来,沁人心脾。她转过身,忽见一名瘦削的男子站在夜幕低垂的泽部村口,不禁呼吸一滞。

襄垣冷冷道:"恭喜你!"

寻雨有些惊讶:"你……襄垣?你什么时候来的?"

襄垣的唇动了动,似乎在想用什么话来挖苦寻雨,然而终究改变了念头,改口道:"刚来,什么也没听见。"

"我……"寻雨说,"你想做的那件兵器,蚩尤都告诉我了。"

襄垣问:"他都说了什么?"

寻雨摇了摇头,欲言又止,而后道:"我觉得,'剑'只是一件死物,交在人的手里,才决定了它的用途。手中有剑,才能保护站在自己身后的人。"

襄垣依稀有点不认识寻雨了。她的眉目间似乎多了些难以言喻的淡淡哀愁。她与蚩尤仿佛离自己很远很远,就像奔腾的长流河水横亘于他们中间,蚩尤与她站在一边,而襄垣自己站在另一边。

寻雨抬眼端详襄垣。

襄垣微微眯起眼,那一刻似乎读到了她眼神中的复杂意味。

"我哥曾经想让我娶你。"襄垣淡淡道。

"嗯!不过我最近知道了一些事,不太想嫁给你了。"寻雨笑说。

"我也没动过娶你的念头。他居然打算自己娶你,也好,反正你嫁谁应该都一样的。"

"你……"寻雨微微喘息，感觉受到了极大的侮辱。

他们似乎不是一个世界的人了！襄垣忽然觉得，他自始至终都不了解蚩尤，更遑论只见过两面的寻雨。

由他们去吧！襄垣心想。

"他是否告诉过你……"襄垣很想看看寻雨听见生魂铸剑后的反应，然而不知为何，他又打消了这个念头。

"他告诉我……嗯……"寻雨轻轻地说，"你想收集安邑一族牺牲的战士们的英魂，觉得可以让他们留在你的'剑'里，守护这片土地。是这样吗？"

"……是的。"襄垣不无讥讽地说，"你果然很聪明！"

寻雨微微蹙眉，打量着襄垣。

襄垣说："祝你幸福。"

说毕，他绕过寻雨身边，侧头端详她，最后道："相信你会很钦佩我哥哥的，你们是一样的人。"说完，他的背影消失在黑暗里。

"祝你幸福！"一只夔牛摇头摆尾地蹦跶过去。

"是啊～"另一只夔牛附和道，笨拙地扭动躯体，追着襄垣离开。

三天后，蚩尤前往泽部迎娶她们的祭司。

乌衡笑吟吟地牵着寻雨出来。这是安邑有史以来第一次与外族间的婚娶，从此安邑与泽部将血脉互融，成为密不可分的一个整体，也将成为神州第一个联合部落的中心。

蚩尤的婚礼很简单，从泽部接来寻雨，而后便留在安邑。入夜，安邑与泽部、乌族所有人共同点起篝火，一场盛大的庆典在夏夜的平原上拉开序幕。

酒肉，烤鱼，击鼓，大肆畅饮、欢笑，泽部女人们的歌声高亢而嘹亮。蚩尤牵着寻雨的手，一路绕过篝火堆，挨个儿与战士们碰碗相敬。就连长流河对岸的不少部族也派出使节，前来参加这位最勇猛的族长的婚礼。

他们带来了猪、牛、羊，又以美酒祝贺他的部落发展壮大，福泽绵延后代子孙。

寻雨跪在最大的篝火前祷祝。她身穿曳地的靛蓝色绣花麻裙，长长的裙摆散开，像一朵朝着繁星和银河怒放的夜颜花。

蚩尤身着蓝色布袍，单膝跪地，与寻雨一同祭拜泽部的神明商羊。

晶莹的雨珠纷飞落下，燃烧的篝火渐渐暗淡下去，继而化为旋转的青岚冲天而起，伴着满天细雨与泽部诸人欣喜的叫喊。

柔和的细雨聚为人形，于遥远的高空一现即逝。

"商羊大人！"

蚩尤缓缓起身，在泽部欣喜的叫喊中仰望夜空。

篝火重新燃起，鼓声不绝，三个部落的居民在草原上跳起原始的舞蹈。那场狂欢一直持续到深夜。两族之间的婚禁解除，安邑的小伙子们各自找到自己的爱人，在夜幕下肆意畅饮。

寻雨被夔牛们拉走了，蚩尤喝得有点醺醺然，倚在一棵树下休息。

辛商坐在不远处的石头上，手中把玩着一把折叠小刀。

"那玩意儿是谁给你的?"蚩尤问,"看上去不错。"

辛商漫不经心道:"襄垣做的。我正在练习用飞刀扎进我爱人的心。"

蚩尤忽然就想起了什么,又问:"襄垣呢?"

辛商耸肩表示不知。蚩尤自言自语道:"从迎娶的时候就不见他的人了。"

辛商说:"谁知道呢?娶了个女人,把自己弟弟弄丢了?"

蚩尤尴尬一笑,头重脚轻地穿过树林。

长流河岸。

这里远离喧闹的婚宴,襄垣正抱膝坐在河岸的一块岩石上,看着河水出神。

河水正缓缓地奔流向东,星夜中,有无数光点在水下荡漾。蚩尤于襄垣身边站定,两人一同默默地望着河水,却不知该说些什么。

"你要的铸魂石。"终于,蚩尤打破沉默,从腰囊中掏出那块晶莹的石头。

河面的银光越来越盛,那是鱼群,铺天盖地的银鳐鱼在夏天顺流而下,入海产卵,冬天又逆流而上,游向洪涯境。

眼前的长流河已化作耀目的银色白练,数以亿计的银鳐鱼跃出水面,在深夜中划出一道道银色弧光,再度入水。

二人怔怔地看着鱼群迁徙。水流哗哗作响,令人犹如进入瑰丽的仙境。

鱼群过了好半天,一切才重归于寂。耀目的银光逝去,接踵而来的是无边的黑暗。

黑暗里，又有什么东西带着全身流转的蓝光浮出水面，在夜色里发出声响。

"鱼妇。"蚩尤道，"见过吗？"

襄垣缓缓摇头："第一次见。你从来不带我去打猎。"

那是一只足有三人高的巨大怪鱼，头顶长着一只眼珠，人头，鱼身。它将满布背脊的鳍尽数张开，于河面上载浮载沉，仿佛一叶天然浮舟。

婉转凄美的歌声缭绕在夜空下，尖锐却不刺耳，犹如一线细丝，若隐若现地在风里飘荡。

过了许久，另一只鱼妇出水。新一波银鳐群顺流而来，又是一波银光与暗夜的交替。

树林另一边，乌衡与寻雨坐在树下。乌衡笑道："明天你就要和蚩尤一起生活了。祝你生个可爱的孩子。"

寻雨小声道："乌衡，这些天里我一直在想一件事。"

乌衡说："怎么了？"

寻雨道："我怕我……生不出小孩的话，该怎么办？"

乌衡蹙眉："怎么会？"但说完她也想到了——寻雨所在的泽部，是从来没有和外族通过婚的，她们的新生儿都是从沼泽的气泡里抱回来的。

"你们这族，和外族通婚的一个都没有吗？"乌衡问，"我是说连'听说的'也没有？"

寻雨道："以前倒是听过，有个女孩和西南赤金族的人私奔了，据说还生了个浑身羽毛的孩子，但那只是传言……"

乌衡安慰道："那就没事。别怕，你和蚩尤都是正常的人，不会出什么岔子的。"

正说话间,两人感觉到有人靠近,便即噤声。

乌宇拨开树枝,走到树下,说:"乌衡,嫁给我吧!"

乌衡正在给寻雨摘下鬓边的花朵,闻言抬头看了他一眼。

寻雨笑了笑,起身提着裙襟,沿小路离开了。

乌衡转头打量起自己名义上的弟弟,口中说:"你长大了。"

乌宇道:"我为了娶你而长大。"

乌衡摇了摇头:"不,你该找更好的女孩……"

乌宇递出一朵夜颜花,低声道:"你就很好!乌衡,你为什么不愿意嫁给我?长老们让我来向你求婚,他们说你会答应的。如果你不愿意嫁给蚩尤的弟弟,那么就答应我吧。"

乌衡听到这话时不禁一怔,乌宇把花朝她递了递。

"长老们?"她说,"不,我……"

她静静地坐在月光下,明白了乌宇这番话的意思——三个部落住在一起,蚩尤娶了寻雨,而她乌衡,除了嫁给蚩尤的兄弟以外,便再无联姻的目标了。

她不可能嫁给襄垣,那么总要选择一个人成婚,乌宇是唯一的对象。

……

也许就该这样……

就是这样吧!

那个人,他的生命很漫长,她无权妄想什么。

乌宇把夜颜花插在乌衡柔顺的长发里,她轻轻地叹了口气,默许了他的求婚。

据说鱼妇是一种雌雄同体的物种。当求偶时,它们会竭尽全力展现自己最美的歌声,那种景象如梦似幻。

长流河畔，鱼妇的声音越来越高，缭绕于天际。据说鱼妇是一种雌雄同体的物种。当求偶时，它们会竭尽全力展现自己最美的歌声，那种景象如梦似幻。

河边，襄垣问蚩尤："为什么娶她？"

蚩尤微有点迷惑："你也觉得她不错，不是吗？"

襄垣没有回答。

蚩尤缓缓道："她教给我很多东西。在她心里，有许多想法是安邑人没有的，甚至是我从来没有想过的。"

襄垣说："但你欺骗了她，没有对她说实话。"

蚩尤不以为然道："只要我不说，一切对她而言就从未发生过。"

襄垣摇头："你最开始不是这么想的。"

蚩尤欣然点头，而后道："我只是想看看她会做点什么，实在不行，就把她杀了，但她的一些话吸引了我。拿着吧，她现在已经愿意把铸魂石交给你了。"

襄垣接过铸魂石："她的一些话……譬如呢？"

"譬如，"蚩尤若有所思道，"你刚刚看到的这些，和鱼妇唱的歌。"

襄垣眉毛一扬："按你从前的想法，现在应当回去召集族人，将这两只鱼妇杀了，挖出她们的眼睛，当作新婚之夜的礼物。"

"是的。"蚩尤笑了起来，"现在忽然觉得，这么听她们唱歌也不错。"

两只鱼妇在银光下缓缓靠近，彼此的声线纠为一股，和着长流河的潮汐起伏共振。那是直入所有人灵魂最深处的共鸣，犹如漫漫冰河解冻，静夜万千花开，繁星西落与晨曦破晓时的第一缕光缠绕于一处。

最终所有的银光都逝去了，她们沉入河底。

"断生呢？"蚩尤说道。

"正准备动工。"襄垣答，"办法已经有了，需要尝试。"

"襄垣，别把时间全花在你的剑上。比起这玩意儿，哥哥更愿你过得快活。"

"什么？！"襄垣简直不能相信这是蚩尤说出的话。

"襄垣，你还是没有明白！活着是为了找到自己，而不是为了失去自己，武力是为了保护，而非侵略。你可以继续，但别太执着。"

"什么叫别太执着？谁对我说过，让我把'剑'交给天地王者蚩尤？如今你把咱们说过的话当作什么？"

"襄垣！你的生命里，莫非就只剩下这个？"

襄垣眯起眼，冷冷道："你的雄心壮志呢？莫非你的生命已经变得贪生怕死，只图偏安一隅了？成婚后就连作战的勇气都没有了？"

蚩尤怒道："我贪生怕死？如果不是我保护安邑，你今天还会在这里？"

襄垣冷冷道："你能做什么？碰见一个女人就成了软骨头。安邑要依附于泽部了吗？让她的祭术来保护我们吧……"

蚩尤怒吼："襄垣，你不要太嚣张了！总有一天你会明白……"

两人的争吵惊动了不少人，安邑人、泽部人，纷纷站在树林边张望。

襄垣转身道:"那么就让时间来证明吧!分家,各做各的。"

他离去时固执的背影,犹如黑夜里一个孤独的行者,陪伴他的只有腰畔那块铸魂石,闪着陵梓灵魂的光芒。

章十六·摄魂夺命

麋鳌山双峰鼎立。

他想起了在创世火种处看到的那一幕——金色火海中,一座双峰之山崩毁,释出水与火的光环,整座山从中塌陷。

一模一样。

襄垣回到家,坐在门口沉思片刻,便进了屋,并动手收拾东西。

门外,蚩尤冷冷道:"上哪儿去?"

"搬走!"

蚩尤仍带着点醉意,问道:"你想好了?"

襄垣道:"哥哥,我们都有自己的事要完成!你忙你的,我忙我的,咱俩互不相干!"

在安邑,兄弟分家的情况并不多见,发生在襄垣身上则带着一点理所当然。篝火会后,吃饱喝足的族人们听见蚩尤的声音,纷纷围在木屋外,好奇地张望。

蚩尤动了真火,却终究没有再呵斥弟弟,只冷冷道:"你要做你的活儿,留在这里,我搬走!"

襄垣抬眼一瞥蚩尤,眉间带着淡淡的嘲弄之色。

乌衡上前劝说道:"襄垣别这样,大家热热闹闹地住在一起不是很好吗?前天寻雨还说舍不得离开她们的村庄,想让蚩尤……搬去泽部住,是蚩尤坚持要留在这里,与你一起生活……"

襄垣眉毛一挑,还来不及说话,一个声音已打断她的话:"乌衡……"

是寻雨来了。她换了一身简单的袍子,赤足站在月光下。

她静静地看着襄垣,眉目间满是惆怅,眼中蕴着一股淡淡的悲伤。

"我觉得这里很好。"寻雨说,"乌衡,别说了!我很喜欢安邑,也很喜欢这个家。"

蚩尤对襄垣道:"你不用搬,这里是陵梓为你建的新家,我走。"

他声音平静,却带着抑制不住的怒火。新婚之夜被三族之人看了笑话,这实在令他颜面无光。

"襄垣,你总有一天会明白的。"蚩尤说。

旁观的人都散了,乌衡在一旁小声劝了襄垣几句,蚩尤将自己的东西一件不剩地搬走,最后狠狠摔上了门。

门楣上缠着木槿花。根据安邑的习俗,新娘成婚后,午夜时便该迈过木槿花下的门槛,此举象征着家庭和睦,百子千孙。

现在这个家里,却只剩下襄垣一人了。

蚩尤搬到泽部,下令拆掉三族之间的围栏,说要从此三族亲如一家。

接着的两个月,夏季过去,秋天来了,漫山遍野都是金黄色,清风卷着枯草的香气吹过平原,令人心旷神怡。

秋天是收获的季节,也是族人们纷纷成婚的时候。乌衡与比她小三岁的族人乌宇举行了一场盛大的婚礼,蚩尤与寻雨亲自为他们主持。

婚礼前,乌衡还去敲了襄垣的门。襄垣的回复一如所料,拒绝出席。

她成婚的那天夜晚,天空中刮起大风。狂风吹起平原上的枯草,将它们刮得无影无踪。

那一夜,乌宇喝醉了。乌衡独自坐在溪畔发呆,这时飞廉出现在她身边。

"刚才,是你吗?"乌衡莞尔道。

飞廉说："是。你们在进行什么仪式？我看那里的人都挺高兴的。"

乌衡躬身道："我成婚了，飞廉大人。"

飞廉有些疑惑。乌衡笑了笑，解释道："成婚，一个男人和一个女人从此一起生活，繁衍后代……"

飞廉大约明白了，缓缓点头，眉眼间带着一丝失落之意。

"这个送给你吧。你生下的小孩，如果愿意的话，可以当我的祭司。"他递出一根闪烁着青蓝色的光芒的羽毛，又说："恭喜你们！我听他们这么说的。"

乌衡淡淡一笑，说："谢谢您，飞廉大人。"

飞廉松开手指，羽毛轻飘飘地飞向乌衡，旋转着插在她的鬓间，风神的身形化作千万飞絮掠向天际。

乌衡一声叹息，带着新婚的微笑，转身走向她的部族，她的未来。

襄垣每天都留在家里，偶尔也会去冶坊。他做什么，蚩尤不再刻意关心，只从辛商只言片语的说话中获悉弟弟的动向。蚩尤那夜的怒火已被时间冲淡，寻思着什么时候找个台阶、搬回家里住，抑或让襄垣搬过来。

父母已经死了，襄垣在的地方，就应当是他们两兄弟的家。

蚩尤实在是为这个既倔强又孤僻的幼弟伤透了脑筋。他就像梗在嗓子眼的一根鱼刺，怎么都拔不掉，放着又刺得疼。

襄垣从不过问兄长的行止，就连话也不对旁的人多说。

所幸寻雨的善解人意冲淡了蚩尤的烦恼。他诧异地发现，泽部也有不少能工巧匠。只是她们所擅长的与安邑几乎完全不同。

安邑人认为，所有的冶铁、木材以及矿石熔铸之术都是为杀戮与捕猎服务的，而泽部人擅长制造多种多样的手工艺品，她们将生活经营得十分精致。泽部人制作的东西都很小巧，如放在湖中养贝壳的小笼子、捉鱼的小篓，甚至织麻布的梭，还有挂在门外屋檐下的小木人、小石马和小石鱼，被风轻轻吹一下就会叮当乱响。

蚩尤想不明白这些东西有什么用，除了添个出门进门都必须低头的麻烦以外，几乎没有任何意义。

"夫君，帮我个忙。"寻雨轻轻说。她正用一个小锉子把铁片磨平，两头铆接起来，嵌在几根木杆上，"我的力气太小了，你帮我把它弯过来。"

蚩尤盘膝坐在矮案前，问："又做什么？"他接过铁片，拧动起来就像拧枯草般轻松。

寻雨支颐细想，说："能做得好看点不？"

"这样？"蚩尤将铁片拧弯，又拧直，几根缠在一起，拧成麻花状。

"啊。"寻雨笑道，"这样挺好看。"

她嘴角带着笑，埋头画了几条线，示意蚩尤照着做，最后夫妻俩一起把一堆木棍、铁片组装在一起。蚩尤蹙眉打量寻雨的工艺品，发现那竟是个没有顶的小木床。

寻雨笑了笑，轻推小床，它半圆的底部在桌上轻轻摇晃起来。

蚩尤问:"给谁睡?"

寻雨道:"给咱们以后的女儿。"

蚩尤道:"还特地做个床?"

寻雨揶揄道:"不做个小床给她,她以后怎么睡?难道和咱们挤一起吗?我可舍不得有人抢我的夫君。"

蚩尤忍俊不禁,取过那张小床,淡淡道:"小孩子……"

"……总会有的。"寻雨又埋头用炭条画另外一件东西,看上去像个兜肚。

那一刻,夫妻二人心头都升起一股温馨之意。蚩尤看着寻雨,指背拂过她的脸。

蚩尤说:"你怎么知道会是女孩?说不定是男孩。"

寻雨嗔道:"我可不想是个男孩,没事又跟着你学,打打杀杀的。"

蚩尤莞尔:"我已不再打打杀杀了!"

寻雨欣然点头,说:"外头的豆子发芽了,帮我拿点进来。"

蚩尤揭开叮叮当当的门帘走出去。门外的陶罐染着古朴的颜色,一场新雨后,其中放置的豆苗绿得像洗过一般。那是数日前蚩尤和寻雨一同亲手种下去的。

"拿一罐给襄垣吧。"寻雨道。

蚩尤沉吟片刻,提着陶罐,穿过安邑。

秋高气爽。族人们正将大批的麦秸堆成垛,一切看上去都井井有条,富足安宁。

襄垣的家离冶坊没多远,蚩尤推门进去,看到家中凌乱不堪,到处都堆着矿石与工具。

由于采光不足的缘故,房中很是昏暗。蚩尤把屋后的木窗打开,干爽的秋风吹进屋来,潮气散了不少。

他把装着豆苗的陶罐放在窗台上,总算给这个死气沉沉的家增添了一点生机。两间房里,蚩尤从前睡的床收拾得整整齐齐,而襄垣自己的床则是乱七八糟。

家里没人。

蚩尤走向冶坊,襄垣坐在熄火的熔炉旁,正安静地端详着手里的兵器——那是年初与北地合部开战时,襄垣亲手铸出、并交到蚩尤手中的第一把剑。

三尺六寸五分长,两指宽。

剑横搁膝前,剑身映出他古井无波的眼眸。

蚩尤站在冶坊外看了很久,襄垣始终没有抬头,就像入了魔障般,不闻外事。

蚩尤找来一个人,问道:"他通常这么坐着多久?"

那工匠答:"他……不吃不喝,一坐就是一天,有时甚至两三天……"

蚩尤蹙眉,进了冶坊,襄垣始终安静地坐着。

"襄垣。"蚩尤一手在他面前晃了晃,"襄垣!"

"襄垣,听得见哥哥说话吗?"蚩尤道,"你没事吧?襄垣!"

"滚!"襄垣不耐烦道。

蚩尤松了口气:襄垣还感觉得到外界。

"你这样不成!"

襄垣不予置答,仍是看着光亮的剑身,剑身映现出他的双

蚩尤愤然离去,冶坊内唯余阴暗的空间,一个人,一把剑。

眼与蚩尤的双眼，二人对视片刻。

蚩尤道："出去走走吧！秋天都来了，你再这么下去，迟早得失心疯。"

襄垣沉默。蚩尤又问："你还认我这个哥哥不？"

襄垣终于抬起头："你是谁？"

蚩尤道："蚩尤，你哥哥！"

襄垣淡淡道："你不是蚩尤，我认不得你。"

蚩尤蹙眉，襄垣道："我哥哥是天下王者蚩尤，你不是他。你叫'寻雨的夫君'，不是蚩尤，别认错人了。"

"你！"蚩尤几乎忍无可忍，而后冷冷地对他说，"你好自为之！"

说完愤然离去，冶坊内唯余阴暗的空间，一个人，一把剑。

几天后，辛商带着他的未婚妻来了。那是一名沧澜部的女孩。她收下了辛商的定情信物，同时惊讶于这柄小刀的工艺。这种小刀在沧澜部里是无法见到的。

蚩尤道："兄弟，你也打算成婚了吗？"

辛商让他的未婚妻自去与寻雨聊天，自己则盘膝在屋内坐下，笑道："嗯，刚去见了襄垣一面。"

蚩尤道："不错的女孩……襄垣说了什么？"

辛商取过酒罐，耸耸肩："什么也没说。"

蚩尤的问题没有得到期待中的答案。辛商说："你就这么与他拧着？起码去看看吧。"

蚩尤道："他过得挺自在不是吗？他的'剑'怎么样了？"

辛商答:"一句没提。"

蚩尤蹙眉:"该给他成婚了。"

寻雨与那沧澜部的女孩正在欣赏一串漂亮的海珍珠,闻言转头向着蚩尤道:"你该去和他谈谈。"

蚩尤深吸一口气,不置可否。

辛商怀疑地瞥了寻雨一眼。男人谈话,女人插嘴,这在从前的安邑极其罕见。

辛商的目光带着点敌意与嘲弄。那嘲弄的意味是如此明显,马上就令寻雨上了心,她不自然地避开辛商的目光。自从来到安邑,这人便从未与她说过话,但碍于他与蚩尤的关系,她又不得不对他保持着最起码的礼貌与客套——即使得不到对方的回应。

蚩尤最后说:"随他去,懒得管他了。"

辛商毫不避忌一旁的寻雨,对蚩尤说:"你变了,蚩尤。成家挺好,但你从前的霸气上哪儿去了?"

说着,他站起身,朝他的未婚妻吹了声口哨,像在唤一只家禽。那女孩笑吟吟地起身,与寻雨道别。辛商伸出宽大的手掌,攥着她的手,让她小鸟依人般地跟着自己回家去。

蚩尤被辛商戳中伤口,独自坐着喝闷酒。想起小时候,他从断生崖上把襄垣抱回来的那天晚上,尚在襁褓中的幼弟哭喊不停,发着低烧,他也不知该怎么办,好一阵手忙脚乱,幸亏最后襄垣命大,总算慢慢地活下来了。

然而襄垣就是一个常年发着低烧的虚弱的小孩,不管有没有人管他,总是好不了,却也死不掉。不管蚩尤去到哪里,这个拖油瓶般的弟弟总在那里。

蚩尤想着，终究心中有愧，正打算起身去看襄垣一眼时，听到村里有人喊道："怎么回事？"

"杀人了！"

"他在村子里杀人！"

村中一片混乱，夹杂着慌张的叫喊，蚩尤快步走出来，呵斥道："冷静点！哪里出了事？"

许多人从冶坊的方向跑过来，个个带着惊惶的神色，仿佛有什么恐怖的东西在背后追赶。一个女人惊骇得连话都说不清楚了，尖叫道："在那边！襄垣他……他……红光一闪，那些人就死了……就死了！鬼怪！他被鬼怪附身了！"

蚩尤心中一颤，马上以最快的速度冲向冶坊。

"襄垣！"蚩尤吼道。

襄垣站在空地上，周围摆放着大小不一的石头，地面用鲜血画了一个法阵，那血液不知是人的，还是家畜的，他的身周躺了几具被绳子捆绑着的尸体。

他的脸上带着奇异的微笑，双目中闪烁着近乎狂热的神采，周围的人似乎看到了什么不得了的场面，尽数惊恐退开。

"襄垣！"蚩尤冲进那法阵中。襄垣回过神来，本能地要躲让，却被蚩尤推翻在地。

蚩尤抓住襄垣，盯他的双眼问："你怎么了？襄垣！"

襄垣竭力推开他，愤怒地吼道："我没事！"

蚩尤说："我是谁？襄垣，回答我！"

襄垣眉目间充满了戾气，不认识般地打量着蚩尤。许久，那声"哥哥"终于还是没喊出口。

"你是寻雨的夫君。"襄垣嘲讽道。

蚩尤知道襄垣没事了,顾不得扇他耳光或是拉走他,转头看了一眼那个法阵。

"这是什么东西?"蚩尤指着法阵,问道,"你最好现在就给我解释清楚!"

襄垣冷哼一声,没有说话。蚩尤看到一个胆子大的族人,站在对街屋檐下,还没跑远,便揪着襄垣走过去,问:"他做了什么?"

"那那那……那些奴隶。"族人心有余悸道,"襄垣让他们跪在石头圈里,拿着个石头模样的东西,闪了下光,那些人就像是魂被……被吸了出来……一眨眼全死了……"

襄垣不自在地挣脱蚩尤的大手,说:"这是我铸剑用的,叫血涂之阵。你不懂就别管!"

蚩尤喝道:"你在说什么!这到底是搞什么邪术?太危险了!"

寻雨闻讯赶来,站在街头,身边聚了一群女人,远远地看着。蚩尤推了襄垣一下,把他推倒在地上,朝他大吼道:"这玩意儿迟早会把你自己也弄死!"

襄垣冷淡道:"跟你没关系。"

辛商也从村子北边赶来,见蚩尤踹开血涂之阵周遭的石头,便上前拉起襄垣。蚩尤把血涂之阵踹得七零八落,又去冶坊内提了桶水,出来冲洗地面。见此情景,襄垣马上就暴怒起来,他挣脱辛商,上前试图推开蚩尤。

"别碰它!"襄垣吼道,"我的事不用你管!"

蚩尤力大,回身把襄垣推了个趔趄,两兄弟在泥水里滚作一团。辛商见蚩尤要动真格的了,忙过来劝架。

"蚩尤!"辛商道,"别冲动!"

原本站在一旁的寻雨也连忙过来,分开他俩,焦急道:"蚩尤!你怎么能打你弟弟!"

寻雨拉开蚩尤,辛商则拽着襄垣到一边去。蚩尤一脸污泥,沉声问道:"这些奴隶是谁给你找的?"

寻雨先前只以为是襄垣打昏了人,现在才注意到躺在地上的全是尸体,身上没有伤痕,也没有中毒迹象。这些人竟然就这么无声无息地死了!她只觉背上一阵寒意。

"襄垣,这些人都是你杀的?"她难以置信地问。

襄垣没有回答,目光中充满了愤怒与无奈。辛商道:"我交给他的,都是战俘。没关系,蚩尤。"

"你知不知道他做了什么?"蚩尤吼道,"战俘也就算了!万一自己也死了怎么办?!"

辛商劝说道:"我保证盯着他。"

蚩尤一指襄垣,冷冷道:"管你什么阵!在我的地盘里,就不许你再碰这玩意儿!"

他抹了把脸,憋屈地出了口气,看也不看弟弟,转身离去。

当夜辛商过来。见蚩尤坐着喝闷酒,辛商道:"他自己有分寸,不会被那玩意儿吸走魂魄的。"

蚩尤把酒罐重重一放,说:"你去把铸魂石收回来。"

寻雨正在内间缝补白天蚩尤撕破的衣服,闻言不由得心惊。

"他用铸魂石这么做的?"寻雨放下衣服,起身问道。

辛商不理会寻雨,只朝蚩尤道:"你既答应了给他,又怎么能拿回来?"

蚩尤道:"我就这么一个弟弟!辛商,当年我把他从断生崖上抱下来……"

辛商打断了蚩尤的话,说:"襄垣自己比你更清楚。他想为你做点什么,他不想当个废物。我问了他,他告诉我那个尝试是成功的,只要人不站在血涂之阵里就不会有事。"

蚩尤道:"不行……这也太危险了!"

寻雨忽然在旁插话道:"战俘也是人,怎么能随便说杀就杀?"

蚩尤望向寻雨的眼中带着责备与不悦,说:"寻雨,这是我们兄弟间的事,你能不能给我留点面子?"

寻雨心中涌起突如其来的愤怒,不再和蚩尤说话,回到里间去了。

辛商忽然就笑了起来,说:"在我面前,你要讲什么面子?"

蚩尤被这么一折腾,真是既憋屈又窝火,长出了口气。他说:"你不能再给他俘虏与奴隶了!让他规规矩矩地铸刀,别再走歪道。"

辛商道:"嗯,我知道了。我会派人看着他,不让他再捣鼓那个法阵。"

不知是辛商去说了什么,还是襄垣已经达到了尝试的目的,此后冶坊那边安分了不少。蚩尤去过几次,远远看着襄垣,襄垣已经恢复如常,除了不与兄长交谈,其余打铁、淬火等事一切照旧。

秋收来临，安邑的一切都与襄垣毫无关系。秋收过后蚩尤带着大批族人出去打猎，最后在漫天飞雪时回来。

北冥之池的千万头鲲出水，喷发出幕天席地的冰岚，严冬来到了。

寻雨迟迟没有怀孕，比她更晚嫁入安邑的泽部女子都已经三三两两传来怀孕的喜讯。虽然她竭力回避这个问题，然而泽部女人们的议论还是传到了蚩尤耳中。她们认为蚩尤造的杀孽太重，或许会导致他终生无嗣。

每次看到别人家的小孩时，寻雨总有点神色黯然。她劝蚩尤不要再杀人，蚩尤也接受了，偶尔有在集市上捣乱的外族之人，俱是责罚数十鞭再赶出去。他尝试着和平地看待许多问题，寻雨如同一缕清风，为他带来了充满清新气息的生活，也从某个层面上改变了他。

然而他终究是没有孩子。族人们都在私下议论纷纷，蚩尤颇有点不耐烦，却也只好随他们去。

他与襄垣那天吵架之后，两兄弟再没有碰面，襄垣从没找过蚩尤，蚩尤也不再去自讨没趣。

一股埋藏已久的欲望在蚩尤心中蠢蠢欲动，说不清，道不明，仿佛被压抑着的天性左冲右突，在寻找着宣泄的突破口。

这天，族人们正在雪原上围捕一头鹿。那头雪白的母鹿行动不便，被射伤了后腿，一瘸一拐地逃进树林中，呦呦地叫着，似在哀求。

蚩尤赶了过去，见母鹿肚子滚圆，显是怀着胎。他叹了口气,随手摘了片树叶,喂给它吃,眼神中流露出复杂的意味。

"走吧。"蚩尤道。

身后的人跟着过来,一人愕然道:"首领,不杀它?"

蚩尤道:"怀着胎呢,放它一条生路吧……"

话未完,倏然间一箭飞来。那箭来势极快,箭镞掠过蚩尤的脸,留下一道伤痕,流出的血滴落在雪地中,蚩尤立刻反应过来——被偷袭了!

"什么人?"部众纷纷怒吼。

连珠四箭再袭,蚩尤迅速抽刀,一躬身,飞也似的掠进树林,数息后追着一人冲出树林。前头那人边跑边放箭,蚩尤则是一边躲一边追,两人间的距离不断拉近。

那刺客在雪地上绕了一圈,飞身跃起,于半空中引弓欲发。就在这一刹那,蚩尤扬手,掷出长刀!

刺客堪堪拉开弓弦,锐利的弯刀直飞而来,掠过他的左臂,爆出一蓬血雨。断臂飞出,刺客摔在雪地上。

安邑部众发一声喊,俱是为蚩尤叫好。

蚩尤摘下面具,上前拾起刀。

刺客在血泊中不住抽搐。蚩尤以刀拨开刺客的面具,依稀觉得面容有点熟悉,心知此人多半是来报仇的。然而这些年里他杀过太多的人,根本记不清这人是谁。

"报上名来。"蚩尤淡淡道。

刺客痛苦地咳了几声,艰难道:"你……可记得……死在龙渊……断生崖……"

蚩尤道:"想起来了。天吴的儿子吗?你们一族还活着?"

刺客不住喘息。蚩尤随口说:"滚吧!回去告诉你的族人,珍惜小命，别妄想来报仇。"

刺客却不罢休："……你……你快完了……你迟早会死在仇家的手下……你已经是只被拔了牙、割了爪子的老虎……"

蚩尤眯起眼，眸中闪过浓厚的杀意。

他站在雪地里，忽然就想起临别前寻雨的嘱咐，也想起了被襄垣一炉铁水、浇下万丈深渊的天吴……天吴居然也有儿子！

若是自己死了，来日儿子说不定也会为自己报仇……蚩尤收刀归鞘，没有再说什么，转身离开。

那刺客屈辱地大吼一声，拼着全身力气跃起，从背后朝蚩尤扑来，竟想与他同归于尽！

蚩尤拔刀，眨眼之间，刷刷两下雪亮刀锋划过，将那刺客砍成四块，之后冷漠地抽身后退。

哗地一声，鲜血爆了满地。

再次收刀的那一刻，流淌的鲜血与四分五裂的尸体仿佛唤醒了他灵魂中的一股冲动。

被拔了牙、割了爪的老虎……那句话在蚩尤心内不住回响。

"回去吧。"蚩尤转身下令，"回安邑！"

寻雨正在村口张望等候。寒风中，猎队终于归来。

蚩尤摘下额前的骨制面具，淡淡道："等很久了？家里没事吧？"

寻雨说："辛商要成婚了，过冬的粮食也安排好了，都等你回来呢。"

蚩尤命人将猎物分发下去，又道："把这个送去襄垣家里。晚上给辛商办喜事，让他必须来。"

那一夜大雪忽至。雪花纷纷扬扬，天地一色，但这些阻止不了安邑人的热情。

河岸两旁点起大堆的篝火，男人女人们围在一起，欢庆过去一年的丰收与英勇的首领带来的猎物。

辛商和他的妻子绕着河面中央搭起的、一丈高的篝火台转圈，向大家遥遥祝酒。

所有人欢笑畅饮。现如今，安邑的居民越来越多，三部合并后，又有许多弱小部族前来投奔依附，使安邑的人口已有近两万人。

襄垣远远地站在篝火外围，遥望带着笑容祝酒的辛商。他观看了很久，直至河岸两侧所有人都高举酒碗，大声祝福。

襄垣也做了个举碗的动作，虽然手里没有酒。

"祝你过得快活，兄弟。"襄垣道。

蚩尤的声音在他身后响起："我以为你不会来。"

襄垣转身，淡淡道："辛商就像我的哥哥，怎么能不来！"

蚩尤扬眉，襄垣不再说什么，侧身离去。

兄弟错身之时，蚩尤道："别来无恙？"

"无恙。"襄垣答道。

蚩尤又道："我有几句话想问你。"

襄垣道："你又想说什么？嫌我浪费你的粮食了？别再打算说服我，寻雨的夫君。我不可能明白的！省点力气，回家去陪你的寻雨吧。"

襄垣转身离去，蚩尤安静地站在雪地里。弟弟没有像他许久前说的那样"明白",而蚩尤自己,反而有些不明白了。

那天夜晚,引魂石散发着淡淡的光,仿佛有什么东西在里面轻微搏动。

襄垣放下工具,诧道:"陵梓,是你吗?"

"是的。"一层淡淡的光幻化出陵梓的模样。

襄垣笑了。他说:"你果然还在!今天辛商成婚,你看见了吗?"

陵梓抿着嘴角,说:"你看见的我都看见了,用你的双眼,你的双耳。"

"你会留在这世间?"襄垣道,"等等,陵梓!"

他起身的瞬间,陵梓的模样突然散去,化作无数光点,没入引魂石中。

翌日,寻雨与不少人在门口分兽皮,蚩尤坐在家中喝酒。偶有安邑人看着蚩尤的神色,觉得他仿佛和从前不太一样了。

蚩尤提着酒罐喝了一口酒,思索着是从什么时候开始,族人们看他的表情不太一样的。

寻雨为人亲和,但也免不了被人议论。安邑族人不太买她的账,只认蚩尤这个族长,她的族人倒是与她十分亲近。

蚩尤看着在屋外用竹箭追射一只鸡的孩童。寻雨上前摸摸那孩子的头,示意他到别的地方玩,不要欺负家养的动物。

前几日狩猎时砍碎那刺客的一幕又涌上心头,鲜血与杀戮的滋味令他不住回味。他捡起一片碎陶,很想扔出去,贯穿那只鸡的身体,令它爆出一地血。一种说不上来的感觉在心里蠢蠢欲动。

寻思片刻,他又放下陶片,心道:算了,免得被寻雨啰唆!平日里,如果寻雨与他有言语不合之处,他也从不大声说话,更不争吵,只是表现得神色黯然。自己仍是喜欢她的,否则也不会在乎她的想法,不知不觉便处处顺着她了。

心里忽然生起一股说不出的厌倦,蚩尤把酒罐重重蹾在桌上。响声惊动了门外的人,她们簇拥着寻雨到另一边去,安邑人则静静地走开了。

蚩尤出门,穿过村落,前往襄垣的冶坊。

冶坊前,襄垣收拾好一个包袱,正待出外,看了蚩尤一眼。

蚩尤蹙眉道:"又要走了?"

襄垣从他身边经过,微微躬身,而后挺直背脊:"寻雨的夫君,后会有期。"

蚩尤不理会他言语中的嘲讽,问:"你去何处?"

襄垣道:"辛商已经成婚了,这里没什么可留恋的。我去铸我的剑!"

说毕,襄垣孤零零地离开村庄,消失在漫天风雪里,如同六年前他穿过断生崖下的龙渊,没有留一句话,就这么走了。

"蚩尤!"有人喊道,"寻雨找你!"

蚩尤摆手,快步跃上冰封的河岸,追着襄垣的背影而去。

襄垣踩着厚厚的积雪,艰难地跋涉前行。天气太冷,他冻得嘴唇发白,似乎随时会倒在雪地里。

雪积了足有一尺深,襄垣的脚印通向遥远的东北方。蚩尤顺着他的脚印追随而来,兄弟二人离了近百步远,一前一后顶风而行。

"襄垣!"蚩尤的声音不大,带着难得的犹豫,"你又想去哪里?"

襄垣没有听见。二人逆风而行,蚩尤的声音很快就被吹散了。

蚩尤始终对那名唤"血涂之阵"的东西抱着警惕与忌惮,生怕襄垣会在无人照看的情况下死于非命,又或者是自不量力地去抓人来吸魂。他必须看住自己的弟弟。

襄垣一路上都没有回头,执拗地一直朝东北方向走着。

天色近午,他们已走出安邑很远很远。

襄垣停下休息,蚩尤也在距他百步开外的地方坐下。二人一前一后,襄垣似乎并不知道兄长一直跟在他的身后,而蚩尤也没有再开口,只是盯视着远处弟弟瘦削的背影。

跋山涉水,经过苦寒之地……青松林立,盐湖荒芜广袤,错落的岩石带着血色。越朝东北走,地气竟是越热,沿途黄土化红,红土变黑,黑土地最后聚合为反射着日光的、滚烫的黑色岩石。

徒步行走了近三个月,最后襄垣来到一片荒芜的土地尽头,那里屹立着一座高耸入云的双峰之山,两山中央深深地凹陷下去。

生翼的妖兽穷奇在天空展翅翱翔,红色泥沼中,蛇身鸟头怪物大声嘶叫,互相缠斗。

襄垣在山脚停下脚步。

麋鏊山双峰鼎立。

他想起了在创世火种处看到的那一幕——金色火海中,一座双峰之山崩毁,释出水与火的光环,整座山从中塌陷。

一模一样。

襄垣虽然已是疲惫不堪,仍是于山脚下四处寻找着什么。他曾经在游历神州时来过此处,知道山脚下有迁徙远去的人们废弃的房屋。

他找到一间以岩石搭建的民居,吃力地将熄火已久的熔炉打开,并将绳索捆在大筐的煤上。此地的居民曾经在麋鏊山内开采出煤这种燃料,但未来得及使用便离乡背井。

接着,他忙活了整整一天,将十大筐煤拖进废弃的冶坊,并简单搭了个床,方躺在床上歇下。

蚩尤跟到麋鏊山下,目睹了襄垣所做的一切。他没有现身,只在山坡上选了一棵参天大树,躺在树杈上吃了一点干粮,之后他的目光穿过重重树枝与树叶,投向在废弃村落中落脚的襄垣,察看对方的一举一动。

第一天,襄垣将煤炭分类拣出。

第二天,襄垣开始清理熔炉,矿石、煤渣扎得他满手是血。他把废料拖出村外不远处,倒在一个坑里,回来时已筋疲力竭。

第三天,襄垣磨砺铸刀的石头,并清理整个冶坊,从村外打水回来,擦洗熔炉。

第四天,一切终于收拾停当,襄垣解开他的包袱,里面是那把在龙渊为蚩尤锻冶的半成品剑。

他对着那把剑，整整坐了一天，目光专注，仿佛置身远古的战场，风声与妖兽的嘶鸣离开了他的耳鼓，眼中只有满布奇异纹路的兵器。

襄垣看了一整天的剑，蚩尤则远远地看了一天襄垣。

在蚩尤的印象中，还是第一次见到这样的弟弟，他似乎从未了解过他。

源风中裹着的水、火、金三系神力载浮载沉，缓慢旋转。

引魂石在他的身边绽放着淡淡的蓝光。

襄垣摸出铸魂石，把原矿和晶石放在一起比较，自言自语道："陵梓，我要开始铸剑了，现在只剩下你陪着我。"

落锤的那一刻，叮的一声轻响，细微清澈，却荡气回肠。

那声音穿越重重云层，传入沉睡的衔烛之龙耳鼓中。它在睡梦中短暂醒来，却没有睁开双眼。

许多年后，有关龙渊之剑的传说在后世流转，工匠们尊称襄垣为不世出的天才，古往今来最强大的铸剑师。神祇源力固然重要，更珍贵的是他传下来的"血涂之阵"。

襄垣死后，阵法虽早已遗失，成为工匠们记忆中的残片，然而单靠这残片拼凑起来的残缺不全的阵法，就足以令龙渊铸冶之术独步天下。

安邑。辛商成婚的次日，襄垣与蚩尤一同失踪了。

寻雨在家里等了很久，蚩尤也没有回来，也无人报信。她朝安邑的族人问道："从前蚩尤经常这样吗？"

有人回答她："很少。六年前失踪过一次，是出外寻找襄垣。"

寻雨坐不住了。然而皑皑冰雪覆盖了中原大地，她又能去哪儿？

她请求安邑的小伙子回龙渊一趟，去寻找这对兄弟。但没有人听她的话，在他们眼里，寻雨只是蚩尤的女人——为蚩尤延续后代的人，而非"首领夫人"。

寻雨只得作罢，终日倚着门出神。

冬夜漫长，无事可做，她就与乌衡、辛商的妻子姜姬围着火炉，纺纱织布，揉麻结绳，整备开春时要用的渔网。

蚩尤不在，集市上是辛商负责看着。这名声望不逊于蚩尤的勇士担负起了临时族长的责任，却不派人去寻找蚩尤与襄垣，就像没事人一样。

寻雨很不能理解安邑人的思考方式。

某天，三个女人在姜姬家里闲聊。姜姬已经怀孕了，小腹微微隆起，一脸幸福的表情，乌衡在织网，寻雨在穿一串豆子。

姜姬朝乌衡笑着说了句什么，词不达意，磕磕巴巴，又指了指寻雨。

寻雨道："她说什么？"

乌衡笑着说："她说，辛商和蚩尤是换刀的弟兄，你们的孩子，如果是一男一女，可以结为夫妻……"

寻雨欣然点了点头。

乌衡为人热情，与姜姬在一起的时间久了，教给她长流河一带方言的同时，也学会了沧澜部的语言。

"你和辛商是怎么交流的？"寻雨忽然有点想不通。这对夫妻语言不通，从认识到成婚，只用了短短几个月，这样真的了解对方吗?

"笑。"姜姬言简意赅地解释道,继而与乌衡一起爽朗地笑了起来。

寻雨不禁莞尔。姜姬又说:"他妈妈……也是……嗯。"

寻雨明白姜姬所指。蚩尤告诉过她,从前辛商的父亲在一次劫掠中救出一个沧澜部的女奴,便是辛商之母。

那沧澜部的女奴生下了辛商。在安邑,奴隶的孩子本不受重视,然而辛商勇武能干,逐渐赢得了部族的尊重,反而没有人再提他的出身了。

乌衡说:"他们一族信奉赤水女子献大人。"

寻雨缓缓点头,问:"那位大人是一个怎样的神明?"

姜姬咬字不甚清晰地说:"女战神。"

寻雨不太理解。乌衡解释道:"赤水女子献大人是传说中的女战神,能制造蜃气。姜姬他们的部落从前被称作'蜃族'。"

姜姬牵着乌衡的手去摸自己的脊椎末端,边笑边说着什么。寻雨十分好奇,问:"有什么特别的吗?"

寻雨也伸手去摸,摸到姜姬背脊最下方,有一个微微的突起,像一小截不明显的突出尾骨,当即明白了。她们的族人原先被称作蜃族,自与蜃有着渊源,经历了演化,身上却还保留着些微特征。

乌衡诧异道:"你会吐蜃气吗?"

姜姬笑着摇头,明亮的双眼注视着她们,又指指自己的肚子,说:"小孩子,说不定会。小乖乖。"

三个女人一起笑了起来。寻雨不禁想到自己与蚩尤……有朝一日自己怀孕生产，会是男孩还是女孩？

如果是女孩，又会有怎样的能力？

万一……她无法怀孕呢？蛊尤该怎么办？

乌衡与姜姬的笑闹声停下了，姜姬似乎明白寻雨心里所想，安慰了她几句，就进屋去取东西去了。

寻雨自嘲地笑了笑。乌衡道："我都没有呢，你急什么？"

寻雨揶揄："真的没有吗？你多半是一脚把乌宇弟弟给踹下床了吧！哈哈哈……"

乌衡抬手来拧她，此刻姜姬笑吟吟地拿着两件东西出来，分给乌衡与寻雨。

寻雨的笑容登时就僵住了。

姜姬还没注意到她的表情，笑着说："给，小孩。"

乌衡道："面具？有什么用？"

"小孩子会来，会健康。"姜姬笑说，拉起寻雨的手，把其中一个面具塞到她手中。

乌衡饶有兴味地问："还有这种东西？怎么没见他拿出来过？"

姜姬答："箱子里，我看见。问他，他说。"

乌衡明白了，定是姜姬在家里收拾东西的时候翻出来的，而辛商则告诉她，这些面具能护佑小孩出生后健健康康，茁壮成长。

乌衡说："谢谢，我会收起来的……寻雨？"

"寻雨，你还好吧？"乌衡不安地问。

寻雨眼神空洞，双手发抖。看见那面具，她乌黑的眼眸里立刻映出那天夜里张牙舞爪带着血痕的面具，那狰狞的笑容似在嘲弄她的愚蠢与无知……

姜姬慌了，忙抬手试她额头，却被寻雨轻轻挡开。

"怎么了，寻雨？"乌衡焦急地问。

寻雨梦游般摇头，拿着面具离开，回到自己与蚩尤的家中。

乌衡正不知该不该跟去，辛商却回来了。他瞥见乌衡手里的面具，当即不悦地皱起眉头，舌头抵着下唇舔了舔，眯着眼不吭声。

"这是做什么用的？"乌衡隐约察觉到什么。

"祭祀。"辛商眉毛一扬答道。

乌衡半信半疑地点头，告辞出门。

乌衡刚走出几步，便听见屋中传来一阵斥骂声，以及姜姬的尖叫与哭声，似是辛商对姜姬动了怒火……她不由得一阵心寒。

寻雨回家便不吃不喝，当天就发起了高烧。

翌日，乌衡终归放心不下，来寻雨家探望，见脸色苍白的寻雨躺在床上，床头放着面具。乌衡隐约感觉到坏事了。

"你到底是怎么了？"她焦急地问，"这个面具有什么问题？"

寻雨眼神空洞，只是神情绝望地摇了摇头，无论乌衡怎么追问，始终一句话不说。

乌衡无奈地离开，上门去找辛商，问："现在安邑究竟是谁在管事？"

"我。"辛商道，"又怎么了？"

乌衡道："寻雨生病了，得马上把蚩尤找回来！"

辛商嘴角扬起一抹嘲讽的微笑，说："你一定会后悔的。"

"你这叫什么话！"乌衡一怒而起，站在辛商对面，质问道，"蚩尤的妻子生病了！现在什么也不吃，族长和襄垣不知道去了什么地方，你就这么放任不管？"

辛商抬手，轻轻推开乌衡，扬眉道："蚩尤的决定我无权干涉，你也是。乌衡，别逼我动粗，你不是我的对手。"

"你……"乌衡强忍下心中的怒火。

她走出村落，寻思着让几个族人去找蚩尤他们，但天大地大，此时又值大雪封路，在神州大地寻人无异于大海捞针。

蚩尤和襄垣究竟去了哪里呢？苦恼之中，乌衡经过一间矮小的土房，忽然就留了心。

她走到土房外，朝窗内看了一眼。那是一间牢房，潮湿冰冷的地上坐着一个人。

自她对这间牢房有印象伊始，就没有人朝牢里送过饭。然而那人还活着，正盘膝坐在地上，就着窗外投入的昏暗日光铺开满地算筹。

"走开。"囚犯淡淡道，"你挡着光了。"

乌衡蹙眉问："你……为什么被关在这里？"

囚犯答："别管我，快逃命吧，安邑已经时日不多了。"

乌衡静了一会儿，说："你犯了什么罪？"

囚犯道："因为我讲实话。"说毕抬起头，与乌衡对视。

乌衡方看清此人正是在洪涯境有过一面之缘的安邑祭司玄夷。

"他们竟然把你关押在牢房里？"

玄夷没有回答，乌衡马上转身去找人，想问个究竟。蚩尤不在部落里，寻雨重病，其他族人都说不上话，她只得再去找辛商。

所幸辛商还是知道轻重的。虽与乌衡、寻雨二人的关系都不太融洽，毕竟他的妻子与她们是好友，况且蚩尤走了，放着他重病的妻子不管也说不过去。

"出来吧。"翌日辛商打开牢门，朝玄夷道，"又到你发挥作用的时候了。"

玄夷拖着饥疲的伤体，给寻雨看了病。

"心病。"他木然道。

乌衡说："她不吃不喝，已经快三天了。"

玄夷看了榻边的面具一眼。乌衡又问："你能找到蚩尤吗？"

玄夷坐下，以算筹推演片刻，而后缓缓道："东北，鏖鳌山。"

乌衡一阵风般离开："我让辛商带人去找他们！"

玄夷在算筹上添了一根蓍草，淡淡道："他不能去！安邑即将有外敌，蚩尤不在的消息已经传开，马上就会有敌对部族前来劫掠，辛商一旦离开，安邑将面临被灭族的命运。这一劫若能撑得过去，还能苟延残喘些时日。"

乌衡惊道："什么时候？"

玄夷答："便是今晚。"

章十七·恩断义绝

  他为她做了这么多,封了他的刀,几乎忘记了充满杀戮与血腥的生活,放弃了他与襄垣的约定……换来今天结结实实的一巴掌,当着两族人的面甩在他的脸上。

麋鏖山山脚处，倚在树杈上的蚩尤怀疑地眯起眼，打量着远方破屋内正仰头喃喃自语的襄垣。在他的眼中，襄垣就像是在对着空气说话，又像是在对着他们的那把断生说话。

"……所以呢？"襄垣问。

钟鼓答道："所以当你拿着一把以他们的骨血本源制造出的'剑'，去尝试挫败他们，结果可想而知。"

襄垣沉思片刻。钟鼓淡淡道："我说得很清楚了，你用以铸剑的源力来自金雷神君蓐收、烈火之神祝融，这些神力最终都将成为你那把'剑'的一部分。以五行之神的力量来对抗他们本身，就像我交给你一口龙息火，你再用它攻击我，根本没有任何实质效果。"

襄垣沉默了。

钟鼓忽道："树上那人是谁？"

襄垣道："……是我哥哥。"

钟鼓问："哥哥？"

襄垣答："同一对父母生下来的。你没有兄弟吗，钟鼓？"

钟鼓有点迷茫，摇了摇头，说："我没有母亲，但有父亲。"

襄垣微微侧头，控制着自己不朝蚩尤藏身之处看。那日他对着剑坐了足足一天，钟鼓不知何时出现于他身后，二人简短交谈后，钟鼓便发现蚩尤在一旁窥探。

钟鼓接续话题道："我是独一无二的。"

襄垣淡淡说："……我其实也是。"

钟鼓道："好自为之。"继而朗声长啸，化作点点赤芒消散而去。

钟鼓消失后，襄垣又发了一会儿呆，才对着炉膛开始生火。这时蚩尤的声音身后响起："你刚刚在跟谁说话？"

蚩尤会出现在这里，襄垣毫不意外，也不想多说什么。

蚩尤叹了口气，单手提着一筐煤过来，扔在襄垣面前的地上。襄垣却径自起身，不与他搭话，绕出房屋，朝山上去了。

蚩尤跟随着他，也朝麃鳌山上走。

襄垣沿路行行停停，进了山腹。

山中有一个巨大的溶洞，洞内林立着天地初开之时便已成形的钟乳石，熔岩的高热将蒸腾的水汽卷上半空，再在亘古的寒冷下倏然冷凝，形成晶莹剔透的屏风。千万朵迤逦的冰晶在屏风上绽开，堪称一道绚烂的奇景。

地穴内充满靛蓝色的光，一切都如此安静，隔着数十步，甚至都能听见彼此的呼吸与心跳。

蚩尤看了一会儿，说："这里可以淬剑。"

回音在地穴内回荡。他继续问："襄垣，你想做什么？我帮你！"

襄垣不答，沉默地解开风锁缚，一滴玄冥水落下地，刹那间蔓延开去，成为一个深不见底的玄寒冰潭。

玄冥水一离风球，失去镇压的燎原火与烈瞳金登时激烈地彼此交锋，绽放出刺目的红光，嗡嗡作响不绝，几乎要引起一阵摇山撼地的大爆炸，整个溶洞也被剧烈摇撼起来！

蚩尤喝道："当心！"

襄垣面容苍白，手腕不住发抖，蚩尤一把将风球夺了过来，紧紧攥住。

"放在什么地方?"蚩尤右手紧握左手腕,吼道,"快!我控制不住它!"

那道红光越来越炽烈,稍有不慎,兄弟二人便会被爆开的金火源力炸得尸骨无存。襄垣匆匆跑上曲折的通道,离开溶洞,上了山腰。那处有一个巨大的天然洞穴,四面与大地相接,犹如一个凹陷的圆床。那是十几万年前盘古死去时,坠地的流星击中山腰砸出的深坑。

襄垣深吸一口气,说:"放在这里!"

蚩尤双目通红,几乎驾驭不住那疯狂的烈火。他用尽全部力量,将风球按在陷坑中央。

烈瞳金被分离出来,青萍风裹着燎原火,在圆形的深坑中载浮载沉,闪耀着刺眼的光芒。襄垣正欲上前一步,却被兄长拦住。

二人退到坑外,蚩尤隔着二十步远翻掌一按,再轻轻抬起。

风球缓缓浮空,烈火瞬时间喷涌而出,在狂风的裹挟下,犹如烈焰龙卷,直冲天际!

那火焰光照百里,麋鏊山周围被照耀得如同白昼。通天的火龙之顶,绽放出炽烈的暗红,靠近地面则逐渐趋近橙黄,与大地衔接的那一点,则现出青蓝色的高温火舌。

襄垣喘息片刻,看了蚩尤一眼。

蚩尤疲惫地笑了笑,说:"这里不错!"

麋鏊山的巨坑已成为一个天然熔炉。在这个陨石坑中是毫不留情的烈火,青萍风形成的巨大屏障令岩石与大地免于被这毁天灭地的火焰融化,而山体稍靠近火圈之处,黑色的岩石已被高温融成岩浆，凝聚成闪光的晶体。

襄垣转身下山，蚩尤问道："要做什么？我来吧！"

襄垣在山上找了块岩石坐着。只见蚩尤上山，下山，将铁砧等物逐一搬上。东西太多，饶是他身强力壮，也累得不住气喘。

花了整整一天，蚩尤把最后一块近千斤重的磨刀石砰然扔下，整个人朝地上一摊，实在没力气了。

襄垣不去碰剑，却开始动身搬石头。

"又做什么？"蚩尤愕然问道。

襄垣说："没你的事了。"

蚩尤早已筋疲力尽，见状只得起身继续挪动大石，咬牙以肩膀扛着石头，朝空地上缓缓推动。

襄垣也躬着身，整个身体抵在大石上，协助蚩尤一起用力。见襄垣如此卖力，蚩尤不禁莞尔，停了动作。襄垣未防及此，脚下打滑，差点摔下去。

蚩尤吩咐道："你到旁边去歇着。"

襄垣固执地摇头。与蚩尤相比，他的力气小得可怜，但这是兄弟俩头一次"一起"做同一件事，蚩尤只能由着他。二人把五块差不多大小的巨石推上峭壁平台，中间以碎石叠了个圈，错落不齐的岩石朝向天空，犹如数把挑衅的利箭。襄垣上前将铸魂石放在碎石圈中央，方才舒了口气。

蚩尤问："又是这个？"

襄垣看着铸魂石出神，忽地转过身，只见一点光芒拖着尾焰，穿过群山的阴影飞来，落在简陋的祭坛前。

玄夷于虚空中现出朦胧的身影，蚩尤登时皱起眉头。

"首领。"玄夷道,"安邑遭到外族入侵,泽部反叛。乌衡与辛商正协力抵御外敌,请你立刻回来!"

话音甫落,光影飞散。蚩尤沉吟片刻,而后道:"襄垣,我得马上回去一趟!"

襄垣道:"随你……"

蚩尤说:"我很快就会再来找你,干不了的活儿你别勉强。还有,这个法阵……"

"回来的时候顺便给我带一些战俘。"襄垣淡淡道。

蚩尤不悦道:"你又想用这个法阵吸人魂魄?"

襄垣说:"血涂之阵!我得把魂魄注入剑里,你要是不放心,大可以在旁边看着。不会有危险的!"

蚩尤沉默了片刻,方才问道:"要多少战俘?"

襄垣答:"越多越好。这不是以前就说好的吗?"

蚩尤想了想,说:"可以。但你也得答应我,不能乱来,得在我的监督下做这件事!"

襄垣不耐烦道:"知道了,快滚吧!"

蚩尤跑下山去,他的身影犹如一只在茫茫草原上疾奔的猎豹,很快便没入了黄昏的血色夕阳之中。襄垣远远地在山上看着,直至兄长的背影成为一个小黑点,心里颇有点不是滋味。

他只是走上走下,就已累得快趴下了,而蚩尤的毅力和体力,似乎永远用不完。刚干完一天的活儿,便要穿越千里雪地,而安邑那里等待着他的,却不知又是怎生一番险恶的光景。

蚩尤离开麋鏖山区域,进入茫茫雪原。他又饿又困,只觉疲惫不堪,奔波一夜后,静静地躺在雪里,注视着天际那轮皎洁的明月。

万籁消泯,寂寥无声。

听见玄夷千里传音时,蚩尤的第一个念头就是:寻雨终于知道了真相!

这令他心头滋味十分复杂,并隐约有点恼怒。然而一切都因他而起,事已至此,再说无益,追查是谁泄露的风声也没有任何作用了。

灭族之恨,仇深彻骨!

回去该怎么面对她?蚩尤烦躁得很。这一年里,他为她放弃了这么多,临到最后却还是一切俱毁。

蚩尤深吸一口气,感觉着脖颈与后脑处传来的冰雪沁感。襄垣还在鏖鳌山上等他回去。先前跟随着自己的弟弟一番奔波,没有安邑,没有征战神州的梦想,也没有女人与族人,兄弟俩单独相处,依稀回到了小时候。

这是他第一次专注地与襄垣一起,用他们的双手去共同完成一件事情,那种感觉很好。蚩尤打定主意,无论如何,都要帮襄垣将这把"剑"铸出来。

他一个鲤鱼打挺坐起来,吃了几口雪,活动活动筋骨,继续朝着安邑疾奔而去。

十天后,安邑的破败景象映入蚩尤的眼帘。

自村子中央一路东去,土地焦黑,房屋倒塌,以聚落中间横亘冶坊与粮仓的溪流为界,划出了一条泾渭分明的交战线。

"首领回来了!"

"蚩尤！"

蚩尤在村外停下脚步，解下挡风的头缠。乌衡忙出外相迎，蹙眉问："这么多天，你去了什么地方？"

"陪襄垣炼剑。"蚩尤自顾自道，"有酒吗？拿点酒来。"

乌衡怒道："都什么时候了，你还在这里喝酒！"

回到自家的住所，蚩尤对赶来的辛商说："去整理一下，把战况汇报上来。"

辛商眉毛一扬："原来你还敢打仗！只怕愿意跟随你出战的人不多了。"

倏然而来的愤怒填满了蚩尤的胸膛。他把桌上寻雨制作的罐子、杯子、手工品扫落在地，怒吼道："不愿跟随我就滚！"

"很好！"辛商嘴角微一扬，"属下这就去准备。"

蚩尤眯起眼，知道辛商只是在用激将法，然而他赤红的双目中嗜血之色未退，接过乌衡递来的酒一通猛灌，沉默着不发一语。

当天下午，夔牛们聚成一堆，在小溪边玩水。

"你们完了！蚩尤回来了！"胖胖的夔牛首领朝对岸同情地叫道，"他很生气，他终于想杀人了！"

"是啊！"另一只夔牛附和道。

村落北面，一座最大的房子里聚集了以辛商为首的五六名战士，以及包括乌衡在内的三名乌族人。

玄夷坐在桌前摆弄算筹，抬头看了蚩尤一眼，什么也没说。

蚩尤将酒罐重重跺在桌上，问："泽部的人呢？"

乌衡道："被辛商收押了。蚩尤，我问你，这是怎么回事？"她取出一个面具，扔在蚩尤面前。

蚩尤道："你问得正好，我也想知道！辛商，这是怎么回事？"

乌衡所问的，与蚩尤所问的，明显不是一回事。

辛商轻描淡写地说："我们上次在岩山发现一队人，戴着这个面具。我把他们杀了，把面具作为战利品带了回来。朝你报备过的，你忘了。"

蚩尤颔首道："是我忘了。"说话时嘴角不置可否地微微翘着。

乌衡道："这面具有什么来历？"

辛商道："根据祭司的推测，这伙死在我们手下的人，与曾经袭击首领夫人的敌人，或许是同一伙人。你说是吗，祭司？"

玄夷面色冰冷，许久后方生硬地回答："是。"

乌衡忍无可忍道："我听寻雨说过，那队人杀了她的母亲。这么重要的事，怎么能瞒着她？"

蚩尤随口道："我只是不想让寻雨一直将仇恨放在心里。新的生活已经开始了，放不下过去，不过是给自己徒增负罢了。有时候知道得太多，不如什么都不知道的好。对吗，乌衡？"

乌衡深吸一口气，想反驳蚩尤，却终究说不出什么话来。

蚩尤抬眼："寻雨呢？"

辛商道："看到这个面具后，她不吃不喝，发起高烧。后来泽部有人去探望她，说了一下午的话，之后她开始进食与喝水。当天神州以南，曾经被咱们剿灭过的合水部与荒岩山的一些小部落集合起来，联合对安邑发动侵掠。那个晚上，寻雨带着她的族人，趁着混乱，开始反叛。"

蚩尤冷冷道："好一个里应外合！"

"她没有反叛！"乌衡愤然道，"她只是想带着她的族人离开！"

"那就是反叛！"辛商怒喝，"女人，不要再尝试给她说情！我已经够给你面子了！"

呛啷啷，两声拔刀之声响起，是辛商身后的卫士与乌衡背后的乌宇同时拔刀！

"别吵了！"蚩尤大声道。

"现在人在哪儿？"他问辛商。

乌衡深吸一口气，脸上满是愤愤不平之色，吩咐道："乌宇，别冲动。"

辛商说："按乌族族长的意思，泽部参与反叛的人暂时被关押在囚牢里，等你回来处决。"

乌宇上前道："蚩尤，我想问你一句话。"

"如果哪一天我们乌族想离开安邑，是不是也会被视为反叛？"乌宇忍无可忍道，"寻雨只是因为这个误会心灰意冷，打算带领她的族人离开这里，这也叫反叛？"

"这不叫反叛？！"辛商的语气充满威胁与不屑，"蚩尤对她以及她的族人还不够好？想来就来，想走就走，她把安邑的首领当作什么？乌宇，你最好将你的刀收起来。如果我没有记错，这把刀还是襄垣送给你们的。"

"够了！"蚩尤起身道，"不需要再讨论这个问题。寻雨没有反叛，但我有自己的处理方式。辛商，我们需要先对付入侵者，他们现在都在什么方位？现在还有多少人？"

辛商与入侵者周旋多日，对战况可说是了然于心。他在桌子上画出安邑周遭的地形和对方的位置。

蚩尤只略看了一眼，便道："他们的人都在这里，我们需要分出两队，分东西两路进行包抄。再派一队人，埋伏在长流河以东，当他们落败逃跑时予以截击，全部射死在河里……"

"首领！"正说话间，屋外一人来报，"敌人撤退了！"

蚩尤只是稍微顿了一顿，屋内数人表情很是复杂——敌人听见蚩尤的名头便已逃了，这仗是打还是不打？

蚩尤说："那么我们稍调整一下。乌衡你和乌宇各率七百人从侧翼截击，辛商带人马上渡河，其他人将渔网全部连起来跟我走，各自在指定的位置等候。"

黄昏时，来犯的敌人于西岸遭到第一场伏击，在暮色中逃向长流河，准备以他们进军时带来的木筏登岸。他们却没料到渡河未济时，辛商与他手下的战士于对岸纷纷现身，用弓箭将第一波上岸的人当场射杀！

双方以箭矢对敌，一场惨烈的远程拼杀于河面上展开。河面上的木筏十分狭小，不利躲避，更无掩体，而安邑的射手却一字排开，绵延近里，倚仗着岸边的树林作为掩护，箭矢来去，登时将木筏上的敌军射杀近半！

惨叫声接连响起，不知多少人的尸体落下长流河去，被河水带往下游。这时一声惊恐的呐喊传来："水下有人！"

夔牛们早已于水底等候，在蚩尤的安排下，弄断了敌人木筏上的绳索。惊叫声连成一片，木筏纷纷解体，满河俱是飘零的滚木。

河水冲散了敌人的阵形，蚩尤与安邑的战士们手执渔网等在下游，尸体任凭流水冲走，活人或者负伤者则拖上水面，交给乌衡带回村落里去。

合水部联军未曾交锋便自逊了气势，及至辛商的伏兵出现，瓦解了他们最后的斗志。那场追杀战突如其来，只用了不到两个时辰便潦草结束。

暮色温柔地掩来，将杀戮的声音与血腥的色彩纳入黑暗之中。待到次日，旭日初升，一切过往的痕迹都将被抹去。

蚩尤戴着骨制面具，坐在部落中央铺着兽皮的王座上。

篝火映红了他冷酷而残忍的面容。面前黑压压的，全是抓回来的俘虏。

合水部、青木部、刑天族、泥黄部，甚至北地合部的族人都在其中，跪满了整个安邑的空地。

"只有这么多？"蚩尤问。

一名战士上前躬身道："战俘共计一万七千六百人，其余的八千多人或伤或死，寻不见了。"

蚩尤肩上扛着他的刀，在战俘群中穿梭行走，无人敢发一言。

等着他们的下场只有一个——充做奴隶。

没有女人。

蚩尤检视完那跪了满地的战俘，收刀，蹙眉望向一个没有头的人。

那人蚩尤见过,或者说荒岩山的刑天族人都长得差不多。他跪在地上,胸膛上的两颗眼珠子咕噜噜地转动着,舌头于腹部的大嘴里伸出来耷拉着,滴答滴答直流口水。

他抬眼看向蚩尤,继而又害怕地避开蚩尤的目光。

"你们怎么也来了?"蚩尤道。

那刑天族人是唯一一个会说中原话的,结结巴巴地说:"大祭司……死……死了,大家没饭吃,有人路过……叫我们来……就来了。"

蚩尤将信将疑地点点头,吩咐道:"把这一部没有头的人都放了,让他们去干活。其余人关押起来,轮班看守,我还有用。"

清理完残乱的战场,安邑人开始重建房屋。大批战俘被转移到山间峡谷里,峡谷外由辛商亲自带人看守。

三天后,乌衡来找蚩尤。

"这样不行。"乌衡说,"我们养不起这么多人。"

蚩尤把碗放在桌上,淡淡道:"我没打算养他们。"

满山满谷的人,根本没有多少余粮供他们吃,只有把奴隶先派去生产。

乌衡在蚩尤面前并膝坐了下来:"蚩尤,你是不是应该去看看寻雨?"

蚩尤想了想,点点头。

乌衡似乎有话说,蚩尤忽道:"乌衡,你什么时候想离开,只要随时告诉我一声。这不是背叛,每个人都有选择自己未来的权利。"

乌衡沉默片刻，幽幽地叹了口气，将乌黑的长发绾到耳后，说："乌宇的那些话只是一时冲动，你别放在心上。"

"知道了。"

"我想和你谈谈寻雨，她是我的朋友。"

"不用再多说了，我已经有主意。"

"但你……"

蚩尤道："我马上还要再去鏖鏊山一趟。襄垣举不起锤，推不动砧，把他一个人留在那里我于心不安。明天清晨，我就要动身，在我离开的这段时间里，请你和辛商暂时守护安邑。"

乌衡蹙眉："寻雨怎么办？"

蚩尤不答，起身走向村后泽部的临时栖息地。原本泽部的村庄已改建成了关押女人们的围栏，此时的她们蓬头垢面，狼狈不堪。

当初交战时，也有极少数泽部人逃脱并渡过河去。辛商发现之后，亲自率人追了回来，更将胆敢反抗者一律当场斩杀。泽部部众长期在密林中生活，偶有与刑天族人开战的情况，俱是石块、木棍之类充作武器，何时挨过嗜血的利箭、封喉的快刀？

当时寻雨身体虚弱，祭术堪堪展开，便被辛商一刀击破。

此刻的她披散着头发，蓝色的祭司袍沾满污泥，再看不出新婚时的光鲜，面容污脏得就像个女疯子。

"蚩尤来了！"泽部的女人们惊慌地叫喊。

寻雨道："都别怕。"她把族人护在身后，站在围栏前安静地看着蚩尤。

蚩尤深吸一口气，心里忽然有些愧疚。

他打开围栏门让她出来，说："你闹够了没有？"

寻雨不为所动："我以为你永远不敢回来了。"

蚩尤道："出来说。"

寻雨答："我和你再没有什么可说的了！"

蚩尤忍气吞声："你误会我了……"

"我误会你？"寻雨道，"我从前才是一直误会了你，你这不择手段的畜生！直到现在还想撒谎，你把我当作什么？你根本没有丝毫爱我的念头！我总算明白了……你杀了我的妈妈，为的只是那一块铸魂石。"

蚩尤难以置信道："和你在一起的这些日子，你知道我是怎么想的——"

"你这个虚伪的畜生！"一个响亮的耳光掴在蚩尤脸上。

"这就是我想说的。"寻雨冷冷道。

蚩尤浑身发抖，深吸一口气，安静地看着寻雨。方才她挥手的那一刻，蚩尤原可避开或抓住她的手，然而他什么也没有做，只是这么站着，生生地挨了寻雨这一巴掌。

一如朝夕相处培养出的某种习惯，蚩尤从来没有像辛商那样管教妻子般呵斥过寻雨，二人偶有动手打闹，也是寻雨又抵又推地拱着蚩尤这大个子玩。

他为她做了这么多，封了他的刀，几乎忘记了充满杀戮与血腥的生活，放弃了他与襄垣的约定……换来今天结结实实的一巴掌，当着两族人的面，甩在他的脸上。

蚩尤语气森寒："很好！我明白了。"

寻雨道："现在轮到我问了，你想干什么？"

蚩尤冷冷道:"我会让你后悔今天所做的!"

寻雨缓缓摇头:"我永远不会后悔。"

蚩尤说:"你会的!你不怕死,你的族人可不一定。"

寻雨尖叫一声扑向他,却被蚩尤身后的人架住。蚩尤脸上的巴掌印兀自带着火辣辣的感觉,他出了口长气,怒火几乎要把整个灵魂点燃。

翌日,蚩尤又来了。

这次寻雨没有出来见他,蚩尤下令道:"把她们拴住,带出来!"

安邑人以一条长长的绳索挨个儿拴着泽部俘虏的手腕,牲口一般牵出围栏。她们的脚踝都以松绳系住,绳头打了死结,以防脱逃。寻雨走在队伍的最前面。

蚩尤从族人中抽调了两千人——他们俱是身经百战的勇士,以及所有的冶金工匠。

临走时,乌衡追了上来。

"你不能这样!"乌衡道,"蚩尤!"

蚩尤停下脚步,转身朝向乌衡:"乌衡,难道你们的部族允许背叛者?"

"这和你没有关系,乌衡。"寻雨低声说,"你别管,回去!这是蚩尤和我们泽部之间的问题。"

"不……不!"乌衡道,"你不能这样,蚩尤!"

队伍前行,乌衡抓住蚩尤的手腕,猛地把他拖过来,站在队伍最后,喘着气看住他。

乌衡说:"蚩尤,你想把她们怎样?"

蚩尤没有说话,站在冷冰的雪地里,似乎在考虑些什么。

乌衡见他的神情有那么一瞬间的犹豫,说:"蚩尤,答应我,别伤害她。她无论做了什么,始终是你的妻子……"

"知道了。"蚩尤说,"回去吧。"

乌衡道:"你答应我!"

蚩尤说:"我答应你。"

乌衡松了口气。她不能再要求更多了,只是祈求寻雨不要这么一根筋地倔强下去。

泽部诸人打头,走在积雪的土地上,继而是联合部落的战俘。

一眼望不到头的奴隶队伍离开安邑,在蚩尤的率领下,在两千名战士的押送下,如蜿蜒的长龙,一路向东北而去。

加上泽部人在内,足足有一万八千名战俘。

这浩浩荡荡的队伍,跋山涉水,在旷野中行走了两个多月。蚩尤只给他们很少的吃食,天不亮就起程,一直走到头顶星空璀璨时才就地歇息过夜。

有不少人倒下,更多的人或是染病,或因饥饿而死。偶有人试图脱逃,安邑的战士便是简单一刀,提前把他们杀死。

这一天,蚩尤回到了鏖鏊山,俘虏剩下一万六千人。

他站在山脚,对面焚天的烈火与乌黑的阴霾相接,形成一道壮观的自然奇景。

"叮。"

"叮。"

铁锤击打石砧的声音异常缓慢,襄垣似是感应到什么,停

茫茫原野,前程未知,鏖鳌山是否就是他们的终点?

了动作,走上山腰。

极目所望,山下是铺满了整个旷野的人,他们尽数跪着,黑压压的像是人海。襄垣于高处下望,蚩尤则在山脚仰头远眺。

"襄垣,哥哥回来了。"蚩尤如是说。

章十八 · 血涂凶阵

"你会被天地惩罚的!"寻雨轻轻地说,"襄垣你知道吗?盘古撑天踩地,烛龙开辟光阴,它们以一己之力缔造了这个美好的世界,你正在亲手毁灭它。你一定会为你的所作所为付出代价!"

人群寂静，安邑的战士们逐行逐列地向俘虏发放食物和水——只有一点点，吃不饱，也饿不死。

奄奄一息的人群在鏖鳌山脚下等候，望向山腰上神迹一般的烈焰龙卷。

此刻尚未有人知道，等待着他们的将是什么，一场审判抑或……一场盛大的祭礼？这个答案谁也不相信：活人献祭，怎么可能用这么多人？

那么让他们到这里来，为的又是什么？

战俘们宁愿相信这里是一个新的迁徙地，也许是安邑在鏖鳌山下建起的新牢笼，也许是东北的放逐地，又或者是要把他们当作矿工，为安邑挖掘地底的矿产……就连看守俘虏的战士也不知内情。

雪停了。一万六千人跪在山下，鸦雀无声，唯有铁锤击打石砧的"叮叮"声响，一下接一下遥遥传来。

"他们已经快死了。"襄垣敲打着石砧，忽然朝身后的一名安邑卫士道，"怎么不逃？"

蚩尤走上山，摘下兽皮手套，轻描淡写地说："因为我在，没有人敢逃。"

襄垣沉默了一会儿，举起手中的锤，朝砧上重重一敲。

"叮"的一声，声音传遍四野。史上最伟大的匠师紧握锤柄，斜斜一拖，带出一片薄如蝉翼的碎片，飘荡在风里。

那片多余的废金薄得近乎透明，在风中飘浮下落，像一片带着血的枫叶，纠结的蛇鳞纹路清晰可见，最终它落在了寻雨面前。

"蚩尤要见你。"一名安邑战士对寻雨说道。

寻雨抿着唇,头发散乱,双手被反剪在背后,趔趄着走上山去。

蚩尤看着被带到兄弟二人面前的寻雨,静了许久,而后开口问襄垣:"她能对你的剑有什么用?"

襄垣端详寻雨片刻,说:"寻雨。"

"说吧。"寻雨面上一片冰冷。

"长三尺六寸五。"襄垣淡淡道,"宽三寸三,金铁铸就,榣木制柄,烈瞳金为剑身……"

他提着剑,拄在寻雨面前。

剑身犹如太古黑金与天外陨铁糅合而成,泛着隐约的幽光。一条明亮的金线划过剑身,流泻至剑尖,成为这把凶器的心枢。

那道金线便是熔冶后注入剑身的烈瞳金。它仿佛一条有生命的蛇,被牢牢禁锢在剑里,隐约闪烁着光芒。不知是光在流动还是金在流动,当光芒流过金线时,整把剑竟隐隐有雷鸣之声。

"燎原火熔炼,玄冥水淬冶。"襄垣像个十分礼貌地展示自己藏品的主人,"看,这就是我铸的'剑'!"

"你看。"襄垣平举起他毕生的心血,剑尖指向天空,一手横着搭在剑身上。

那一刻,天空中阴霾消散,一缕阳光投射在这把日后注定掀起腥风血雨的凶器上。

反光刺疼了跪在地上的寻雨的双眼。

寻雨道:"你想用它杀多少人?"

"最后一个步骤还没有完成。"襄垣说,"现在想请你亲眼看看最后的过程,因为里面有你的一分力。"他将剑凌空一甩,那物呼呼打着旋,飞向那道顶天立地的巨大火焰龙卷,在风眼中高速旋转,而后静止不动。

蚩尤看了襄垣一眼,襄垣对卫队长说:"试试十个人。"

蚩尤道:"带十个人上来!"

狂风乍起。鏖鏊山高处的石台中央,远古法阵焕发着猩红色的光芒,阵枢上一枚晶莹的石头载浮载沉,迸发出数十道流泻辉光,与法阵边缘林立的岩石相接。

石台尽头则是巨大的烈火龙卷,铸魂石射出一道蓝光,投向龙卷的风眼处,笼罩住那柄黑色大剑。

蚩尤下了命令,安邑战士砍去战俘的双手,血液从断手处喷发出来。他们拖着献祭之人的身躯围绕法阵行走,血越来越多,蔓延至整个法阵。

寻雨浑身发抖,闭上眼睛,不忍再看。

血涂之阵的最后一道工序完成,十具尸体被扔进熔炉,在烈火与狂风中化为碎片,璀璨光点飞入铸魂石。

寻雨颤声道:"襄垣,我从来不知道你这么残忍……"

襄垣道:"别废话!一百个人。"

又一批战俘来到了高台上,如牲畜般被驱进血涂之阵中。中央的铸魂石仿佛浸透了满地鲜血,焕发出妖异的紫红色光彩。

从山脚朝上望,永远窥不见鏖鏊山上的端倪,只有紫红色的光芒冲天而起。一道光闪过,连接铸魂石与始祖剑的光线蓦然变得暗红,紧接着,山峰高处传来寻雨嘶哑的尖叫。

铸魂石发动时，就像有什么邪恶的鬼神巨爪从天而降，寻雨自背脊至头皮一阵发麻，随即又是一阵冰冷的感觉袭来，整个人犹如被浸入刺骨的雪水中，无边无际的恐惧笼罩了她。

法阵启动，仿佛一道无形的光环扩散开，那道光环扫开的瞬间，跪在法阵中的百人由内至外接连倒下，犹如被镰刀割下的整齐的麦穗，瞳孔中失去生命的光泽，死亡之手紧紧扼住了他们。

寻雨有生以来第一次受到如此强烈的冲击，百人在瞬间同时死去，恐惧令她不住颤抖。那种感觉无法言喻，它是与寻雨毕生的信仰截然相反的另一个极端。她所有的信仰刹那间被彻底粉碎，绝望与黑暗朝她席卷而来。

最后一个人在寻雨面前倒下。

只有她没有死。

天顶雷光阵阵，犹如不周山龙魂归寂时的景象再现，唯一的区别只在于血涂之阵焕发出的是邪恶的血光。

百具肉身中被活活抽出的生魂无处可去，唯有在阵内碰撞，哀求，欲离开这个痛苦之地，却被石块紧紧困锁于血涂之阵中央。片刻后，所有布阵石块亮起光芒，与阵中悬浮的铸魂石发出共鸣，生魂接二连三被阵眼处的铸魂石吸走，嗡——，一声又一声，尽数归至这魂魄容器中！

紧接着，下一刻铸魂石不住震颤，射出一道蓝光，直扑向飓风烈焰，注入断生！

那一刻，似有无数人脸在飓风中扭曲，变形，发出痛苦的哀号。

最终，那一百人的魂魄尽数被剑身所容纳。

襄垣与蚩尤同时抬头，看向烈焰龙卷中的剑。

蚩尤默念口诀，一缕风托着断生飞出。襄垣看了一会儿，说："没有达到预期的效果，或许需要更多的人……"

寻雨听到此语，猛地喘息着对着山脚尖叫道："快跑——你们快跑！"

襄垣对山脚下的事情漠不关心。蚩尤转过头望去，那些战俘已经开始不安的骚动，队列边缘，三名俘虏起身就跑。

蚩尤解下背后长弓，刷刷刷连珠三箭，将逃跑者牢牢钉在地上！

"把他们押进洞里看守。"蚩尤冷冷地吩咐，继而转身离去。

始祖剑浸入玄冥水潭中，整个淬剑池剧烈地沸腾起来，片刻后冒出一缕青烟。

淬剑后，襄垣认真检视他的毕生心血，剑身没有任何变化，平静而安详。

不应该是这样……他的眉毛微微拧了起来，铸魂石吸摄了生魂，生魂被注入剑中，按道理应该没有生魂逃离才对。

"五百个人。"襄垣淡淡说。

当天下午，襄垣做了几次尝试。先是一百人，而后是五百人，继而一千人，最后将血涂之阵扩展到整个平台，三千人被驱逐上去。铸魂石抽走生魂后，余下黑压压的满地尸体。

没有呼喊，没有挣扎，突如其来的光芒闪过后，倒地的声音错落响起，紧接着就是彻底的寂静，就连蚩尤也不禁从心底升腾起一阵战栗。

没有刀枪，没有鲜血，活人站上去，短短数息后就死了。

　　三千人如野草般倒下的那一刻，蚩尤仿佛听见了上天的叹息。三千多个生魂卷成一个旋涡，奋力挣扎着，似乎想脱离铸魂石的束缚。血涂之阵疯狂震动，整座鏖鳌山都被笼罩在沉重的阴霾下。

　　灵魂从活人身体中被强行抽离，使山上山下都笼罩着一层浓厚的死亡气息，周遭所有的草木瞬时间枯萎、死亡。夕阳呈现出惨白的色泽，边缘却浮现出滴血状的红晕。

　　此地将在铸剑后的几十年、上百年，乃至上千年寸草不生。死亡终于不再是一个虚幻的名词，它仿佛成为真切的、看得见、摸得着的梦魇，在人们的眼前凝聚，久久无法消散。

　　"极限应该是三千人，还能再多点吗……"襄垣站在阵中，埋头检视第三次汲取生魂后的铸魂石，周围的剧烈变化对他来说都是微不足道的事情。

　　他抬起头，平静地说道："把尸体清理一下。再来五千人试试。"

　　那一刻，就连安邑人都觉得襄垣已经疯了。他的眼神中闪烁着一股难以言喻的神采，那也是蚩尤首次见到的——深邃的漆黑瞳孔中带着兴奋的血红色。

　　"明天吧。"蚩尤忽然道，"太阳已经下山了。"

　　襄垣看了兄长一眼，不置可否。

　　安邑的战士各自散去。他们对平台中央的铸魂石有种深深的恐惧，同样是夺人性命，血涂之阵和刀剑却大不一样。

　　面对这个眨眼间就能杀死成千上万人的东西，谁能不感到恐惧？

他们甚至不敢多看铸魂石一眼,听到蚩尤的话,便纷纷如释重负地退下山去,只有数名轮值的战士脸色发白地待在原地。

"你会被天地惩罚的!"寻雨轻轻地说,"襄垣你知道吗?盘古撑天踩地,烛龙开辟光阴,它们以一己之力缔造了这个美好的世界,你正在亲手毁灭它。你一定会为你的所作所为付出代价!"

襄垣抬头瞥了她一眼,淡淡道:"如果我说,以后的某一天,站在这个血涂之阵中央的就是伏羲、女娲,又或者别的什么神,比方说你的商羊大人,你相信吗?"

他笑了起来。寻雨缓缓摇头,吐出一句话:"你永远不会得逞!"

蚩尤没有笑。短短一天,血涂之阵带给他的震撼太过强烈,以至于连看到襄垣的面容都觉得有一种说不出的陌生感。

"如果这些人不够呢?"蚩尤涩涩地开口道。

襄垣终于正面回答兄长的话:"那就需要更多的人。"

蚩尤说:"还不够呢?"

襄垣答:"更多!直到够为止。"

那一刻就连蚩尤心里也产生了动摇。他开始思考,就像寻雨所说的,这是不是真的有必要?世间怎么会有这样可怕的存在?!

蚩尤继续问:"还不够呢?"

襄垣说:"那就让所有人到这里来,直至神州的最后一个人!你答应过的。"

寻雨忽然开口道:"假如一直到世上所有人都死了,只剩下你和他,你的剑还是这样呢?"

襄垣面无表情地说:"那么,就轮到我自己了。在我之后……他?随便,我管不着。"

寻雨像个疯子般大笑起来。她的笑声尖锐而凄厉,惊起正在啄食三千多具死尸的鸦群四散而飞。

"那这个世上,就只剩下蚩尤和你的剑了!"寻雨带着十足的嘲讽说,"听起来不错,他可以在这个没有人的大地上称王称霸!"

"你觉得这很好笑?"襄垣冷冷道,"你不懂的,愚蠢的女人!"

蚩尤烦躁地说道:"够了!寻雨,你跟我下去。"

静寂的崇山峻岭,此刻笼罩着死亡的气息,烈焰龙卷在遥远的虚空里绽放着炽烈的光与热,将麋鳌山染成一片血色。

长夜到来。蚩尤站在山下,襄垣坐在山顶,寻雨则被押进一个深幽的山洞里。

后来……不知过了多少时间,外面永远是那片血红,分不出时间,麋鳌山上仿佛没有了昼与夜,也没有了日升月落,永远笼罩着漫天阴云。

天上又下起小雪,雪花未曾飘近那烈焰飞卷的熔炉便被融化,和着山顶的血水,顺着岩石的缝隙流淌下来,滴答落在洞口。

"出来。"

寻雨听见洞外一人说道。

她麻木地坐着。于是进来了一个人,揪住她的头发就朝外拖。寻雨一声尖叫，被拖出山洞，扔在雪地里。

"蚩尤让你离开！"那名看守道，"走得越远越好，不用再回来了。"

寻雨坐了起来，难以置信地抬头看他。

看守道："不明白吗？带着你的族人，快滚！"

他割断寻雨手上的绳子，指了个方向。寻雨跌跌撞撞地转过阴冷的岩石，她所剩无几的族人正在山后等待。

蚩尤站在山的另一侧，注视着山下，直到寻雨和她的族人离开，方转身前去山顶的血涂之阵。

"剩下的人呢？"襄垣在山顶等了很久，才等到孤身上山的蚩尤。

蚩尤深吸一口气道："襄垣……"

襄垣眉毛一扬，期待地看着兄长。

"你确定……"蚩尤在一块石头上坐了下来。

"我非常确定！"襄垣道，"把人带上来。"

蚩尤说："你不太对劲！襄垣，我没有想到——"

"没有想到什么？"襄垣眉毛微蹙，"之前我已经说过了。"

蚩尤静了片刻，而后点头道："是！是我考虑不周。但你得先答应我一件事。"

"把人带上来！"襄垣恼怒地朝蚩尤吼道，"你到底在想什么？"

蚩尤抬眼注视着襄垣，说："你必须先答应我！"

襄垣带着愤怒道："说！"

蚩尤道："这些人全死光……他们的生魂全用完，如果仍是没有用，你就跟着哥哥回去，可以吗？"

襄垣的脸色阴沉得如同天空的阴霾，什么也不说。

蚩尤坚持道："不答应？"

襄垣眯起双眼，锋利的薄唇吐出无情的话语："你自己回去。"

此时，山下出现了骚动，紧接着是一阵阵惨叫。蚩尤马上站了起来，大声喝道："怎么回事？"

"泽部的人杀回来了！"有人大吼道，"首领，人太多了，我们抵挡不住！"

蚩尤沉声道："蠢货！"

襄垣露出嘲讽的笑容，蚩尤抽出腰刀冲下山。

"起来！"山下，寻雨双眼噙着泪水，率领她的族人冲散了安邑的战士。

她大喊道："你们就连自己的生命也要放弃吗？"

"反抗啊！"寻雨道，"横竖都是一死，为什么不反抗？！"

犹如一石激起千层浪，所有饿得奄奄一息的战俘开始奋起反抗，求生的渴望令他们爆发出最后的力气。

寻雨的呼喊犹如燎原的火种，点燃了整个麋鏊山下八千多名待死祭品心里的求生欲望。人群从边缘开始骚动，继而扩散至中心。他们拼命逃向远方，远远望去，犹如一盘散开的沙，又像是一个被捣毁的蚁巢。

襄垣竭尽全力吼道："把剩下的人全赶上来！快，别让他们跑了！"

寻雨则在山下焦急地呐喊："起来！起来抵抗！"

山下，人群被蚩尤率领的安邑战士一切为二。安邑人犹如一把尖刀，深深插入了战俘群的中央，继而训练有素的他们迅速分成两队,对那些外族战俘形成两翼包抄。

战俘们双手双脚都被绳索紧紧捆住,哪里是安邑战士的对手?

无数痛苦的惨叫响起,血肉横飞,不到半个时辰,蚩尤便控制了乱局。

寻雨正带着族人阻止安邑人的包围,一柄闪着寒光的长刀打着旋儿飞来,钉在寻雨脸侧的树上。

"抓住她们!"

"一个也不能放走!"

蚩尤盯着寻雨,没有说话。寻雨微微仰起头,傲然回应他的目光。

"把这些人都押到山上去!"蚩尤吩咐安邑战士,声音里压抑着极度的愤怒。

"你太不识相了!"蚩尤转身,用刀背挑起寻雨的下巴。

他就像一只濒临疯狂的野兽般微微喘息,双目赤红,注视着自己的妻子,眉头拧成一个结,持刀之手不住颤抖。他丝毫不怀疑,下一刻就要控制不住自己,狠狠一刀挥去,切断寻雨的喉咙。

他自认对寻雨已经仁至义尽。自从寻雨来到安邑的那一天起,他已经为她付出了太多,甚至可以不在乎自己的弟弟。他竭力掩盖自己嗜杀的本性,只为讨她欢心。然而这个女人一而再、再而三地给自己找麻烦,他已是忍无可忍,但直到最后,仍顾念着夫妻之情,放她一条生路。

然而她又做了些什么!

"那些都是假的。"寻雨冷冷道,"你的本性就是一头狼。

今天我没有亲手结果你,但是你终有一天会死在另一个人的手上!蚩尤,我等着那一天。你活不长了!"

寻雨双眼注视着雪亮的利刀,那上面映出一张蓬头垢面的少女脸庞,眼神却依旧清澈而坚定。

同一时间,山顶,血光冲天而起!

蚩尤与寻雨同时转头。

足足八千人的生魂被襄垣强行抽出,铸魂石疯狂颤动,似乎这已超过了它能承受的极限。魂魄聚集成一个巨大的旋涡,围绕着麈鳌山疯狂旋转,浓重的黑暗从山顶铺展开去,永夜般笼罩了整座麈鳌山。

山顶成为修罗炼狱般的灵魂洪炉,不甘赴死的魂魄疯狂号叫,挣扎着妄图逃逸,嘶吼声越来越大震耳欲聋,襄垣紧紧抓住铸魂石,强行一收。

黑暗中,铸魂石上射出一道凝聚了近万魂魄的血色之光,投进烈焰龙卷,紧接着砰然爆为千万片闪着蓝光的碎块,犹如点点星芒飞散出去!

血涂之阵从中央开始瓦解,岩石垮塌,滚下山脚。烈火龙卷化为一张痛苦的扭曲人脸,那是上万个不甘生魂的最后意志,紧接着人脸张开口,一声怒吼,声音响彻天地,将那把剑喷了出来!

剑在静夜中闪烁着黑光,打着旋飞向山下,飞向战场中央,铮然落在蚩尤与寻雨面前。

剑身缠绕着强大至极的黑色狂焰。如同远古的梦魇被唤醒,这黑火将摧折一切、焚天毁地。剑插在地上,那股毁天灭

如同远古的梦魇被唤醒,这黑火将摧折一切,焚天毁地。

地的气势令所有的人恐惧地后退。

寻雨道："……你的剑，完工了。"

蚩尤缓缓伸出一手，牢牢握在剑柄上，把它提了起来。随着他的动作，黑气登时笼罩住他的全身。

寻雨神色冷峻："这就是能毁天灭地，斩山川，断江河，甚至挑战诸神的'剑'？"

蚩尤在一片黑火中犹如远古的梦魇，他的声音缥缈而遥远。

"我想……襄垣成功了。"蚩尤缓缓道，"那么让我看看，用这把剑杀的人，第一个应该是谁呢？"

寻雨轻轻地说："不如我们来比试一场吧，我的夫君。"

蚩尤笑了起来，声音带着狰狞与威严，说："来吧，寻雨！"

寻雨闭上双眼，横持手中木杖，喃喃念出一段柔和的咒语。

那是自盘古开天以来最为古老的咒术之一，尚在诸神攫取清气而化形之前。那是风吹草长、雨水滋润万物的原始咒文。那是天地间所有生灵心底最深处的生存本能。

生，一如死，没有固定形态，也从未有过神明主宰，一切全凭本心。

咒语飘忽，催动了一道柔和的绿光散开。这一股生命的力量竟然令蚩尤身上的死亡黑火微微一滞。

黑火疯狂地压制回去，然而那道绿光笼罩着寻雨，奋起抵御，弱小，却不能被摧毁。

寻雨温柔的声音停下，木杖抽枝发芽，绽开嫩绿的叶子，竟长成一根生命力蓬勃的树枝。

寻雨折下那根树枝,说:"夫君,寻雨便以这根树枝,与你的'剑'比试!"

蚩尤一挑眉:"记住你今天说的话!"

他抡起剑,朝寻雨当头砍下,对面的寻雨将树枝横着一举,裙摆与衣襟在死亡飓风中疯狂飞扬!

黑火与绿光直接碰撞,剑的黑光破开云层,铺天盖地倾泻而下。寻雨犹如茫茫大海中的一叶孤舟,然而下一刻,浩瀚的、无边无际的绿光铺展开,温柔而坚定地抵住了那惊天一剑。

"叮"一声响,细微却又清晰。那与树枝相触的剑锋现出一道裂纹,紧接着,裂纹扩散,整把剑竟然断成两截!

黑火瞬间消散,现出蚩尤迷茫的双眼。他的瞳孔变为空洞无神,似乎失去了意志,接着双膝一软,重重跪倒在寻雨面前,接着竟然昏倒在地。

寻雨低声道:"夫君,你输了……"

她手持那根树枝,引领族众穿过黑曜石山,剩余的战俘自发地跟随在她身后。安邑战士不敢阻拦,让出一条路来。

上元太初历七百零一年,蚩尤败。寻雨于鏖鳌山下率领四百余人离开。

后世关于这场奇迹般的比试众说纷纭。有人声言当时只因寻雨怀了蚩尤的骨血,祭司身上那属于生的极致力量粉碎了死亡的气息——事实上,在寻雨离开鏖鳌山的四个多月后,顺利诞下了一名男婴。

也有人说,蚩尤是被一种叫作"魔"的意念所占据。那是源自灵魂最深处的死亡与血、恐惧与痛苦化成的足够主宰人心的力量,然而它在生的执念前却不堪一击。

倒在地上的蚩尤,脸贴在冰冷的岩石上。手持剑的那一刻,他的意志似乎不属于自己,却仍清晰地记得当时的每一个动作,每一个念头。

安邑族众围了过来。蚩尤清醒了些,他并未着急起身,只是贴着地面遥望远处的地平线,不住苦笑。

"我蚩尤,平生未尝一败……"终于,他拄着半截断剑踉跄站起,仍想不清楚自己为何会败给寻雨的树枝。

就连襄垣也不明白。他怔怔地看着兄长拎着那把断剑上山。

蚩尤把两截断剑扔在襄垣面前的地上,疲惫地说:"回家吧,襄垣。"

襄垣静了片刻,说:"你自己回去。"

蚩尤闭起眼,长叹一声,像只被击败的、驯服的野兽,再睁眼时,眸中蕴满无尽绝望。

"哥哥输了!"蚩尤道。

襄垣喃喃道:"那是什么东西?竟会……"

蚩尤沉声说:"还不明白吗?……这样的东西,是不能持久的。走吧,襄垣,跟我回去。"

襄垣缓缓摇头,退后。

蚩尤苦笑。"我们都得想想。"他说,"想清楚了,就回安邑去。"

蚩尤在岩石上又坐了许久，方摇摇晃晃地站起，吹了声口哨，声音中带着无奈与悲凉。

他率领族人慢慢下山，在雪地里成为一个个小黑点。很快，他们已在鏖鏊山十里开外。

"首领，襄垣……就不管他了吗？"一名族人问。

"让他自己想。"蚩尤说，"他走了邪道，总有一天会明白过来的。"

而这时的襄垣正坐在鏖鏊山之巅，膝上搁着两截断剑，眸中满是难以置信的神色。

漫天风雪逐渐覆盖了他，襄垣抱剑起身，离开血涂之阵，走上曲折的山路。

短短百步之距，却仿佛已经踏过茫茫世间的每一寸土地。春来花飞漫天，秋去黄叶遍地。

抱着两截断剑，抱着自己毕生的心血，走进天与地的茫茫大雪中，襄垣瘦削的身影渐渐小下去，面前景色变幻，现出那个熟悉的村庄，熟悉的山崖。

无数记忆流水般自眼前掠过。

十二岁时，意气风发的蚩尤递给他一枚鱼妇的眼珠。

八岁时，蚩尤带他到草原上看"龙"，其实那只是一只蛟。那一天，温柔的夜风覆盖了躺在草原上的他们的身体。

七岁时，两兄弟依偎在阴暗的房子里，面前生起一堆旺旺的火。

五岁时，蚩尤带着食物与水进来，喂给襄垣，帮他擦了擦嘴。

那是终点，也是起点。

襄垣的思维一片混沌，却仍记得存在记忆中的最原始的景象。

鹅毛大雪几乎掩盖了一切。在襄垣稚嫩的哭声中，蚩尤顶着狂风，艰难地走上断生崖，抱起冻得全身青紫的他，缓缓走下山去。

而如今，他即将回去，回到当年一切开始之时。

陵梓的身形在魂流的彼岸闪烁，仿佛在对他微笑。

未竟之途还有太远太远，他只能走到这里了。

是留恋，也是永生——以剑灵的方式。

"哥哥。"襄垣低声道，"这就是我想报答你的。"

蚩尤的双瞳倏然收缩。血缘呼应跨越十里之遥，刹那间，蚩尤眼前现出鏖鏊山顶的一幕，一阵战栗与恐惧升上他的心头。

"襄垣——"蚩尤痛苦地大吼。

所有景象随着烈火的焚烧而飘零破碎。天与地震动起来。鏖鏊山顶，赤色光柱直冲云霄，击穿了天穹！

烈焰熔炉崩毁，释出靛蓝与绯红两圈耀眼的光芒。山峦在这撼天动地的震动下发出巨响，随即垮塌！

一声震彻九天的金铁鸣声久久回响，世间万物在这奇异的长吟里不安地震颤着。

洪涯境内，白玉轮中的伏羲微微蹙眉，抬头望向天际。"什么事？"伏羲疑惑道，"水火二神的威能，怎会在东北碰撞？"

漫天烈火一收，祝融现出身形，答道："启禀羲皇，是凡人弄出了些岔子。上次来朝拜时，一名工匠向我与共工借了点神力，据说想冶炼一个叫作'剑'的东西，料想是控制不住，炸了。"

"胡闹！"伏羲戟指祝融，斥责道，"以后不可随便释出神力！"

祝融躬身，不敢再接话。

幽冥深渊中，阎罗站在忘川之畔，难以置信地铺开一面水镜。

不周山之巅，钟鼓静静地站着，侧头望向东南方。一道飘忽的金光飞来，金火烙印回归他的虎口。

天柱顶端，神州的最高点，沉睡的衔烛之龙仿佛感应到了什么，自撑天的十余万年后，第一次睁开了它的双眼。烛龙睁眼的刹那，光照四野，金光翻滚。

钟鼓愕然抬头，失声叫道："父亲？"

然而烛龙只是遥遥看了一眼，便再次闭上眼睛，陷入漫长沉眠。

乌云掩来，麋鏊山下起细雪。

三天后，蚩尤在破碎的山体中找到那把剑。

他颤抖着拾起废墟里的黑色大剑。它十分安静，没有缠绕的黑火与飞扬的血焰，更没有柱死魂魄的阵阵哀号。

一道血色金线穿过剑身，将上万片流转的灵魂紧紧锁在一起。剑身黯淡无光，然而当蚩尤握上去的那一刻，他的双眸呈现出一片赤红。

章十九 · 逆天弑神

蚩尤被那磅礴的巨力碾压向下,火海在白玉轮的威压中飘零瓦解,地面现出一个巨大的深坑。伏羲单手再催神威,那浩瀚天威无人可挡,一道白光平地扩散,一如灭世的风暴,碰上什么便将什么摧成碎粉!

断生剑真正铸成那日，黑云在空中翻滚，一场突如其来的大雨数月未停，终于酿成了肆虐于神州大地的洪水。

到如今，距鏖鳌山山崩之日已过三年，长流河以南上万里土地尽归蚩尤。

东荒、跃虎山、草海、镜湖，神州十六部，近千小族，无人能挡他一剑之威。

裂肠的铇颚、双头的化蛇、嗜血的凤鹄、蛇足的畲人……远古的凶残妖兽在断生面前，犹如飘零落叶，只要那漆黑的、散发着魔气的人影一掠而过，便溅起触目惊心的飞血。

蚩尤荡平了长流河以南万里土地，安邑人押送战俘与财物北迁，并一把火烧掉了所有村落。

安邑的规模不断扩大，从起初的千屋万人朝着外围缓慢扩张，逐渐覆盖了整片长流河流域。奴隶们在河面上造起巨大的木桥，将神州南北连在一起。

这座巨桥名唤"裂山海"，乃是十万人用两年时间不眠不休筑就的。它的每一块木板、每一根桥桩都染着奴隶的鲜血。狂风摧不得它半分，洪水撼不动它丝毫。

安邑已成为一座占地万顷的巨大石城。横跨浩瀚长流河，城市分南北两部分。

南城通往草海与荒岩山。山脉深处，泽部废墟旁埋藏的引魂矿已被挖空，尽数运回北城。

北城则远接龙渊。每天都有数以万计的奴隶沿着修出的道路北上，运回那处山腹中的矿石。

这条路被称为"骸骨之路"，路旁满是倒下的奴隶尸体。

安邑北城是神州最大的冶铁中心，上万具熔炉朝天喷发着绯红的烈火，长流河水奔腾而过，被引入淬剑槽。

全城上下，人烟繁密，到处是忙碌的工匠，奴隶们灰头土脸，拉动风箱。

这已不再是一个村，甚至不是城。星罗棋布的周边部落归附于这座称霸整个神州的巨型城池，犹如一个国。

蚩尤的国。

在这里的住民被严格地分为三等人：安邑原始住民位于顶层；于蚩尤征战时举族归附的部族为第二级；除此以外，其余所有人都是奴隶。奴隶的子女也是奴隶，如此一代接一代。

他们屈服在皮鞭与滚烫的火钳面前，被烙下屈辱的烙印。他们永远不知安邑的往事，唯有从尊贵战士的交谈中偶尔听见只言片语。

关于安邑的王——没有人能揣摩他的心性，有人说他终日笼罩于一团黑火之中，亦有人传他的双目血红，望一眼便能令人肝胆俱裂，肚破肠流。

更有人说他的部族将占据整个神州，还要将洪涯境纳入安邑，令诸神成为蚩尤的臣民。

无人知晓他的真面目，戴着兽骨面具的那名强壮男人，仿佛永远不会将面具摘下。

只有一个工匠的小女儿说，她见过王的真面目。

那天夜里，她在长流河畔的树林中迷了路，看见桥梁上站着一个高大的男人。那个人没有杀气，没有缭绕的黑火，眼眸清澈深邃。

王的披风在风中猎猎飞舞。漫漫长夜，繁星满天，千万道银光从长流河上游顺水而下，于水面下形成璀璨光芒。

鱼妇放声高歌，成群的银鳎从桥面飞过，形成壮丽奇景。

王没有戴他的骨制面具。

王说："南城归我，北城归你。今日安邑，乃是我们兄弟携手所建。"

小女孩听不明白那些话的意思，想要开口问，王却抱起她离开，把她放在南城的井栏边，而后转身离去。

这番话自是无人相信，然传言安邑曾经还有一人，他是有史以来最强大的铸冶师，他铸的刀，历经十年，依然锋芒胜雪。

他是王的同胞弟弟，如今早已亡故。他留给安邑的最后一件纪念品，便是那把无往不利、无坚不摧，可斩天地裂河山的断生剑——因为那是世人明确所知的第一把剑，所以许多人也将它称为"始祖剑"。

如今始祖剑就置于北城中央。那柄黑色的大剑在祭坛上浮空缓缓旋转，中央祭坛四周坐落着七个空置的小祭坛。城中顶天立地的熔炉喷发着创世般的烈火，就是为了打造出堪与始祖剑匹配的兵器。

整个北城寸草不生，地表漆黑一片，周遭的植物都已枯萎，旁边的山上是成群的、血红双眼的乌鸦，虎视眈眈地盯着城中劳碌的奴隶。

冶剑之处散发出铺天盖地的黑雾，犹如厚厚的云层，笼住了熔炉与冶坊。那是生魂铸剑后的死亡之气，犹如妖氛鬼雾，

王的披风在风中猎猎飞舞。漫漫长夜,繁星满天,千万道银光从长流河上游顺流而下,于水面下形成璀璨光芒。

终年不透日光。

唯一的光亮,是熔炉里飞旋的火星与通红的铁。

而安邑南城,则放置着一面巨大的铜镜,这件礼器成为安邑的标志。

一镜一剑,遥相呼应。这座有史以来最为雄伟的城池,在长流河中游巍然屹立,似在无声地向洪涯境宣战。

洪涯境中,伏羲面前现出一团黑云。某一天,他偶然感应到了长流河中游的变化,这种变化正在逐渐增强,说不清究竟是地气,还是天道之威。似乎从那天起,整个神州就逐渐变得不一样了。

浊气在地底涌动,犹如有生命的河流般朝着某个区域汇集。

伏羲眉头深锁,却窥不透那黑雾中的玄虚。

自盘古开天辟地以来,清浊二气便趋于安定。大地上仍存留着天地初开之前混沌的残余,身为清气所化的诸神,对埋藏在大地之中的浊气有着本能的排斥。

长流河发源于洪涯境,奔腾向海,除却分割神州南北,另一个作用便是涤净污秽之物。

如今一团黑雾笼罩在长流河中游,河水流经黑雾,再流出时赫然带着淡淡的血的颜色。

白玉轮上闪现耀眼金光。嗡地一声响,金神蓐收在伏羲身后现出身形。

"去问阎罗,问他看见了什么。"伏羲沉声道。

蓐收领命,一躬身化作金光,横穿神州大陆,转眼间便投入北地乌海。

未几,金雷神君回归白玉轮。

"阎罗说,"蓐收道,"他不管这事。"

阎罗不管……伏羲沉吟片刻。

三年前的那一天,就连支撑天柱的光阴之主也睁开了它的双眼,长夜在瞬间被驱散,虽然只是极其短暂的刹那,但这意味着什么?

祝融说,不过是几个凡人控制不住神力,将鏖鳌山炸了。现在看起来,只怕没这么简单。

不周山上那个暴戾的烛龙之子,或许知道一些内情,然而它太过傲慢,并且不周山上隔绝神通的飓风屏障足以将所有神明挡在外面。

"唤祝融来。"伏羲道。

蓐收的脸色不太好看。自那一次被人夺去腰饰后,伏羲便大发雷霆,不再委他重任。

他忍气吞声地唤来祝融,伏羲拂袖道:"变幻容貌,随我下界看看。"

三天后,安邑城出现了一对状似主仆的人。

南城集市处的民众有不少人抬起头,好奇地端详着这两名外来客。

"这些是什么?"男人在一个摊位前停下脚步。

"吾主,"火红头发的仆人跟随于主人身后,低声道,"这是他们交换东西的地方。"

男人有点迷茫,点了点头。那火红头发的仆人又道:"他们互通有无……"

"你们俩！"巡逻的武士走过来，无礼地盘问，"从哪儿来的？叫什么名字？"

男人转身，身后仆人忙一手拉住他，朝武士答道："这是吾主太昊氏。吾乃重黎，自西边来。"

"来做什么？"那武士问，"从哪个门进来的？"

祝融想了想，随手指了一处，说："从那边，就是走走看看。"

武士见这主仆二人不似寻常人，心内存疑。祝融又道："能走了吗？"

那武士目送他们离开，低声吩咐人前去告知蚩尤。

祝融与伏羲则继续做出一派散淡的闲逛模样。

"凡人如今竟是都在一起！"伏羲蹙眉道，"百十年前，他们还零散居住于神州的各个角落。祝融，你怎么看？"

祝融答："我一直都有些奇怪。人的外貌，竟与我们十分相似。"

长街一侧，一个女人正抱着她死去的孩子凄声哭号。

"但他们有生老病死。"伏羲说，"发乎苦痛，是以有哭声。"

祝融点了点头："这些人与洪涯境中的神仆也大有不同。"

"他们中间的许多人毕生无缘得入洪涯境，只能借由祭司之口朝拜神灵，虔心远不及神仆。"伏羲一面与祝融交谈，一面四下望去。

有安邑武士在扬鞭击打奴隶。伤痕累累的奴隶奄奄一息，躺在街角，身边围绕着成群的苍蝇。

另一侧,大锅内正煮着兽肉汤。汤婆边拌边舀,收了来人的贝壳,便舀出一碗。

有人鞭打牛羊,驱赶着它们朝北城走去。

"愈演愈烈。"伏羲喃喃道,"将同类当作奴隶,这是其他族群从未有过的事。祝融,你觉得他们为何会这样做?"

"这个……属下实在也想不明白。"祝融道,"飞廉素来与人族走得近,说不定能解吾主所惑之事。"

伏羲沉声道:"他们是人,被击打的也是人,为何鞭抽棍打,折磨其同类?"

祝融道:"这确实……或许是彼此的仇恨使然。"

如此一来一往,有问有答,祝融脑海中渐渐有什么东西呼之欲出,他开始明白伏羲制定天规的意图了。

他们穿过南城,抵达南北城交界处。这里是一个收押奴隶的地方,围栏里关着成千上万皮包骨头的战俘,臭不可闻。

二人离开这里,经过民居,只见几名安邑人正拖着一个女子出来,又将她拉进另一间草房里去。

"这就是女娲为他们制定的嫁娶之仪?"伏羲蹙眉道。

祝融不太确定地说:"说不准……多半是了……吧?"他看伏羲脸色不太对,还是硬着头皮道,"日暮,黄昏时与女结交,谓之'婚'。"

他们走上连接安邑南北两城的桥,伏羲瞬间心头狂震。

这是他从未想过的事!他以长流河隔开神州大地,百年前,人族欲渡河尚且不能,如今竟有此长桥,跨越了滔滔长流水!

伏羲站在桥中央,身后人畜往来,络绎不绝,大批牛羊拖着载满矿石的木车穿越南北两城。

西天一轮血色落日,映得长流河金辉万点。桥高近丈,奔腾而来的河水从伏羲脚下飞驰而过。

祝融也从未想过会有这样一座大桥连起了长流河两岸,如今面对着大桥,宛如面对一个奇迹。

"他们是……"祝融喃喃道,"怎么将长流河两岸连起来的?"

一名老者站在桥上,答道:"是十万人的性命,才成就了这座桥。"

伏羲转身,问:"人族聚散不过千百,何来十万人众?"

那老者欷歔道:"吾王有'剑'。传说那剑乃是王的胞弟所铸,出炉时毁掉了整座鏖鏊山,能毁天灭地、弑鬼屠神……"

闻听此言,伏羲的脸色变得极其难看。

那老者全然不察,兀自喃喃道:"无往不利,无坚不摧。王以始祖剑统一了南北三千部落,整个神州都臣服于他的剑下……"

老者拄着拐杖离开,摇头道:"都是人命……都是人命啊……"

伏羲沉默半晌,转身离去。

他与祝融走下长桥,进入安邑北城。两人站在祭坛前,抬头看着祭坛上悬浮着的一物。

祝融说:"羲皇,这大概便是'剑'了……上面有我的神力。燎原火、玄冥水、烈瞳金、青萍风……我曾亲手交出。"

"浊气。"伏羲沉声道,"神州大地不少浊气都以此处为宣泄口。这把'剑'的周围正是浊气汇聚之地……凡人究竟是如何做到的?你知道它的来历?"

祝融点头:"它是被一个人铸出来的。若我没记错,那人名为……襄垣。"

"你认识舍弟?"蚩尤的声音响起。

祝融转头,退到伏羲身后。蚩尤以不善的目光打量着二人。

红头发的男人……蚩尤觉得这人有点眼熟,然而祝融的容貌与他往昔在洪涯境时所见大有不同,蚩尤没能认出来,只觉得面前另一名男子隐隐有一种不怒自威的气势。

蚩尤将兽骨面具推至额顶,沉声道:"襄垣,舍弟襄垣。"

伏羲双眸内蕴千万年虚空,万物兴灭在他的瞳中旋转。

他也开了口:"襄垣……就是造这物之人?"

蚩尤道:"正是。他已故去,两位可是他的旧友?你叫太昊?今日手下来报,安邑有贵客到访。"

伏羲问:"这是你的国度?我听他们唤你作'王'。"

蚩尤淡淡道:"是的。若有兴致,太昊兄可愿在城里走走?"

伏羲点了点头。蚩尤做了个请的手势,领着伏羲走进北城深处。

城中黑雾缭绕,在那些雾气的笼罩下,隐约可以看到星火四溅。

"蚩尤道:太昊兄认为今日安邑如何?"

伏羲不置可否，反问道："你建这么一座城，耗去了多少同族性命？"

"没有多少。"蚩尤答。

他们穿过石板铺就的长街。路的两侧，锤砧交击之声此起彼伏，整座北城就是一座巨大的冶坊，只要眼睛能看得见的地方，便有工匠在忙碌。

他们甄选矿石，熔炼铁浆，注入模具……

"剑。"蚩尤说，"绝对的威慑之力，没有人不恐惧。只要让人自发地产生战栗，甚至无须杀死他们，神州便归我所有。"

"自发的战栗……"伏羲喃喃道。

蚩尤状似不经意地问："太昊兄是哪一部族的？"

伏羲仍不予置答，说："归根结底，臣服于你的人，并非全因你的'剑'，只是源自他们内心深处的恐惧而已。"

"或许吧。"蚩尤淡淡道，"谁不是呢？"

伏羲又说："众生平等。既已臣服，为何又恶待你的子民？"

蚩尤停了下来，二人对面而立。此时，他们已绕了一圈，回到祭坛处。蚩尤忍不住重新打量这名不速之客：他不像是一个寻常人！

"谁言众生平等？"蚩尤道。

"天规。"伏羲答。

"何人所定？"蚩尤又道。

"天皇伏羲。"伏羲如是说。

蚩尤想了想，一路登上祭坛。伏羲与祝融跟随其后，拾级而上。

"那么依太昊兄之见,"蚩尤沉声道,"洪涯境内诸神,也与万物一般平等?"

伏羲漫不经心答:"他们制定天规,监察天规,超脱于众生之外,自不与神州万物相干。"

蚩尤反问:"如此说来,谁又监察他们?"

伏羲没有说话。三人站在封剑台顶端,始祖剑隐约发出阵阵嗡鸣。

蚩尤说:"我死去的妻子曾言,所谓天规,不过是上位者以其强大的、无法抗拒的力量,将自己的意愿强加给所有臣属的方式而已。太昊兄认为如何?"

"只怕未必!"伏羲冷冷道,"没有天规,世界如何运转?"

蚩尤道:"若需天规,我便是天规。"

伏羲挑眉:"倚仗的是什么?"

蚩尤不答,微微抬头。此刻正有一缕日光透过安邑上空翻滚的黑雾投下,云层似乎感觉到某种压倒性的气势,自行散出一些缝隙。

伏羲缓缓摇头:"你的'剑',只怕不堪一击。"

蚩尤微微一哂,不予反驳。

那一瞬间,蚩尤恍惚有种错觉,面前这名唤作"太昊"的男人身上正散发出极强的气势,整个安邑由内至外,所有的障眼黑云如同冰雪消融般,正在缓慢消散。

"你不相信?"伏羲道。

蚩尤答:"我能否与太昊兄切磋一二?"

"甚好。"伏羲双目古井无波,"本皇便让你三招。"

蚩尤一手指天，始祖剑高速旋转，黑光疾射出天际，嗡的一声，始祖剑归于蚩尤掌中。

"我知道你是谁了！"蚩尤冷冷道。

"已经晚了。"

"不，还不算晚。这场比试迟早要来……破！"

轰然巨响，整座祭坛碎为齑粉。

"萤火之光，妄与日月争辉！"

"接我一剑！"

蚩尤的怒吼随着那霸道惊人的一剑挥出，崩天之力由北城扩散开去，千万熔炉倾覆，北城瞬间成为火海，全城登时如同炸了锅。

蚩尤全身笼罩在黑火之中，双目变得赤红。

第一剑！

伏羲抽身而退，飘然而立于半空。

蚩尤朗声长啸，再出一剑。那一剑挑起铺天卷地的烈火与铁浆，重重包围于伏羲身周。高温铁水与烈火环绕着他疯狂飞旋，骤然爆开，形成一个滚烫的火球。

"不自量力！"

伏羲清朗的声音在万里晴空下回响，继而翻掌一按。

一团耀眼的光芒犹如天地间第二个烈日，爆裂之时，亿万道赤色火光拖着尾焰，轰轰声不绝，直直地坠向大地。

方圆千里已是火海，整座安邑由内至外，层层崩毁。

祝融站在滔天烈火中，双目映出光芒万丈的伏羲。他知道，今日蚩尤必无生路。

嗡的一声，青光暴闪，飞廉在祝融身边现出身形。

"怎么回事？"飞廉蹙眉，"伏羲离开了洪涯境？"

祝融道："他要毁了这座城和蚩尤的剑。"

飞廉左右看看，认出这里是安邑，随后一阵狂风卷起，他转眼就消失在空中。

"蚩尤在做什么？"乌衡奔出主城区的石塔，焦急道，"把弓箭都架上，对准天上那厮！"

话音未落，蚩尤又挥出一剑。

第二剑！

整条长流河犹如被剑尖挑起的绸缎，朝着伏羲席卷而来。一道巨大的旋涡高速收拢，黑火咆哮着，有若游龙，化为坚固铁链，将伏羲重重缠起。

伏羲喝道："放肆！！"

半空中的诸神之王身上骤然绽出璀璨的白光，原始清气从四面八方涌来，摧枯拉朽般将黑火揉得粉碎。

一如烈日融雪，旭阳驱夜。

黑火在伏羲身上绽放出的炽烈光芒照耀下，化作纷扬的灰烬之蝶，继而被无情地碾成粉末。

蚩尤嘶声大喝。他的灵魂在那照耀一切的辉煌面前无所遁形，现出一双巨大的血眼。

伏羲抬起一掌虚按。

白玉轮幻化出铺盖天地的法阵，飞速地旋转着，飓风般的清气瞬间充满了整个神州大地！

"快走！"飞廉吼道，"离开这里！你们都会死的！"

乌衡大声道："拦住他！"

飞廉在乌衡耳边大喊："拦不住！他是伏羲——"

乌衡的眸中现出一抹难以言喻的恐惧。

"走啊！"飞廉吼道。

"啊啊啊啊——"

蚩尤被那磅礴的巨力碾压向下，火海在白玉轮的威压中飘零瓦解，地面现出一个巨大的深坑。伏羲单手再催神威，那浩瀚天威无人可挡，一道白光平地扩散，一如灭世的风暴，碰上什么便将什么摧成碎粉！

蚩尤纵声大吼，黑火越来越弱，身体上的千万道伤口飞溅出无数鲜血，紧接着在白色的飓风中蒸腾为汽。

他的灵魂在阵阵颤抖，面对这压倒性的力量，几乎无从反抗。

"哥哥。"襄垣的声音在蚩尤心中响起。他大吼一声，挥出第三剑。

也是最后一剑。

黑焰聚合为一条咆哮的狂龙，带着纠结的电光，冲向不断下压的白玉轮，一头将白玉轮撞得粉碎！

那一剑比穹宇深处的疾电更快，比太初星辰归位的巨力更强，伏羲尚未动念之时，剑光已到了面前。说时迟那时快，他猛一侧身，始祖剑擦着他的左臂直掠出去，神祇的鲜血漫天喷洒！

下一刻，剑威去势未缓，挟余威轰上天穹，将天顶击出一个巨大的黑洞，亿万混沌的华光倾泻而下，于空中旋转。

天河倒灌，星火遍野，仿若末世的灾劫无边无际地倾注下来。

章二十·三界分立

"别伤心了,人的寿命很短。"飞廉道,"再过几年你也要死的……来,我吹首曲子给你听吧。"

乌衡缓缓点头,叹了口气。飞廉摸了摸她的发缘,吹奏起一曲生涩的乐音。那声音低沉幽咽,在天地间飘飘荡荡。

白玉轮轰然消散，伏羲空洞的眼中现出被烈火焚烧得一片焦黑的大地。

他的手臂溅出神血，于狂风中旋转四散。每一滴神血一旦沾上奔逃的凡人，便将其无情地灼成飞灰，惨叫声接连响起。

伤口处传来难言的感觉。那是自诸神诞生以来伏羲第一次尝到的滋味，令他无比愤怒，接着而来的则是发自灵魂最深处的恐惧！

这世间，竟有东西能伤得了他！

伏羲几乎不敢相信眼前的一切。长久以来，诸神超脱于天地法则之外，已成为不可撼动的事实，然而方才那物，竟能重创自己的手臂！

神明与面前这些蝼蚁般的凡人……并无任何不同。

也会受伤……

也会死亡吗……

"伏羲他……"祝融颤声道。

就连飞廉也开始察觉到了不妥。

"这世上竟有东西能伤得了他？"飞廉难以置信地说，"他……咱们……"

祝融瞳中映出漫天的飞血，犹如暗淡长夜中无数飘扬着的灰烬。

神也会死！

祝融与飞廉几乎是同时感觉到了伏羲心中的恐惧。

"剑"能伤神，也就意味着若蚩尤的能耐再强个百倍千倍，又或者握剑者是神明中的一员，洪涯境诸神在未来的某一天终也像大地上的其余生灵般被屠戮，被奴役……无法再主宰自己的性命！

最终，一缕轻微的声音传入伏羲的耳鼓，令他回过神来。

那是蚩尤徘徊在死亡的边缘时最后的宣战。

他躺在废墟中，全身已被烧成焦炭。伏羲的血化为雨点，落在他的身上。每一滴下去，蚩尤焦黑的躯体便不断被瓦解，被毁灭。

"今日……我虽……败了……"

"总有一天……会有更强的人出现……你们……神明……不过也就是……一群……与苍生并无不同的……"

话音未落，蚩尤的皮肤爆裂，鲜血喷出，周身骨骼被伏羲之血侵蚀，继而完全消失。

"……刍狗。"

最后一缕声音在天地间飘荡，终于变得微不可闻。伏羲的怒火瞬间燃起，化作铺天盖地的锋芒，席卷了整个长流河流域。

"他会毁了这里！"祝融吼道。

飞廉的双手竭尽全力前推，于长流河下游展开顶天立地的飓风屏障，拦住了伏羲的滔天怒火与毁灭气势。

安邑城由北至南、由东至西，瓦解、碎裂，如同粉末。

刹那间天地只余黑白两色，几缕魂光缓缓上升，眼见就要离开长流河域。

蚩尤已然粉身碎骨，他的三魂七魄在空中一旋，便即掉头入地，似有躲闪之意。

然而伏羲悍然怒吼，大地寸寸碎裂，数股清气化为层层封锁的光链，将蚩尤的魂魄再次揪了出来！

一道光芒横亘天地，将蚩尤之魂斩成碎片。痛苦与不甘的怒吼传出，魂魄终究还是无奈地消散了。

世界安静下来，伏羲在战场上缓缓而行。

他的伤口已经愈合，而神祇鲜血落地之处，俱散发着蒸腾的黑气。他伸出手，插在废墟中的始祖剑朝他飞来。

黑金剑身上倒映出伏羲双瞳。他的瞳孔旋转收缩，终于看清了剑身上细密琐碎的纹路。

每一片鱼鳞般的花纹上，都锁着一个人的生魂。隐约泛红的金线贯穿整个剑身，犹如主干般吸摄、封锁住了所有魂魄。

邪恶至极，污秽至极！

伏羲以手指一碰，继而颤抖着收回。这样一触，指尖已被刀锋割出裂口，流出鲜血。

一道青色光芒从遥远的山峦间飞来，绿叶飘散。女娲出现了。

"伏羲，你……究竟在做什么？"女娲难以置信地问道。

神农也于旋转的绿光中现出身形，将若木杖重重一顿，喝道："羲皇，你毁了长流河！"

嗡的一声响，日月的双子神现身。

金神蓐收、木神句芒、土神后土、水神共工……光芒频闪，神祇们竟是都来了。

大地升腾起千万道黑火，黑火散尽后，阎罗高大的身影出现在诸神的面前。商羊手抱碧雨青珠，于阎罗身后飘浮而出。

这是比百年一次的洪涯境聚会更难得一见的盛况。

女娲长叹一声,伸出手轻握,低声道:"商羊、飞廉。"

商羊旋转碧雨青珠,飞廉在空中一个腾身,和风托着细雨,润泽着大地。绿色随之绵延展开,转瞬间修复了长流河两岸的满目疮痍。

而伏羲所立之处,脚下仍是紫黑色的焦土。

"不需要了!"伏羲冷冷道,"不能再容凡人放肆!"

女娲呵斥:"你想做什么?"

伏羲道:"蓐收,把这一族全部铲除!立即去办!"

蓐收正待躬身接令,神农与女娲同时喝阻:"不可!"

神农瓮声道:"羲皇,这又是什么天规?"

伏羲面上神色冷如寒冰:"这是我的天规!"

神农冷笑数声,化作一抹神光飞向天际。

女娲俏面含威:"羲皇,你下的什么命令!"

伏羲眯起眼:"这一族无法控制,太危险。"

女娲道:"你问过他们了?"

"不需要问!"伏羲拂袖道,"人族罔顾天道,竟造出此物,妄图弑神,简直天理难容!你未曾见到方才情景,若放之任之,终有一天,连你也要死在他们的剑下!"

"不能留着此物……"他喃喃道。

伏羲一手指天,乌云刹那间覆盖了安邑上空,雷声大作,始祖剑缓缓升上空中,雷霆化为一张电网牢牢锁住了它。

一声愤怒的嘶吼从始祖剑中发出,犹若年轻男子声嘶力竭的抗争!那一刻,电网中困锁着的仿佛不是一把剑,而是一个不甘的灵魂!

第一道奔雷撕裂长天,闪电贯穿了始祖剑!

始祖剑周遭出现万千魂魄，似乎在竭力挣脱剑身的束缚。

又一道雷电射向剑身，始祖剑阵阵颤抖，嗡地一声发出赤光，直射天际，令雷云卷成一个旋涡。

下一刻，漫天的雷电无情落下，浩瀚光芒在伏羲的神威驱策中朝着中央收缩。始祖剑响起绝望的长吟，即将粉身碎骨。

说时迟那时快，万里之遥的不周山上飞来一道金光！

金光如九天迅雷，跨越天地山川，一息间已到众神眼前。

祝融喝道："什么人？"

飞廉道："留步！"

蓐收武袖一抖，发出电射金盘，却于转瞬间"砰"的一声被那道金光击溃，他的力量竟是不抵那耀眼光芒的一冲之威！

金光穿破诸神屏障，弧光一闪，击中伏羲身前的雷层，漫天雷云霎时消退。

伏羲既惊且怒，正待抬手施法，金光却自觉退后，从中幻化出一名红发金瞳、赤裸半身、额前长着珊瑚般龙角的少年。

少年眉间满是戾气。他虚浮于半空，抬起一手，接住自天顶落下的始祖剑。

"烛龙之子。"女娲盈盈一福，"初次得见。"

钟鼓眸中不现喜怒。

"你们便是盘古死后的诸般清气？"他冷冷道，"初次得见。"

伏羲眯起眼。双方俱是第一次会面。钟鼓的地位超然天地之外，是远在盘古倒下前便已存在的烛龙的传承者。

十余万年间，烛龙之子未入神州一步。传言他当年在父亲面前立下重誓,毕生不离不周山,如今看来多半是以龙力所化的虚形。

分身瞬息万里,竟能与自己硬碰一记,这厮的原型该有多强?

"为何而来?"伏羲开口道。

"你是他们的头?"钟鼓看也不看伏羲,持剑端详,随口道,"襄垣是不周山的祭司。"

"什么?"伏羲不禁变了声音。

钟鼓不耐烦地重复道:"你想毁了我的祭司!这笔账怎么算?"

他看完始祖剑,试着在掌心一抹,金色龙血涌出,浸润了剑身。

伏羲心内愈发恐惧,及至钟鼓持剑朝伏羲一指,诸神不禁悚然动容:这可是天底下唯一能伤到神明躯体的武器!

更可怕的是,这把剑正握在一个天底下唯一能杀死诸神的强者手中!

假如钟鼓在此大开杀戒,后果将不堪设想。

女娲淡淡道:"钟鼓,你想做什么?你虽是天地造化成形前便已存在的龙神之子,吾等也从未惧你。"

钟鼓嘴角微一翘,漫不经心道:"小姑娘有胆识!"

句芒笑道:"钟鼓大人,盘古与烛龙俱是始祖神,你我两家都传承了造物主的遗命,本来不该有此争端。先前冒犯之处,还请一笑置之。"

钟鼓眉目间再度充满戾气。他打量着面前这群神明,目光倨傲。他本想掂掇这玩意儿,杀几个神来祭剑,然而父亲的吩

更可怕的是,这把剑正握在一个天底下唯一能杀死诸神的强者手中!

咐犹在耳边：不可与盘古一脉擅起争端，能让便让。

既不能杀神，带回去也是无用，徒惹麻烦，今日且放他们一马……钟鼓一撒手，始祖剑坠落，笔直地插在泥土里。

他扬眉道："伏羲，你最好留着它！说不定日后有用。"

话音甫落，钟鼓身形消隐，化作一道金光射向远方的不周山。

诸神安静地站着，谁也没有开口。

许久后，女娲终于道："羲皇既然要将人族赶尽杀绝，吾与你之间再无话可说。在我看来，所谓天规，不过是假诸神之手的一场屠戮而已。始神开天辟地，你与我俱是清气所化，与人一般，是大地生灵。万物皆有存在之理，今日羲皇举手间便毁去一族，来日这大地上哪一族拂了神祇之意，便都要遭到灭族大祸不成？又是谁赋予你这般权力？"

语毕，女娲的身形在空中化为千万飘飞的青叶，就此消失。

伏羲深受触动，良久思忖不语：女娲所言不差！他先前震怒非常，险些……做下失去理智之事。

阎罗淡淡道："若将天地间所有凡人尽数屠去，只怕地底黄泉，地面沧海，容不下这许多的魂魄。"

伏羲沉默片刻，而后道："凡人已造出如此污秽之物，若是来日再有此事，又当如何？天地间魂魄难容？阎罗，人的魂魄亦可消弭于股掌之间。"

阎罗知道伏羲此刻已然冷静下来，遂沉声道："命魂本是源源不断产自虚空，附于躯体，化生万物。此为世间运转的自然之理，便是神明也无法干预。"

商羊闻言,在一旁道:"人是永远杀不完的,羲皇请三思!"

飞廉附和道:"请三思!"

伏羲蹙眉扫视诸神,终是不再多发一言,转身拂袖而去。

阎罗化作黑羽般的幽芒,投入地底。碎雨飘起,商羊也离开了。

"哎,你又去哪儿?"飞廉问道,追着商羊,隐了身形。

其他神祇便也各自散去。

云端之上,伏羲长叹一声,将始祖剑收起。他沉吟片刻,伸手平抹,幻化出一道结界,笼住了已成废墟的安邑。

漆黑的焦土上,数以万计的魂魄飞向轮回井,前去投胎转世。然而伏羲的结界一经罩下,登时困住了近半魂灵。它们发出痛苦的嘶吼声,不住地碰撞着结界。

此处太污秽了!伏羲暗自心惊,决心不再让任何生灵进入此地。施法后,他纵身飞向洪涯境。

天空放晴,日与月的双神回归天顶,晴朗阳光照耀着大地,长流河水依旧奔腾不绝。

而河流中游的两岸,被结界笼罩的紫黑色土地如同神州大地上一个巨大伤疤,触目惊心。

伏羲落下的血在土壤中冒着黑烟,与地底浊气彼此缠绕。安邑诸多亡魂无处可去,逐渐沉淀下来,在这片被神血所染的地域中四处游荡。

浊气犹如决堤的洪水,从废墟中心滔滔不绝涌出,却受伏羲力量所限,无法蔓延至外界,不知将要在此困上多少年。

长流河南面，草海之中，上百名乌族人围在一处。

一阵风掠过，飞廉现出身形。

"乌宇！"乌衡大哭道，"乌宇！！"

乌宇正躺在地上疯狂喘气。他的半个身子被灼得焦黑，张口时喷发出可怕的黑气，发出临死前的嘶吼。

飞廉道："别碰他！他沾了伏羲的血！"

一滴，只是一滴！伏羲的鲜血洒出时，飞廉仓促张开的风盾无法罩住所有人，乌宇只被神血擦了一下，登时就半个身体发黑，犹如中了剧毒。

"怎么才能治好？"乌衡流着泪道，"飞廉大人，求求你！救救他……"

飞廉看着乌宇。他的头部已缓慢消融，化作一摊黑水浸入草海的大地，三魂七魄带着神血的雾气蒸腾，似乎仍在痛苦中煎熬。

"治不好。"飞廉说，"乌衡，我无能为力……他已经死了。"

乌衡跪在草海中央，绝望地放声大哭。

二十日后，洪涯境。

伏羲始终站在层层山峦的最高处，眺望着远处大地上蝼蚁般的人族。

既不能将他们彻底除去，这人间又何必留恋！

句芒在洪崖顶端的白玉轮中央埋下闪着绿光的种子，后土翻手一拢，泥土卷来，重重掩住那枚树种。

共工十指相抵，再缓缓分开，青岚卷起，温柔的水幕化开。那种子生根发芽，抽出第一缕翠绿的嫩叶，此后抽枝展叶，密密麻麻越发越多，长成茂密的大树。

神明们同时仰首。只见树枝遮没了洪崖，继而漫天碧叶卷开，坚实的泥土节节崩毁，呈阴阳双势环抱神渊的玉台山与烈延山双双崩塌，填入神渊之中。

大树拔地参天，耸入云端，名为"建木"。

伏羲一手持剑，踏足于巨大的树叶上，在和风中缓缓飞升。诸神紧随其后，那些洪涯境中的神仆也被一同带往天上。

神明身上发出明亮的光芒，照亮了充满灰雾的黄昏。

这一日，他们离开洪涯境，循建木升向天空。

散落于神州大地的仙人也都应召回到此处，随伏羲登天而去。

"太子长琴，该走了！"祝融明朗的双目充满温暖，招呼着身旁的白衣男子，"所有仙人都须前往天上。"

一曲遗韵回荡于山水之间。太子长琴停弦，悠悠叹了口气，携琴随祝融离去。

白玉轮展开，化为承托天外天之境的巨大平台。云层在神力下聚而为石，筑起浩瀚的云顶天宫。

大地之上，泥土重重掩上，遮去了通向建木的道路。长流河依然由幽暗的神渊底部流泻而出，奔腾向东。

伏羲的脚步响彻云霄。他自封"天帝"，册星君，封天将，统御九霄，将这片浩瀚无边的星域称为"天界"。此后，天界与凡人生活的人界、地府所在的地界并称"三界"。

始祖剑则被封印于九天最深处，仿若陷入了无尽的长眠之中。

苍茫大地上，女娲抬起头，万缕青丝在风雪中飘扬。她的身后，是一行孤苦无依的灾民。

安邑城破，幸存的人离乡背井，无家可归。

与这些人不同的是，乌族选择迁往东北方。飞廉此时正跟随着他们的队伍。

乌衡坐于车内，眼泪止不住地淌下。飞廉半身倚在车旁，一脚摇摇晃晃，呜呜地吹着骨制的埙。

"别伤心了，人的寿命很短。"飞廉道，"再过几年你也要死的……来，我吹首曲子给你听吧。"

乌衡缓缓点头，叹了口气。飞廉摸了摸她的发缘，吹奏起一曲生涩的乐音。那声音低沉幽咽，在天地间飘飘荡荡。

群山陷入一片昏暗，幽暗的地底闪现着跳动的火光，越往下越是伸手不见五指的幽黑，不知入地几千几万里，复又明亮了起来。

忘川水从地界的空中淌过，带着众多的魂魄穿过阎罗的领地。

一口巨大的井中卷起呼号的旋涡，蓝光冲向高处。井前石碑上刻有"轮回"二字。

幽冥宫内最深处，鬼差张牙舞爪，个个面目可怖。

商羊站在殿内最深处，旁边是以手肘倚在座旁的阎罗。阎罗眯起眼，似乎在思考着什么。一只通体漆黑的乌鸦停在他的肩上,双目微微发光,有所知觉般不安地扇了几下翅膀。

一团五色彩光穿过地府屏障,激射而来。阎罗睁开眼睛,抬手在身前虚空中一抹。

伏羲双目现于虚空,五色彩光照亮了整个幽冥宫。

伏羲道:"凡安邑之魂前往地府,须得由你亲手予以截留……"

阎罗淡淡道:"未有安邑魂魄前来。"

伏羲眉间一拧:"近日若有,须尽数交予吾发落。"

阎罗答道:"是。"

此时的天宫内,伏羲身前是一个巨大的寒池,水面之上悬浮着被七重光链困锁住的始祖剑。

伏羲又开口道:"你需增设司判一职,每有魂魄前来,须审其生前功德,亦审其生前罪孽,即鬼魂为人时的善恶……"

阎罗眉毛一扬,反问道:"却不知何谓善,何谓恶?"

伏羲道:"虔心奉天者为善,不敬神明者为恶;表里如一者为善,口是心非者为恶;顺应天规者为善,逆天而行者为恶;宽待生灵者为善,嗜血好斗者为恶;知足者为善,贪婪者为恶。"

阎罗又问:"善该如何,恶又如何?"

伏羲答道:"为善者多,才可投胎,复生为人;为恶者多,则需在地府中受罚,清算生前罪孽。"

一直沉默的商羊忽然开口道:"人死之后,唯剩三魂七魄,既离开了世间,仍谈不上清算?还需继续受苦?"

阎罗目光转向商羊,示意他噤声。

"神明尚且有自己的欲望，"阎罗坐直身子，一理幽冥之主的黑色王服，他的声音在大殿中回荡，明亮而沉稳，"况且这些渺小的人？"

阎罗接着徐徐道："人如蝼蚁，期望达成的事情更多。这样的自然之理，如何能算是恶？"

伏羲一时语塞。阎罗长身而起，黑羽卷出，由幽冥深宫铺展至外，仿佛席卷了整个地底。千魂万鬼齐鸣，哀号声响彻地府。

那声音传出地面，竟令云顶天宫阵阵动荡。

伏羲转过身，背对寒池，眼底浮现出难言神色，拂袖道："阎罗，人怎能与神相提并论！神祇仅此数名，而蝼蚁布满大地，欲望更是无穷无尽，个个贪得无厌。凡间不知多少灾祸皆是由此而起，若不清算，他们将毁去这片天地！"

阎罗肩上的乌鸦闻言，浑身翎毛竖起，翅羽怒张，张嘴欲发出嘶哑的叫喊，却被阎罗抬手轻抚，安抚住它躁动的情绪。

阎罗的声音在伏羲背后响起："羲皇既如此坚持，地府照设判官殿就是，不必再言。"

伏羲缓缓走出封剑之地，白玉巨门在其身后重重关上，门上浮现出他的神力禁制，除诸神之首外，任何神、任何人都不得接近，遑论入内。

许多年后。

安邑的土地上升腾起袅袅黑烟。

黑雾里现出一双血色的眼眸，在长流河两岸不甘地飘荡，忽高忽低，似乎在找寻着什么，雾中隐约传来悲怆的哭声与无人听得懂的自言自语。

它在河畔飘荡了数十年，犹如地府中逃窜出的寻找生前印记的恶鬼。最终它的目光朝向天际，却又仿佛畏惧那万丈烈日之光，再次潜入地底。

滨海的礁石前，潮起潮落，背生双翼的青年静静飘浮在东海群山之巅。

"飞廉。"商羊于他身后现出身形。

飞廉看着一望无际的大海，喃喃道："老友……"

"你要的东西。我从阎罗的功德簿上撕下来的。"商羊扬手，一张碎纸打着旋飞过去。飞廉捞住，看了一眼。

"月牙泉畔……"飞廉道，"就只有个地名，怎么找？"

商羊随口道："魂魄入了轮回井后，便自有天数安排，唯阎罗神力方推断得出降生之地。我怎知你怎么找？"

飞廉无奈地摆摆手："好吧。"

商羊说："她上辈子的名字，这辈子不会再用了，不会再唤作'乌衡'。"

飞廉笑道："知道了。不仅改了名字，是男是女、是人是畜还难说得很……我去了，老友，再会。"

"再会。"商羊微微颔首道。

东海尽头。

少年把一位老妪冰冷的躯体放上木筏。她走得十分安详，脸上仍带着一抹微笑。

送葬的女人们在老妪身上洒满芬芳的花朵,口中唱着亘古般久远的生命歌谣。一阵风吹散她胸口前的花瓣,现出鱼妇的眼珠。

少年低声道:"娘,走好!"

他将载着母亲遗体的木筏推向海面,木筏便跟随波浪漂摇而去。

天海一色,鱼妇们唱着歌,将那木筏带往深海,带它的主人离开这片留下了多少遗憾、多少决绝的土地。

送葬的人散了。

少年望向茫茫远方,良久之后,转身离开。温柔的海水卷来,抹去了他的脚印。

潮汐翻涌,漫长岁月来临,又逝去。

断章之一·开天辟地

  这一剑相较于时间的长河,不过是其中的一朵浪花。世界从何处来,又归向何处,或许烛龙自己也并不明白,只知道万物由沉寂而生,在千万年的演化后又将归于混沌。
  而后?或许将再次从混沌中诞生。生死幻灭,枯荣交替,犹如潮汐起伏。

光阴的造物主

光阴翻涌，漫长岁月来临又逝去；血与火被冲洗成回忆，回忆被碾为粉末般的传奇；传奇化作神话的尘埃，最终散于天地。

世界从何而来？

或许需要找到比天地更古老的存在，才能详尽回答。

悠悠千万载，智者们的思想在时与空的乱流中穿梭，终于来到沉睡的、开天辟地时的两大神祇之一——衔烛之龙面前。

它依旧无法回答这个问题。只因在鸿蒙开辟以前没有时间，也就意味着从无以往，只有后来。然而在它浩瀚的思维之海中，这反而不是它记得最清晰的。

沧海桑田，千年万载。烛龙在沉睡中回忆的，往往是些零碎的片段，片段中的映像有的是人，有的则是魔、神。

他们以自己的双手改变了这个盘古缔造的世界，足迹遍布神州大地。

其中有蚩尤，他以血肉的双手撼动洪荒初开后的大道；亦有襄垣，他制出一种名唤作"剑"的神兵，并将它交到蚩尤手中。

他们向天地与万物的支配者挥出第一剑。

这一剑相较于时间的长河，不过是其中的一朵浪花。世界从何处来，又归向何处，或许烛龙自己也并不明白，只知道万物由沉寂而生，在千万年的演化后又将归于混沌。

而后？或许将再次从混沌中诞生。生死幻灭，枯荣交替，犹如潮汐起伏。

似一颗巨人的心脏缓慢搏动。

那无穷光阴,那剑与魔传说中的数十年乃至成百、上千、上万年。

仅是心跳的某个瞬间。

然而一切总有个开始。大荒在成形前,是一片茫茫的、无边无际的黑暗。

鸿蒙

那时候,没有巍峨的群山,没有耀目的星辰,没有日与月,没有山峦与大地,也没有光明与呼吸。万物尚未出现,亦无所谓消亡。时间完全静止,空间的尽头是无穷尽的死寂。

直至衔烛之龙睁开它的双眼,光阴才开始缓慢地流逝。

岁月的乱流中,它寂寞地吹动了某个静止的微粒。刹那间,创世火绽放出炽烈的光与热。

这牵动了遥远空间另一头的混沌色光,它们不安分地跳跃,铺展为无边无际的虹彩。那是天地未曾成形前的混沌之气,清与浊还在纠缠交战,阴阳五行的力量在创世火的牵引下彼此碰撞。它们相生相克,发出摇撼鸿蒙的巨响,犹如千亿座铜钟一同震荡。

盘古在这色光的包围里惊醒,那时他并无名字。

无人不知这位创世的巨人,然而在遥远的过去,他却是迷茫的,不知自己即将做什么,亦不知数十万年后,自己会被后世人尊称为最伟大的神祇。

总之,他醒了。

他在鸿蒙中醒来,清浊二气在此刻分开,色光在时与空的乱流中剥离,犹如破碎鸡子,裂成两半。阴阳五行之力受到某种感召,掉头聚为创世的洪流,冲破平衡的束缚。

真正的起源从那一刻开始。那一瞬间才是真正的创世——烛龙唤醒了盘古,而盘古唤醒了天地。

浊气裹着土、金、火之力下沉为地,清气席卷风与水上升成天,木灵无处可去,静静在清浊的交界处绽放着翠绿的光华。

盘古仍保持着醒时的动作,他一膝屈曲,一膝触地,尚未清醒,便看到一个绿色的光团在眼前瑰丽地绽放。

他伸出一手去捕捉,翠绿色木灵蓦然破碎,飞散成星星点点的光,没入大地。天际的雨细细密密地下了起来,亿万树木于大地上破土而出。水流冲刷着凹凸的地表,在林中汇集成溪,溪汇集成江,江河奔腾至一望无际的原野,汇为大海。

火焰从地底裹着金力磅礴喷出,要将流水驱回天顶,火与水再一次激烈地交锋,雷霆万丈。

烛龙静静地看着。它一闭眼,世间便变得漆黑,唯有闪电的光芒耀亮了盘古的侧脸。

再睁眼时,滂沱暴雨已止歇,海中缓慢地游荡着奇异的虫豸。

盘古似乎为这绚烂的奇景而着迷,天空却渐渐坍塌下来。

"喝!"

他猛地举起一手,发出震彻世间的呐喊,将渐渐下沉的天穹托住。

那是鸿蒙分离后的第一声呐喊，旁观的衔烛之龙似乎被这原始的声音所打动，它离开了自己的位置，从光阴尽头飞来，仿佛想帮对方一把。然而盘古屈着的膝盖蓦然挺直，肩背扛住沉重的天穹，猛地站了起来！

时与空的两大造物主终于在此处相会。千亿颗璀璨的繁星迸发于鸿蒙深处，伴随烛龙盘旋的身躯，拖出无数闪耀的白线，归于盘古肩上所扛的湛蓝的天幕中央。

盘古顶天立地站起，天仍不断下沉，烛龙在远处一个盘旋，龙瞳深处映出的巨人身形不断拔高。天和地在巨人身上缓缓分离，几百丈、几千丈、乃至几万丈。

盘古的眼中闪烁着亘古的星辰，犹如宇宙间的象形文字；赤裸的脚踝深深陷入大地，无数山峦拔地而起。

衔烛之龙带起一阵创世的微风，天地已分，它转身飞向北方最高的山峦，盘踞于峰顶，安静地欣赏盘古的杰作。

此刻他们尚不知对方的名字，更不知彼此是何物。烛龙的眼中是一个赤裸的巨人，盘古的眼中则是一条蜿蜒千里、青鳞金须、角射星芒、身周阴云缭绕的蟠龙。

盘古撑起天空，在天地间屹立了足足一万年。他与它无法交流，更没有语言，只是彼此默默做着自己的事。

那时候，大地仍是一片阴霾，最初的火光与雷霆、闪电隐于天际，万物逐渐安静下来。它们带着茫然而浑浊的双眼，在世间行走。

一万年后，烛龙盘踞于不周山顶，终于试探着开口，发出创世后的第二声嘶吼。

衔烛之龙是光与暗的尊神。它掌握着极阳与极阴，那一声龙吼纠集了充沛的电芒与光明磅礴喷出，光的洪流淹没大地。

它仅仅是在呼唤盘古，为了永恒世间两个孤独个体的彼此呼应，正如盘古的第一声"喝"。只不过这个举动，迟到了一万年。

它万万未料到这声龙吼，会在万物面前绽放出一道创世的金光，带给它们比生命更可贵的光明。它以一己之力光照四野，驱散了朦胧的晦暗，将笼罩旷野的雾气清扫一空。连绵群山的阴影斜斜投下，峰峦剪影在大地上呈现。

光芒驱除了生灵眼中的灰障，树的向阳叶面闪现金光，一滴露水绽放着七彩华光落于地面。

它为树木镀上了年轮，为游鱼留下了鳞片，为万物铭刻了光阴的度盘。

生与死从此刻开始。

所有的生灵抬起头，遥望同一个方向，就连盘古亦惊愕地望向不周山之巅。

烛龙仍安静地注视着盘古，虺龙们寻到了它们的始祖，开始朝不周山聚集，龙吟声阵阵。

世界因盘古有了血肉，因烛龙而开始缓慢运转。

万物的创造者分离物质的混沌，光阴的造物主令它有了呼吸。

这只是一个开端。虽然它持续了整整十三万又四百年，然而光明正在眼前，万物已具雏形，千秋万世的故事正在时间深处开始酝酿。

盘古仍在欣赏他亲手创造的世界，衔烛之龙却已离开不周山。

如果说世间有什么生灵能逃过从存在转为消亡的终极推演，必然只有光阴的造物主——烛龙。烛龙存在，于是有了时间。

除此之外，就连盘古亦不能脱开岁月的规则。所以盘古最终会倒下，数万年后，两大神祇注定只余下烛龙。

如今，盘古已度过了他漫长生命中的二十万年。或许原本他还能活得更久一些，然而开天的壮举耗去了他太多精力，撑天的时光更在他的身上留下不可磨灭的痕迹。

他的肩膀渐渐垂下，长发化为银白，在肆虐的风暴中飞旋。

天与地已分得足够开，但他仍不敢松手，生怕呼啸的灵力再次将世界卷回混沌之中。无数生灵在他脚边兴亡、生灭、更迭、交替。每一个眨眼的瞬间，都有万千新的生灵呈现，再一眨眼，它们重归于寂。

盘古洞察生命的奥义，并清楚地知道，自己也将等来那一刻。

在他死后，这个世界该托付给谁？

烛龙暴风般卷过神州的每一个角落，所到之处俱掀起一道金色的光浪，呼啸着朝四周涌去。

比起盘古，它自由得多。它亲眼见证了极西之处的大荒，千万朵红莲在岩洞的深处绽放，火舌卷着地底的金浆喷向天空，此起彼伏；红爪的天蛇胁生双翼，在火海中翱翔；黑曜岩灵披着一身刚硬的鳞甲，笨拙地在滚烫金浆中走动，红玉镶嵌般的双眼闪闪发光，望向天际。

极东的大海涛生潮退，云鹏入海，刹那幻为巨鲲，鸟羽散得漫天，化作成群候鸟，发光的鳞片则聚为鱼群，与鸟群一同掠向西北。

虺与角龙越来越多，争相跃上长空，跟随于烛龙的身后，借它掠过的气旋翱翔天上。虺聚成群，浩荡地追随着它们的始祖。

西南沼泥中浮出巨大的气泡，它们在静谧古泽的第一缕金光中破开，孕育出三头的豹、雷鸣的鸟、七目腾空的马……树木的青灵若隐若现，聚为树阴中发着光的婴孩，彼此追逐。

烛龙在不周山脚停了下来，角龙四散，回归它们的巢穴。

唯有一只懵懂的、孱弱的虺仍留在山脚，翘首而望。

烛龙回头看了它一眼。它是横亘千里的巨龙，这只虺则顶多像条巴掌长的小蛇，若非烛龙能洞察世界于微，或许根本发现不了它。但它还是看到了虺。烛龙对万物一视同仁，在他眼中，世间万物不因力量显得伟岸，也不因体型而显得渺小。

烛龙示意它可以走了，继而转身腾空飞上不周山顶，闭上双眼。

这只虺又等了一会儿，直到山顶传来雷霆般的龙鼾，才茫然地左右看看，离去。

它的身上有许多故事，包括神的独断，魔的退让，以及人的崛起。但那是很久以后的事了，现在它还是蒙昧的。虺不知世界从何而来，又将如何演变，不知烛龙与盘古的伟大，唯一知道的事情只有——自己很弱小。

它忘了自己的来处，也没有腾空万里的龙力，既被带到了不周山，便只得在不周山脚下的一条小溪边安家。

魖在溪流中寻找食物，朝不保夕是必然的。角龙群还不是最大的敌人。它们在距魖头顶不到一里的高空中搏斗、厮杀，争夺更靠近烛龙的山峰与地盘，为此扯洒出漫天金血，谁也没有注意到这只渺小的依附者。

魖要担忧的，是不周山外盘旋而过的怪鸟。每当听到风吹草动，它便一头钻进岩缝中，瑟瑟发抖，露出脑袋，仇恨地目送捕食者离开。

大部分时间它没有吃的，连溪中马耳六足的冉遗鱼都能逆流而上，抢夺它的食物。

魖有几次被飞禽抓上半空，又摔在石上，差点便死了。它唯一的心思就是长出翅膀，能在天空中高飞，躲避天敌，将欺辱它的飞禽撕成碎片。

下雪时，它在乱石搭筑的窝中目不转睛地望向不周山顶，期待烛龙醒来，好再一次体会飞翔的滋味。雪渐小时，它也会从藏身之处爬至岸边，于岩石上使劲地摩擦腹部，想令那处长出坚固的鳞片。

盘古一天比一天衰老，神州也因此产生了缓慢的变化。

烛龙再睁开眼时，距上一次入睡并没有多长时间。它感觉到暴风在头顶肆虐，渡季的候鸟在混沌巨力下被肢解死去。生命越来越短暂，而气候越来越寒冷。

角龙们缩进不周山的洞窟内避寒。极西之地的岩山阵阵咆哮，地面震动。极东的海浪一阵大过一阵。

烛龙朝山下望去，它看到远方大地中央，垂垂老矣的盘古勉力撑天，万物创造者的脚边聚集着担忧的兽群，生怕哪一天盘古倒下，天穹坍塌。

它的视线转而扫过茫茫大地，在不周山山脚处发现了仍是那么渺小的虺——曾经见过的面孔。

近百年了，它长大了些，长足有三尺，然而对于烛龙来说，依旧是小得几乎看不见。虺努力地直起身子，盼望烛龙再次离山，带着群龙在浩瀚大荒中游荡。

烛龙担忧盘古，再没有离开的兴趣。自世间定型后，万物的生死便在它眼前转瞬而过。每一次闭上眼，都有无数飞禽消逝，再睁开眼，更多的走兽诞生。

这令它不禁产生了疑问：我见证生命之死，谁又见证我的消逝？

虺自然是猜不到烛龙脑中如此复杂的想法，它更努力地挺直了身子，期待地望向烛龙。

烛龙转过头，轻轻朝它喷了口气，并决定给它取个名字作为烙印，希望它比自己活得更长，作为自己的陪伴者。

这个念头令"钟鼓"得以诞生。

或许在烛龙开始思考自身寿数时，虺就已经注定不再是虺了。直至千万年后，它仍清楚地记得当初那一瞬间。

周遭一片静谧，烛龙的气息从不周山顶夹着一道青色的雷光，隆隆飞来。大地阵阵震荡，所有声音离它远去。虺不知发生了何事，乌黑的眼中映出一团璀璨光晕。

它立在石上不住发抖，下意识地想要逃离，以至多年后回想起这个瞬间，它那充满戾气的眉眼间都带着点自嘲与愤恼，脸颊因此显得微红。

那一天，群峰之巅的暴风雪因烛龙的龙息而短暂沉寂，所有飘扬的雪片都以一个安宁的姿势凝在半空。虺于青光中舒展身躯，一股蠢蠢欲动、压抑了许久的咆哮在它昂首的刹那喷薄而出。

龙吼撼天震地，惊动了大地上的无数生灵。它的嘶吼仿佛宣告着自己的诞生。角龙们纷纷从洞窟内钻出，诧异地看着这只虺身龙声的异种。它是世间第一只有称呼的生灵，大荒年代中，纵然是两大造物主亦尚未知道对方如何称呼，而钟鼓——不周山脚的虺，已获得对它来说极为奢侈之物：名字。

钟鼓从未明白过烛龙分出龙息时的念头，那对它来说也成为不可触及之事，尽管它常常忍不住猜测，烛龙的那口龙息是否事出偶然。

它从未印证过，也从不想印证，最后固执地说服了自己，并清理掉所有刨根问底的人。

钟鼓不承认光阴的造物主对自己的青睐仅是随便动了个念头，更不承认自己是无数个因与果首尾衔接中的一环。

但事实摆在那里。没有这只虺，也会有下一只虺乃至千千万万只虺，它们成为神话传说中进行到这一步的因子，每一只，都能在烛龙动念时承载它的造化之力。

然而钟鼓依旧执着地认为，自己是独一无二的，也是偶然中的必然。事实证明，它的确是！后世再没有一条龙像它这样。

洪荒末期的众神带着不可言说的忌惮，称它为"烛龙之子"。他们知道钟鼓称烛龙为"父亲"，却不知二者之间真正的联系。

毕竟此刻其他神明尚未诞生，钟鼓比他们活得更久，也更难以揣测。

除去它超然于天地诸神的龙力、比所有神明更久远的寿数之外，它的心性无从捉摸，行事全凭自身喜怒，时而翻江倒海，时而大开杀戒；时而汇聚千龙啸夜，时而独自静静沉眠。

它是后世所有龙的首领，飞沙走石，移山倒海，对它来说不过是弹指间的小伎俩。

这条龙，是天地间独一无二的，它的全身仿佛都是逆鳞。

钟鼓在得到龙力的这一刻仍是蒙昧的。

它的颀长虬躯闪着红光，直到它低下头，望向水面，发现它的双眼如同父亲，隐约有了耀亮黑暗的能力，才意识到自己得到烛龙的眷顾，得到了它的龙力，并将成为一条自己常常羡慕着的龙。

它所做的第一件事是腾空而起，随处张望，大声发出龙吼，仿佛在宣告自己即将成为角龙中的一员。

钟鼓一头杵上大山，终于真正进入不周山的地界，它在山体间四处穿梭，吼得筋疲力尽。

它艰难地爬上峰顶，在烛龙盘踞之处卷起虬躯，小心地占据了一块地方，感激地看着它的父亲。它沙着嗓子，兴奋而疲惫地嗷嗷叫着，表示将忠诚守护于烛龙身边。

烛龙默许了钟鼓在它身边张牙舞爪地搭建小地盘，并抬起龙爪，将它扫了扫，拢到两块石头中间，又捡了几块石头，把它圈起来。这样一来，便可挡去凛冽的寒风，加之此地灵气充沛，适合修炼。

烛龙再次安睡。

钟鼓的眼中倒映出星辰周转，生灵湮灭。这一切不可理解，然而天地造化，万物轮回，除却烛龙，又有谁能够真正理解？

时间还很漫长，钟鼓开始了修炼，它感觉到体内的龙力蠢蠢欲动，犹如萌发了一颗充满神威与力量的种子，每一天都在脱胎换骨。

直到五百年后的某日，它体内磅礴的龙力再也无法遏制，遂转身朝着山下，发出威严十足、震天动地的咆哮。此时，角龙们才意识到，不周山顶的虺，已成为它们新的领袖。

钟鼓一跃而起，惊动了方圆百里内所有的生灵。它从山顶蜿蜒掠下，随处张望，碰见什么就把它抓得粉碎，再仰首嘶吼，喷出漫天的赤金烈火，将飞禽清扫一空。

它在山体间盘旋，大声咆哮，宣告自己成为一条角龙，并威胁所有躲在洞窟中的同类臣服。角龙们齐声应和，偶有不情愿的龙吟声，便被钟鼓从龙窟内无情揪出，抛到不周山外。

烛龙被钟鼓的宣告惊醒。它诧异地发现，上次沉睡前的虺，已长出了金红发光、犹如珊瑚的角，身上覆了一层漂亮的暗棕色鳞片。

烛龙睁眼，白昼降临，上千角龙发出长吟。钟鼓转身飞向峰顶，恭顺地低下头，把角抵到烛龙的爪下蹭了蹭。

"天道冥冥，自有定数，不可徒逞一时之勇。世间终有以你之力无法面对的事。"烛龙在意念深处警告钟鼓。

钟鼓与烛龙的龙力互相呼应，在钟鼓脑海中响起的话语，是个带着沙涩的少年声音："父亲的意思是，我的力量还不够强大？"

钟鼓甚至不明白烛龙在说什么，只单纯地理解为，它的力量还不够强。

烛龙没有回答，再次陷入了沉睡之中。

光阴的造物主纵是沉眠，亦能感应到天地变化。随着盘古的寿数接近终结，世界正在极其缓慢地崩毁。

烛龙认为时间轴快要到尽头了，而钟鼓并不如此认为。它刚获得新生，这个丰富瑰丽的世界正展现在它面前，它还有许多事情想做。

天地随烛龙之视而明，其瞑则暗。每当它闭上双眼时便是长夜，睁眼的瞬间就是永昼。它永远看不到夜晚的美丽，看不到不周山顶飘荡着的荧光，看不到龙魂与光点打着旋从山脚升起，看不到湛蓝的夜幕上、千亿星辰犹如宝石般闪闪发亮。

钟鼓曾经在许多个夜里抬头，为夜空着迷，这占据了它接近一半的美好回忆。

于是它的第一个决定是，让衔烛之龙看到这番景象。

钟鼓掉头冲进不周山的龙穴。那是一条幽暗而深远的隧道，是盘古开天时，残余的浩瀚混沌神光的聚集处。

龙穴中，五行不复它们原来的模样，光与暗被巨大的压力碾成薄雾散开，七大灵力聚于一处，清浊之气融成混元一体。

相传这是最接近鸿蒙开辟时能量乱流的地穴。那时此处仍未曾得名，直至钟鼓离开龙穴后，不周山众龙方为之震悚，将它当作龙的终极试炼之地。

后世有言"飞蛾扑火",其实向往光与热的,又何止飞蛾!

钟鼓第一次察觉到龙穴的力量,是隔着冰冷的山体,隐隐约约发现一团烈光在山腹中跳动。它傻乎乎地将布满鳞片的腹部贴在岩石上,去感受山腹深处传来的搏动。

仿佛是忽明忽暗的一团火。

烛龙某次醒来,钟鼓提出了这个问题。烛龙只淡淡道:"那是创世的火种,始于开天之前,是世间第一股纯粹的能量。"

所以钟鼓才会进入幽深的隧道,追寻创世火,并妄想将它吞入腹中,获得更强的力量。

当时的钟鼓并不知道,撑过这场试炼,它得到的不是创世火,而是刚硬的鳞甲与更坚固的应龙之角,从一只角龙蜕变为真正的应龙。

自钟鼓窥探了龙穴秘密的那一天起,后世便有不计其数的角龙前赴后继,深入其中,希望通过这条混沌能量肆虐的隧道,最终获得漫长的生命和强大的、堪与天地比肩的龙力。

纠结的太古神雷在洞穴深处嘶吼,赤红的血芒电光四下飙射,钟鼓艰难地在山腹中穿行。穴内幽深晦暗,仿佛没有尽头。比盘古与烛龙生命更久远的能量风暴,裹着虚空中所有物质的原形向它冲来。钟鼓的鳞片被锐不可当的电芒生生刮下,绽放出绚丽的龙血,它痛得大声嘶嚎,却从无半点退后的念头。

衔烛之龙于酣睡中惊醒,转头时华光万丈,它的视线穿透不周山的万年岩石，落在龙穴中的钟鼓身上。

烛龙自诞生以来，第一次惊叹于生灵的意志以及生命的顽强。

钟鼓的鳞片被掀开，龙血卷着七灵之气冲洗残破的躯壳，伤痕累累的龙躯长出新鳞，满布金红两色杂糅的绮丽暗纹。它的双角在突如其来的一道炸雷中齐根折断，刹那间蕴于体内的烛龙龙息绽放两道金光，生出珊瑚般的新角。

它顶着狂雷与暴风逆流而上，双眼淌出流泉似的血泪，再在雷电的洗礼中获得新生，血红色的瞳孔映出几乎没有尽头的龙穴深处。

这只是一个开始。

烛龙看得到更为严重的后果。七大灵力暂时退去，紧随而来的却是灼烧一切的创世火种。火种将烧尽角龙所有的修为，唯有亘古的智慧与博大的心怀方能通过火海，以龙魂之力引领应龙的躯干重生。

钟鼓万万不可能做到！

它没有学到半分烛龙洞察幽微的智慧，更未继承父亲宽柔慈悲的心怀，行事只凭一往无前的勇蛮之力，抱着谁也不明白的念头，龙魂只会在火种中烧成飞灰！

钟鼓的思维浑浑噩噩。它为获得应龙之躯而欣喜，却不知道自己下一刻便要灰飞烟灭！

它的意识开始远离，记忆碎片于烈火中燃烧，却执着地扑向不远处跳跃的火光，越来越近，也越来越茫然，甚至记不得自己是什么了。

它的最后一个念头是——在那耀眼的瞬间，我将消亡。

下一刻,掀天的巨爪将整座不周山破开两半,金光于火海中跳跃,拦住席卷的创世火。周遭一片温暖,钟鼓失去的意识被烛龙的龙力强行卷起,从四面八方涌来,灌入它的脑海。

涛生涛灭,云卷云舒。钟鼓刹那间心灵澄澈,获得了一段烛龙的记忆。那是烛龙出爪时短暂的、电光石火间的思索,它甚至没有想得太清楚,便切开了山腹,然而一闪即逝的念头,却给钟鼓留下了毕生不可磨灭的印象。

"即将失去的,是我所熟悉的钟鼓,任世上哪一条虺再修炼成龙,也不再会有钟鼓。它的鳞或许是青色、黑色……即便还是金红,却也不再是钟鼓了。"

"父亲?"钟鼓怔怔道。

烛龙抓着钟鼓飞上不周山之巅,把它扔在一块岩石前,疲惫地闭上了双眼。

钟鼓伏在烛龙爪边。它转过身,小心地舔舐父亲受伤的前爪。烛龙的金色龙血漫过山巅,将它的身体浸在血中。

不周山再次合拢,留下一道狰狞的伤痕。烛龙的龙力与七大灵力交缠时损耗太多,已顾不上答话。

这一睡,又过了漫长的日子。

钟鼓用它的前爪在岩壁上画了两条龙,一大一小。

忽而它仰起头,发现天穹离不周山近了不少。

"我儿。"烛龙的声音在它脑中响起,"朝南看。"

钟鼓转头望向远方的盘古,撑天的巨人双手极其缓慢地垂落,闭上眼睛,朝后倒下。

盘古死了。

撑天支柱崩塌，所有声响远去，紧接着，肆虐天地的灵力呼啸冲来，一切仿佛又回到了开天前的景象。那景象钟鼓从未见过，沧海倒灌，山峦坍倒，天火落下，雷电将深暗天地连于一处，仿佛亿万根支离扭曲的线条。

天穹破开缺口，熊熊火光覆盖大地，生灵惊惶逃窜。

烛龙的声音再度响起："你须守护不周山与天柱，此生不可离开半步！"

声音甫落，烛龙仰天发出龙吼，时间静止。拖着火与烟坠向大地的陨石与流星，尽数凝在天地中央。

沧海以一个翻卷的姿势，凝结为细碎的晶莹浪花。

倾倒的不周山斜斜凌空立住，盘古颓然倒下的身躯仍未挨上地面。

盘古倒下了。

烛龙又是一声长吟，不周山回归原位，它蜿蜒的龙躯冲天而起，金火烧灼之处，云层蜂拥而来。

钟鼓意识到发生了何事，猛地发出咆哮！

烛龙于空中一个盘旋，不周山主峰化为撑天巨柱，拔地而起！它的龙首没入云端，转过头，朝中央大地发出低低的龙吟。

盘古终于坠地，叹出一口浑浊的气。

两大造物主自开天至崩毁的二十四万三千年中，从未有过须臾交谈。盘古未曾交代死后之事，烛龙也从未问过。

一切都似理所当然。

四面八方的角龙涌来，只见云层化为金铁，在烛龙的身周聚集。

所有角龙都被镀上一层金色光辉,从浩瀚云海的不同方向,朝向撑天之柱同声哀鸣。

哀鸣声越来越大。钟鼓悲伤地长吟,隐隐雷声在云海中滚动,衔烛之龙闭上了双眼。

金光渐褪,不周山下起一场暴雨。

盘古消亡。

后来的故事像人们所猜度的那样,撑天之柱阻止了天地合而为一,于是盘古躯体的幻化、那些遗惠后人的传承得以完成。

他的左眼化为太阳,带来光明和温暖;他的右眼化为月亮,在黑夜的时候也留有温柔的光芒——

"盘古殁……其气成风云,声为雷霆,四肢五体为四极五岳。"

"血液为江河,筋脉为地里,肌肉为田土,发髭为风雪。"

"皮毛为草木,齿骨为金石,精髓为珠玉,汗流为雨泽,身之诸虫,因风所感,化为黎氓。"

他临死前呼出的最后一口气,带着遗憾与满足的气息,分化为清浊二气。清气久久缭绕于神州大地不愿离去,孕育出数位新神;浊气则在新的世界中游荡,最终不知归处。

清气孕育的诸位神明于初生时亦是懵懂的,所幸世界趋于静稳,还有神话时代的许多事会陆续发生,供他们思索。

后人称最先被孕育出的三大神明为三皇——伏羲、女娲、神农。

而后这股力量陆续减弱,数道微弱的不足以直接幻化为神躯的清气，捕捉到盘古死后游荡于神州的元素之力，借此与自然融为一体，成就神身。

是有神名：金神蓐收、木神句芒、水神共工、火神祝融、风神飞廉、雨神商羊、土神后土、夜神阎罗……

最后的两道清气分别奔向天穹尽头，化为日月，日与月的力量分别由羲和、望舒掌管。

盘古死后，那场雨足足下了一万年。

钟鼓已拥有通天彻地的能力，化作额前长着珊瑚双角的少年，静静站在不周山之巅。他在雨中想过无数可能，或许烛龙本不必沉睡——那次开山耗去了父亲太多的力量。

或许某天父亲还会再睁开眼，这世界已不再是当初铭刻在它脑海里的样子。

所谓愿望，大抵是无穷尽的岁月已逝去，充满未知的时光还很漫长。

钟鼓朗声长啸，阴云终于退散，雨停了。

云中现出金色的光柱，鸿蒙时代终结。

壮丽山河，锦绣神州，即将是那对兄弟铺开烽烟的画卷，以剑蘸着神魔的血写就的新世界。

断章之二·白雪琴音

那一天,他想起了烛龙,方知这世间有的东西实在太过短暂,短得甚至在它发生时一不留神就错过了。

许多年后,师旷三弦震响的那一瞬仍在钟鼓脑中铭记。人世间沧海桑田几度变迁,凡人已不再是他所认识的凡人,神州也不再是他认知中的神州。

不周山笼罩着茫茫风雪,绝壁千仞,高山万丈。龙冢与龙穴之间的一线悬梁犹如细丝般横过天际,将翻涌的乌云和天空裂成两半。

火燃起来了,六名祭司围着火堆,或持金册,或捧祭器,或举银盘,男人们的歌声齐齐唱响。

为首的老祭司高举一根木杖,引领数名祭司唱诵着远古的祭文。它的含义幽暗辽远,音节含混不清,像在极力模仿某种灵兽的声音。

老祭司身前跪着一名青年。青年的长发在风雪中飘扬,双眼蒙有黑布,两手反剪于背,整个人在刺骨的寒风中不住颤抖。

青年名唤师旷,他是来赴死的。

上元太初历四百七十二年,这群人从神州北面的浮水部动身,经过占地万顷的碧潮咸湖,在一望无际的黄土丘陵间行进,途中倒下了不少族人。

及至鲲群于冥寒之地喷发出寒潮,朔月沉入广袤的乌海西岸,他们终于抵达不周山。

到得不周山后,老祭司未曾喝一口水,只休息片刻,便燃起火堆,摆好祭器,迫不及待地开启法阵。

此阵名唤"天问",据说是失传已久的远古法阵,用以召唤天地间最本源的存在。然而没有任何人知道它的详细用法,老祭司也只是听说,仅仅是听说……

他修改了祭文,并增添了一件祭品:活人。

从当年夏末开始的干旱,虽只是在长流河北方小范围内,却已令浮水一族处于存亡关头。

神明仿佛遗弃了凡人。无论他们如何虔诚祈天,恭敬祈求,都召不来本部落信奉的那位倨傲的神祇,再拖下去,浮水部势必将无法生存。

老祭司为了全族存亡,带着一名祭品进入不周山。

他要召唤这里的龙,祈一场雨,令族人活下去。

祭歌越唱越响,高亢嘹亮,而不周山中的千余条角龙全不理会。

浮水部人的歌声飘荡在风雪中,被狂风送上高邈的山顶。

钟鼓听见了。它那时正在山顶沉睡,风卷着雪花在它耳边掠过。这是创世后的三十多万年里,第一次有蝼蚁般的人族踏进它的地盘。

钟鼓睁开双眼,凌厉气势散开,笼罩了整座不周山,山下的火堆瞬间暗淡下去。

天问之阵四周一片静谧,祭歌戛然而止。

"来了!"有祭司道。他的话同伴间产生了一阵不易察觉的骚乱。

老祭司只知道一点古早的传说,称不周山上住着龙,却从未见过这头龙的真面目。他抬起头,浑浊的目光望向山顶,虔诚跪地,年轻的祭司们也纷纷下跪。

"不周山的龙祖——"老祭司颤巍巍地喊了起来,"赐我们一场雨吧!"

他干裂的唇间迸出几丝鲜红的血,顺着下巴淌下,昏花的双眼迷茫,声音却异常坚定:"神龙受祭——赐我甘霖——"

继而双手按地，拜了下去。

"神龙受祭——赐我甘霖——"祭司们纷纷应和，五体投地。

等了一阵子，风雪依旧，没有任何异状，火焰又升起来。老祭司茫然跪着，再次哆嗦着展开手中卷轴，思考着是何处出了纰漏，以致无法上达天听，无法打动不周山的龙祖。

"杀了他吧！"老祭司忽然望向师旷。

"……先杀？"一名年轻祭司看着跪在火堆前的青年。

老祭司沉默点头。一人去拾来尖锐的岩石，照着青年的头顶比画，片刻后叹了口气。

"师旷。"老祭司道。

"是。"师旷答。

老祭司说："你自戕吧。横竖也是一死，以示咱们浮水部的诚心。神龙会知道的。"

师旷眉眼处蒙着黑布，脸色惨白，薄唇紧抿，低声道："行，照顾好我娘！"

一名年轻祭司问："还有什么要说的吗？"

师旷低声道："望神龙一并遂了我这心愿，来世必不再当……这半人半妖的……"

他的声音渐低下去。那年轻祭司割断他双手上的绳索，将尖石交给他。

师旷目不能见，颤抖着摸到尖石锋利的一端，将它高高举起，朝自己的头顶正要使力……

刹那间，紧闭的左眸中时空流转，一幕景象于瞳中掠过，四周飘起鲜血般的碎雪，漫天漫地。

师旷马上吼道:"小心!"

他扔了尖石,扯下眼前黑布。老祭司不知其意,怒斥道:"你想做什么?"

"贪生怕死!"

"跪下!"

一个年轻的祭司忙上前按住他。师旷不停挣扎,吼道:"快跑!有危险!"

他的左眼焕发出一缕金色。说时迟那时快,不周山顶射来一道金光,紧接着是年轻祭司的嘶声惨叫!

"啊——"那名祭司残破的身躯飞上半空,爆出一蓬血雨。不到一息间,又有一人发出痛苦的闷哼,被金光贯穿了胸膛,刷地一下,碎成千万片。

老祭司忙抬头高喊:"神龙……"

一句话未完,骨骼折断的闷响传来,老祭司亦被碎尸万段!

所有人痛苦大喊,却接二连三被金光击飞,每一具躯壳都是身在半空时便已粉碎。

师旷拼尽全力,就地一倒,侧身滚开,此后一道疯狂的烈火席卷了十步方圆,将碎肉、尸骨焚烧殆尽。

接着而来的,是周遭飘扬起鲜红的碎雪,正是师旷先前看到的那一幕!

由山顶疾射而来的金光化出人形。那男子散着火红长发,额头生出两只角,近发根处是海底珊瑚般的红色,继而变成光耀无匹的金黄。

他入鬓的长眉像刀刃般斜斜飞起,眉下压着噬人的金睛,臂膀上有几片金鳞尚未完全褪去。

师旷跪在雪地里不住发抖,抬头看向对方。

钟鼓像个无聊的小孩,玩够了,正打算回山顶去,转身时却忽然发现地上还有一个人。他漫不经心地打算弹指除掉此人,视线与师旷对上,刹那间就怔住了。

师旷金光流转的左瞳犹如明镜,倒映出钟鼓的面容,紧接着幻化旋转,现出一条幼小的虺。

那虺昂起头,看着钟鼓。

"这是什么?"钟鼓微微蹙眉,依稀觉得那只虺有点熟悉。

他手指一抬,师旷马上被凌空提了起来。

"我是……"师旷喘息着说,"您的祭品。神龙大人……请赐我浮水部甘霖……"

"啊——"

言语间,师旷忽然发出一声痛彻心扉的惨叫,眼眶处鲜血四溅,左眼竟已被钟鼓生生掏了出来!

他重重摔在地上,全身痛苦地抽搐着。钟鼓拈起那枚眼珠,仔细端详,眉目间满是戾气。

金色的眼珠被挖出来,带着师旷的淋漓鲜血,那条虺消失了,什么都看不见了。

钟鼓问:"你是什么妖?"

师旷抓起一把雪,按在眼眶上,忍痛断断续续道:"我父……是镜妖。求……求您赐雨……神龙大人……"

钟鼓漫不经心道:"镜妖?你要求我,须得拿我没有的东西来换。"

师旷终于缓过来些,左眼仍钻心般地痛。他颤声道:"我的左眼,能看到短暂的未来……以及一些过去……族人都说我是妖,令我来献祭。神龙大人,我是祭品……您可取我性命……"

钟鼓倏然就想起来了:那条虺,难怪眼熟!

那是很多很多年前,不周山脚下,小溪流水中倒映出的自己。

他弄明白了,便随口道:"那便死吧。"

师旷连忙高喊:"我……我还有别的!"

钟鼓不耐烦地等候着。师旷捂住受伤的左眼,颤声道:"我还会……还会……我有一技,神龙大人,我会弹琴!"

钟鼓眉目间充满疑问。

"我会弹琴。"师旷终于镇定下来,低声说,"恳请神龙大人允我奏乐!"

"什么?"钟鼓微微蹙眉,又不懂了,这些蝼蚁的名堂实在太多!

"五音发乎自然,协奏而为律。"师旷缓缓道,"能清人心,涤神智。乐律是世上最美的东西。"

钟鼓冷冷道:"从未听说过。"

"既然这样,神龙大人……为什么不听一段呢……"师旷渐渐平静,低声说,"只要一段。"

钟鼓化作一道金光消散于空中,声音在雪里回荡:"那么,给你七天。来一条应龙看着他。"

师旷屈身于一块避风的岩石后,身旁是一条巨大的浅棕色应龙。

它的龙躯环绕着龙冢下的裂口,双眼微闭,眼皮的缝隙中焕发出淡金色光芒。

师旷吁出的气几乎要冻成冰。他勉强捡了几块断木,发着抖走向那只应龙,靠在它的身体旁,总算暖和了些。

雪停了,师旷抬起头,望向诸天星辰。冬夜的繁星在天顶闪耀。

"您有名字吗?"师旷不安地问。

"黄岐。"那应龙答道。它睁开双眼,金光笼罩住师旷。

师旷拘束地点了点头,耳畔黄岐的声音犹若雷鸣:"你不是凡人?"

"……我父是妖。"师旷手掌抚过膝前的妖骨,叹了口气。

他的金瞳被钟鼓取走了,那是父亲留给他的为数不多的东西之一。

师旷之父为镜妖,古时的虚幻与回忆、未来的命运,镜妖都能得窥一二。当年他路过浮水部,与人族女子交合,那女子便是师旷的娘亲。

师旷很小的时候,父亲便离开了,剩下他与母亲相依为命。

镜妖在他身上留下的印记,便是一枚"玄虚瞳"。师旷能看到许多旁人看不到的东西,他窥见了族人的生死,预知了短暂的未来,并把这些诉之于口。

族人们惧怕他,生恐自己的宿命从他嘴里被说出后,便再无转机。

他们勒令师旷与他母亲到河边去住,然而干旱来临,不久河水便干涸了,他们更认为师旷是不祥之人。

浮水部人囚禁了他的母亲,老祭司带他跋山涉水来到不周山,要以他的生命献祭神灵。

"你最好尽快!"黄岐的声音打断了他的沉思,"钟鼓大人让我看着你七天,而我的归寂之时也快到了。"

师旷未知黄岐所言何意,点了点头,安静地看着手中的断木,思考要用什么做弦。他需要七根弦。

"您听过音律吗?"师旷问道。

"听过。"黄岐答。

师旷抬头道:"是谁的乐器所奏?我没有弦。要弦,要用尽可能坚韧的线,手指拨而不断。"

黄岐没有再回答。师旷看见它颈下的一片龙鳞,色泽与全身鳞片浑然不同。黄岐是条棕色的应龙,而那片鳞则是暗青色的。

鳞片微微张开,内里是一层鲜红的膜,膜下犹有缓缓跳动的心脏。

那是逆鳞。

黄岐又睁开双眼,四周明亮了不少。

"不周山的冰蚕。"它的声音低沉沙哑,"它结出的黑茧抽丝后,或可制作你要的东西。"

师旷道了谢,前往山下寻找冰蚕茧。

黄岐闭上眼睛。过了许久,它的耳边传来叮咚声响,是师旷在调弦,声音落在耳朵里犹如细碎的雨点。

师旷一根又一根接上弦,音调渐复杂起来。

黄岐的视野中本是一片漆黑,然而身边的每一声破音,都犹如裂开长夜的闪电落下。

它的思绪被这声音牵引着回到许久以前,面对着一条通体青色的应龙……两条应龙在闪电与暴雨激荡的海面上穿梭,青龙一头扎入深海……

师旷试了试弦,那声音便停了。

他一手按在弦上,黄岐忽道:"雨。"

师旷点点头:"雨,润泽大地,雷鸣电闪,一场暴雨。应龙大人,您听出来了?想到了什么?"

黄岐道:"想起我的一名唤作擎渊的老友,它所过之处,总是电闪雷鸣。"

师旷沉默片刻,而后带着点期盼地问道:"神龙大人……喜欢什么?"

黄岐答:"他不叫神龙。他是烛龙之子,名唤钟鼓,不周山的万龙之王,喜怒无常。"

师旷微一沉吟,拨弄琴弦,几声轻响于指间迸发出来。

"发乎情,"黄岐的声音低低道,"自然感诸心。"

师旷眼中现出欣喜之色,颔首道:"受教了!敢问应龙大人在何处听过音律?"

黄岐没有回答,想到昔年与青龙擎渊在海上遨游时,擎渊每回都要去一个地方——海外凤麟州。

有一日,他们在那里见到了火神祝融。

祝融正立于高崖前,似在侧耳聆听。是时大地震鸣,千万地穴瞬间同时洞开,地气翻涌不息,从通往极深地肺的孔穴中喷发而出。那是春来时极其奇异的声音,它们在山间缭绕,此起彼伏,仿佛有生命的风冲向天际。

地气喷发的那天犹如一场盛典，漫山凤鸣应和，麒麟仰首倾听，就连天地灵兽之首的应龙也为之驻足。

当初擎渊留恋此声，竟是绕山不去，直到轰鸣声过，方与黄岐归于东海。

"走吧。"回忆由脑海中退去，黄岐看向师旷道，"七日之期到了。"

它昂首一声龙吟，载着师旷飞上不周山之巅，将他放在平台边缘，遂低下龙首悲鸣起来。

钟鼓正以人形倚在石上，黄岐把龙角凑到它面前，钟鼓手指一触，黄岐便转头飞向寂明台。

此刻的师旷并不知黄岐已到应龙归寂之时，也未曾担忧过自己该如何离开不周山，他只是全心全意于心中想象一首曲子。

钟鼓看也没看他，双目视线穿过厚重的阴霾，落在千万里外的虚空之中。

师旷盘膝坐下，将"琴"搁在膝头，沉声道："钟鼓大人，师旷起奏。"

钟鼓眉毛动了动，正要答话，师旷已是五指一扫琴弦，七弦齐振。

那古雅琴声出现的刹那，仿佛有什么叩在了钟鼓的心上，声音轻微，却从不周山顶远远传开，回荡在群山间。

近得仿佛触手可及的天顶，云层卷着翻滚的金边缓慢退散，一缕光洒向不周山。

茫茫天地间，山巅的钟鼓与师旷化作两个小黑点，阳光无边无际地倾斜下来。

乐声从师旷指间流淌而出，犹若温柔的绿意，又像蓬勃的春风。钟鼓安静地听着，琴声汇作涓涓溪流，在他心头淌过。

当他还只是一只虺时，也曾翘首以望难得的阳光，那样至少能从寒冷的溪水中上岸，晒晒自己的肚皮。

琴声又化作不容抗拒的烈日——一如当初那道温暖的龙息笼罩住他。

师旷闭着眼睛，回忆起少时在溪流边，母亲抱着他的那一刻。

她的怀抱温暖，身上带有青草的芬芳。母亲看着他，示意他不可离开太远，自己则在溪中洗衣服、捕鱼。

琴声铿锵，却又透出隐约的温和，犹若衔烛之龙的龙爪，将那头懵懂无知的虺轻轻朝自己面前一揽，告诉他，不可离开太远。

乐音时而七弦齐振，时而单弦低鸣，在喜悦与惆怅间反复跳动，逐渐喑哑下来。

钟鼓缓缓睁眼，眸中流转着十万年前龙穴中的闪电与雷鸣。

琴声又低下去，仿佛凡人的哀鸣。转至极低之处，正如河流干涸，树木枯萎，师旷终日坐在河边，凝视垂老的母亲，目光带着一丝迷茫与悲伤。

族人的争斗、怒斥，将自己的母亲囚禁，凡此种种，一瞬间化作狂风暴雨般的音律，从琴弦间尽数涌出，恍若来自亘古之时久远的龙吟。

钟鼓在闪烁的混沌雷霆下穿梭，朝着尽头那创世的火源艰难前行。

不经意间，山中上千角龙已朝着不周山之巅昂起龙首。

琴声时而喑哑，时而又如千亿洪钟反复震荡。

短暂的沉寂后，师旷左手按住弦端微微颤抖，右手则三指略分，同时拨响了喜、哀、恨三弦。

那声共鸣将血淋淋的钟鼓从山腹中捞了出来，也令师旷踏上前往不周山的漫漫长路。

横冲直撞，一往无前，乐音在哀与恨之间反复，钟鼓再次闭上双眼，无边无际的悲戚笼罩了他。

琴声化作漫天星辰，朝他压了下来。那是最古老的、创世之初便已存在的璀璨繁星，是夜空下每一阵轻柔的微风。

烛龙始终没能看到星辰，它化作撑天之柱，云海破开一道金光。钟鼓高声龙吟，带着不甘与期待。

琴声转至最低，颤抖的弦在师旷指间逐渐平息下去，然而那绝望的声音中又隐隐流露出一丝期望的情愫。

无穷尽的岁月已逝去，充满未知的时光还很漫长。

师旷再扫琴弦，催起共鸣，瞬间一声破音，弦断。

震响犹如在钟鼓心头重重敲下的一锤，令他倏然睁开双眼。

就连师旷自己也不禁一个激灵，从琴境中清醒过来。他的手指迸发出鲜血，勉强镇定心神，再欲拨弦，琴已哑了。

连着数下破声，师旷双手按在琴身上，抬眼，视线与钟鼓一触，继而低下头。

"奏完了。"师旷低声道。

钟鼓仍是那副惫懒模样，安静地倚在石上，但他垂下的双目却似有一抹辉光闪过。

乌云再度层层涌来,遮没了天顶的苍白阳光,不周山群龙低低哀鸣,转头四散。

黄岐明亮的龙目中,昔年与擎渊相识的景象一现即逝。它转过头,静静伏在寂明台上,等待自己最终的归宿到来。

师旷始终坐着。过了很久,钟鼓终于开了口。

"把我的鳞带回去,会降雨的。"他手指一弹,一小片闪着金红光泽的龙鳞飞向师旷,落在琴弦间,发出一声轻响。

师旷满面欣喜,恭敬跪拜道:"是!"

"接上你的琴弦,明年再到不周山来。"钟鼓说。

师旷猛然一愣,却未曾多言。

他小心翼翼收起龙鳞,忽然开口问:"您刚才……想到了什么?"

钟鼓并未斥责师旷的无礼,反而侧过头看了他一眼。

师旷的脸上依然缠着黑布,挡住了那个被钟鼓挖掉左眼后留下的血洞,面色苍白。

钟鼓眯起眼,眸中带着一丝悲伤。他没有立刻回答师旷的问题,似乎在思索什么。

师旷轻声说:"我奏这首曲子时,想到的是我娘。她被囚禁在部族里,幸得您赐我一片龙鳞,她的性命才能保全。多谢您,钟鼓大人!"

片刻的沉默过去,钟鼓方沉声道:"我想起我的父亲。去吧,我会派角龙送你回家。"

那以后,光阴转瞬即逝,一眨眼便又是许多年。

拯救了浮水部的师旷，再无人敢厌恶于他，而是致以饱含敬畏与困惑的目光，将他的事迹辗转相传，并奉他为太古时代最伟大的乐师。

能与他一较高下的，只有一位名叫"太子长琴"的仙人。

数十年后，不周山之巅。师旷已满头银发，他理好那根断了多次的弦，抬头道："钟鼓大人，我的子子孙孙，都将恪守这个承诺。"

钟鼓没有听明白。他看了师旷一眼，不解道："什么？"

师旷轻笑："钟鼓大人，师旷是人。人的阳寿有尽时，师旷或许撑不了太久了。"

钟鼓不作声了，打量眼前的人半响，终于发现他的些微不同。

无所不能的应龙大人只能想起师旷第一次来到不周山的那天，他的头发是黑色的，如今已是满头银白，他的行动已不再利索，坐下后须得许久才能起身。

唯有指间的乐声依旧，昔年被自己剜走左眼留下的疤痕依旧。

钟鼓对师旷形貌的认知几乎就只是那块蒙着眼的布。人在龙的眼中，正如蝼蚁在人眼中，难有分别。

何况每当乐声响起，面前的琴师安静而专注，仿佛回到了初上不周山时，依然满头青丝，依然神采飞扬。

钟鼓怎么可能知道他即将死去？

"将归寂。"钟鼓尝试着理解师旷的话，师旷一如他麾下统御的无数应龙，受自然之理所限，也会老，也会消失于这天地间。

"正是如此。"师旷点了点头,说,"钟鼓大人,师旷或许不会再来了,但只要浮水部的琴师还在,这首曲子,就会于不周山奏响。"

"知道了。"钟鼓近乎冷漠地说,"这才多少年?你们人的寿命怎么这样短促?回去吧,不须再来。"

师旷没有再说什么。他抱着琴,佝偻的身形颤巍巍地朝钟鼓跪拜,行了个大礼。

钟鼓侧过身,摇摇头,不受他这礼,化作一道金光,投入云海深处。

那年冬天,大雪覆盖了整个神州,垂老的师旷回到族中没多久,便离开了人世。

又是一年寒冬,角龙将一名身着狐裘的少年送上不周山。他战战兢兢地摆开祭器,坐在祭器中央,不敢主动开口。

钟鼓看了他好一会儿,未见蒙在眼前的黑布,也未听他出声,方才想起上次师旷离去前说的话。及至那少年颤声开口,钟鼓便知道,师旷再也不会来了。

少年道:"钟鼓大人,师旷已去了。"

钟鼓愣了许久,而后他说:"弹吧。"

少年是苦练过的,婉转的琴声十分美好。钟鼓静静地听着,却觉得有什么不一样了。

记忆中的师旷一头黑发飞扬,奏过琴,把琴搁在膝头,低声说:"星辰固然是极美的,我听人说过,五音便是来自诸天星宫。"

钟鼓问："你也喜欢星辰？"

师旷应声道："小时候我娘就抱着我，在河边看夜空。"

钟鼓点了点头。

又一年，春光正好，师旷抱着琴，朝钟鼓说："今天部族里有人成婚，邀师旷去弹奏一曲，是以来迟了，还请钟鼓大人恕罪。"

钟鼓问道："成婚何解？"

师旷解释说："一男一女……彼此陪伴，度过余生。需要举行一个很重要的仪式。其实师旷也已经成婚了，并且有了自己的子息。"

钟鼓点头："对人来说是重要的事，所以让你去奏乐？"

师旷笑道："是的。"

钟鼓说："什么曲子？奏来听听。"

师旷却摇了摇头："换一曲吧。琴音本不该做世俗欢娱之用，但那对爱侣是我后辈，却不好推拒。"

说罢他轻轻挥指，一改昔时磅礴之音，转为碧空晴朗之意，充满了说不出的轻柔和煦，引得漫山角龙昂首长吟。

又过数年，山间满布阴霾，师旷指间淌出的音符犹如凝滞了，曲还是那首曲，却充满哀戚之情。

钟鼓蹙眉道："今年的乐声不同以往。"

师旷沉吟片刻，抚平颤动的琴弦，说："我娘离开了我，她死了。"

钟鼓想起烛龙，仰首望向不周山天柱，淡淡道："你总需独自活着的。我父亲也离我而去很久了。"

师旷静了一会儿，继而点头笑了笑，再度抚琴。这次的曲调却是哀而不伤,琴音在乌云笼罩的不周山中久久回荡。

面前人所奏的曲声逐渐拔高,渐渐将突破天际,这一次不周山的云层没有洞开,阳光也未曾洒下。

琴音令钟鼓回到现实。它注视着少年战战兢兢地奏乐,忽然就明白了什么。

他的琴声响在耳畔,而师旷的琴声响在心上。

及至那一声裂石般的破音响起,弦没有断。

少年按住弦,静了片刻,接着弹下去。

"走。"钟鼓未听完便道,"以后不用再来了。"

少年神色惶恐,忙放下琴叩拜。

钟鼓派一条角龙把他送回浮水部,从此大雪封山。

它终于切实领会到光阴的无情。

人生如飞鸟,相失天地间。

那一天,他想起了烛龙,方知这世间有的东西实在太过短暂,短得甚至在它发生时一不留神就错过了。

许多年后,师旷三弦震响的那一瞬仍在钟鼓脑中铭记。人世间沧海桑田几度变迁,凡人已不再是它所认识的凡人,神州也不再是它认知中的神州。

浮水部师旷的血脉一直延续到很久以后,继承他血脉的后人,多有在音乐上有着绝世才华的人,他们也都被称作"师旷"。

后世,《淮南子》一书中载有一名侍奉晋平公、名叫"师旷"的乐师的故事、他善奏白雪之音,能打动神物为之下降。

而这种种逸闻,终究只是上元四百七十二年冬,不周山中回荡的琴曲之遗韵罢了。

本书由网元圣唐授权新星出版社出版，未经网元圣唐授权，任何人不得自行或授权任何第三方对本产品进行修改、制作、销售、复制、伪造等或任何其他类似行为。

网元圣唐保留所有对任何侵权采取法律措施的权利。

图书在版编目（CIP）数据

神渊古纪. 烽烟绘卷 / 某树，逐风著. —— 北京：新星出版社，2020.6
ISBN 978-7-5133-4056-4

Ⅰ. ①神… Ⅱ. ①某… ②逐… Ⅲ. ①长篇小说-中国-当代 Ⅳ. ①I247.5

中国版本图书馆CIP数据核字(2020)第083657号

神渊古纪. 烽烟绘卷
某树　逐风　著

统筹策划：翟德芳
责任编辑：孙志鹏
特约编辑：陈潇潇
责任印制：李珊珊
装帧设计：次元书馆

出版发行：新星出版社
出　版　人：马汝军
社　　　址：北京市西城区车公庄大街丙3号楼　100044
网　　　址：www.newstarpress.com
电　　　话：010-88310888
传　　　真：010-65270449
法律顾问：北京市岳成律师事务所

读者服务：010-88310811　service@newstarpress.com
邮购地址：北京市西城区车公庄大街丙3号楼　100044

印　　　刷：大厂回族自治县彩虹印刷有限公司
开　　　本：910mm×1230mm　1/32
印　　　张：14.375
字　　　数：350千字
版　　　次：2020年6月第一版　2020年6月第一次印刷
书　　　号：ISBN 978-7-5133-4056-4
定　　　价：78.00元

版权专有，侵权必究；如有质量问题，请与印刷厂联系调换。